Diogenes Taschenbuch 24201

D1426180

Philippe Djian
Die Leichtfertigen
Roman
Aus dem Französischen von
Uli Wittmann

Diogenes

Titel der 2009 bei
Éditions Gallimard, Paris,
erschienenen Originalausgabe:
›Impardonnables‹
Copyright © 2009 by
Éditions Gallimard, Paris
Die deutsche Erstausgabe
erschien 2011 im Diogenes Verlag
Umschlagillustration: David Hockney,
›Sur la terrasse‹, 1971
Acryl auf Leinwand 180 x 84"
Copyright © David Hockney

Ich wusste genau, dass sie nicht da war. Ich hörte *Pastime Paradise*, Patti Smiths herrlich heisere, klagende Stimme, und beobachtete, wie das Flugzeug schwer und vibrierend in der noch warmen, rötlichen Sonne des Spätsommers landete, doch ich wusste, dass sie nicht in der Maschine war.

Im Allgemeinen hatte ich keine solchen Vorahnungen – das machte man mir fast zum Vorwurf –, aber an jenem Morgen hatte ich Judith gesagt, dass unsere Tochter bestimmt nicht im Flugzeug sein würde und dass sie mit der Fleischbestellung besser warten solle. Wie ich darauf kam? Ich hatte es ihr nicht erklären können. Judith meinte, dass sie uns doch bestimmt angerufen hätte.

Ich zuckte die Achseln. Meine Frau hatte vermutlich recht. Und trotzdem war ich eine knappe Minute später wieder davon überzeugt, dass Alice nicht kommen würde.

Als Roger aus dem Flugzeug stieg, erklärte er, dass sie seit zwei Tagen nicht zu Hause aufgetaucht sei. Ich erwiderte nichts und umarmte die Zwillinge, die sich aus der Abwesenheit ihrer Mutter anscheinend nichts machten und unbefangen gähnten.

»Ihr habt tolles Wetter hier«, sagte er zu mir. »Das wird ihnen guttun.«

Kinder, die aus der Stadt ankamen, waren meistens ziemlich blass, manchmal mit dunklen Schatten unter den Augen, und die beiden Kleinen waren da keine Ausnahme.

Außer Hörweite der beiden kleinen Mädchen erklärte mir Roger im Vertrauen, er habe genug. Das hätte er nicht zu sagen brauchen. Man sah es ihm an.

»Hmm«, sagte ich, »und was ist es diesmal? Ein Film? Ein Theaterstück?«

»Weiß der Teufel, Francis. Es ist mir scheißegal, was dahintersteckt. Ich hab die Schnauze voll, Francis. Sie kann mir gestohlen bleiben.«

Er hatte viel Geduld aufgebracht, das ließ sich nicht leugnen, aber ich konnte ihn nur ermuntern, die Ohren steifzuhalten – vor allem da ich das Schreckgespenst, für die Zwillinge sorgen zu müssen, falls die Ehe in die Brüche ging, mit Riesenschritten auf uns zukommen sah, eine Erfahrung, die Judith und ich vor zwei Jahren schon einmal gemacht hatten, als die beiden so etwas wie eine zweite Hochzeitsreise unternommen hatten, um zu versuchen, ihre Beziehung zu retten.

Mit sechzig wollte ich von gewissen Dingen nichts mehr hören. Ich sehnte mich nach Ruhe und Frieden. Ich wollte lesen, Musik hören, am frühen Morgen in den Bergen oder am Strand spazieren gehen. Mich um Kinder zu kümmern, auch wenn sie mein eigenes Fleisch und Blut waren, wie Judith mir gern in Erinnerung rief, interessierte mich so gut wie gar nicht mehr. Ich war auch nicht mehr der Jüngste, und ich hatte mich seinerzeit um Alice und ihre Schwester gekümmert und war überzeugt, das gesamte Spektrum der möglichen Erfahrungen schon gemacht zu haben – meine

Zeit war kostbar, auch wenn ich praktisch keine Zeile mehr schrieb.

Als man mir nach beendigter Mahlzeit den Auftrag erteilte, mit den Mädchen ans Meer zu fahren, ehe sie den Garten auf den Kopf stellten, verzog ich das Gesicht, denn ich hatte gerade vor, mich mit meinem Laptop auf dem Schoß im angenehmen Halbdunkel meines Arbeitszimmers im ersten Stock niederzulassen, in meinem Sessel also, die Hände hinter dem Kopf verschränkt – oh, wie wünschte ich mir, der Tod möge mich eines Tages so ereilen anstatt in einer Klinik, mit Schläuchen in der Nase –, doch all das fiel ins Wasser, wie von der Spitze eines Wolkenkratzers, all das schwand dahin. Dank zweier achtjähriger, von ihrer Mutter im Stich gelassener Mädchen. Ich bot ihnen ein paar Süßigkeiten an, und sie warteten draußen auf mich, während ich Alice anzurufen versuchte, doch sie meldete sich nicht.

»Weißt du, Roger, ich steh auf deiner Seite, glaub mir. Ich kenne sie schließlich. Was sagst du, zwei Tage? Achtundvierzig Stunden? Na ja … also … da hat sie schon schlimmere Sachen gemacht, nicht wahr? Das ist vielleicht noch kein Grund zur Panik …«

Meine Worte sollten beruhigend wirken. Ich selbst hatte, was Alice anging, keinerlei Grund, mir Sorgen zu machen, nur weil sie zwei Tage nichts von sich hatte hören lassen, mal abgesehen von der Gewissheit, die ich beim Aufwachen empfunden hatte, sie nicht aus dem Flugzeug steigen zu sehen. Ich wusste nicht, wie ich das zu deuten hatte, aber die Sache ging mir nicht aus dem Kopf. Alice verschwand manchmal eine ganze Woche lang. Warum also sollten diese zwei Tage Unbehagen in mir hervorrufen?

»Ich wette, dass wir noch vor Ablauf des Wochenendes von ihr hören«, fügte ich schließlich hinzu.

Das Risiko, mich zu irren, war gering. Alice verlor nie ganz den Kopf. Hatte sie nicht sogar einen Banker geheiratet? Dabei war sie damals vor allem mit Musikern, Gammlern und Junkies zusammen gewesen. Man musste schon einen gewissen Durchblick haben, um mitten in dieser Bande einen Banker zu entdecken. »Du hast uns einen schönen Schrecken eingejagt«, hatte ich an ihrem Hochzeitstag zu ihr gesagt. Zur Antwort hatte sie mir nur einen vernichtenden Blick zugeworfen.

Am Tag darauf erzählte mir Roger von blauen Flecken, die Alice auf Schenkeln und Brüsten habe. Ich hatte schlecht geschlafen. Die Zwillinge hatten Alpträume gehabt, und Roger hatte auf meinen Rat hin 4 mg Rohypnol eingenommen. »Blaue Flecken, sagst du?« Ich runzelte die Stirn und betastete ein paar überreife Mangos im Gemüseladen, wo ich immer einkaufte. »Was soll das heißen, Roger?«

Ich musste den ganzen Nachmittag daran denken. Ich fragte mich, ob sie es mir jemals ersparen würde, mir Sorgen um sie zu machen. Es sah nicht so aus. Roger versuchte sie mehrmals zu erreichen, aber ohne Erfolg.

Bei Einbruch der Dunkelheit kam Wind auf, und Roger half mir, den Sonnenschirm zuzumachen und all das wegzuräumen, was vom dröhnenden Sturm in den finsteren Himmel geschleudert werden konnte. Die Böen wehten die trockenen Blüten der Bougainvillea gegen die Hauswand, bis sie abfielen. Das Leuchtfeuer strich über eindrucksvolle dicke, schwarze Haufenwolken.

Judith kam kurz vor dem Gewitter zurück. Aus San Sebastián. Der Sturm sei ihr auf der ganzen Strecke auf den Fersen gewesen, erklärte sie. Schon am Nachmittag hatte das Wetterleuchten begonnen.

Die Zwillinge glichen einander wie ein Ei dem anderen, aber Anne-Lucie, der ein halber Finger fehlte, sprang auf und verkündete, sie werde ihren Badeanzug anziehen. Ein Versprechen sei ein Versprechen. Draußen, am Ufer des Atlantiks, wurden weißliche Schaumfetzen vom starken Wellengang in die Luft geschleudert und zerstoben in den Palmen, die den Strand säumten. Man musste schreien, um sich verständlich zu machen. Roger schien völlig neben der Spur zu sein.

Abends war im Schwimmbad nur wenig Betrieb – an jenem Tag war niemand da –, und wir setzten uns vor die Fensterwand, hinter der der ziemlich aufgewühlte Atlantik zu sehen war. Der Anblick war großartig – man hatte den Eindruck, am Bug eines Ozeandampfers zu sein, der sich durch die Gischt voranbewegte.

Judith war verblüfft. »Wenn du meine Meinung hören willst, Roger, ich bin überzeugt, dass Alice ein intelligenter Mensch ist. Sie ist aus dem Alter raus, in dem man irgendwelche Dummheiten macht. Wir sollten ihr vertrauen. Ab und zu braucht sie einfach einen Tapetenwechsel, was weiß ich. Das ist nun mal so. Was ist daran so schlimm?«

Ich behielt Lucie-Anne im Auge, die schon etwas gar lange unter Wasser schwamm, und nickte, um Judith beizustimmen.

»Was daran so schlimm ist?«, kreischte Roger. »Was daran so schlimm ist, Judith, das fragst *du*?«

Unsere Blicke begegneten sich. Ich hatte nie behauptet, meine Tochter sei eine Heilige. Ihre Neigung zu Eskapaden war allgemein bekannt. In unserem Milieu sprach sich alles herum. Ich wusste nicht so recht, was ich mir hätte vorwerfen sollen.

»Sieh mich bitte nicht so an! Ich finde, dass ich meine Kinder gut erzogen habe. Ich habe unzählige Tage und Nächte darauf verwandt, ihnen den Unterschied zwischen Gut und Böse beizubringen. Monate und Jahre, Roger. Ich bin nicht schuld daran, mein Lieber.«

Ich stand auf, um Anne-Lucie aus dem Schwimmbecken zu ziehen, nachdem sie sich anscheinend das Handgelenk verstaucht hatte. Dann vertraute ich sie ihrem Vater an, um etwas schwimmen zu können.

Bald würde ich sechzig werden. Die Ärzte rieten, viel zu schwimmen und sich gesund zu ernähren, wenn man alt werden wollte. Zwei Ratschläge, die ich leicht befolgen konnte.

Nach einer Woche beschlossen wir, die Polizei zu benachrichtigen. Die Gezeiten wurden größer. Roger machte kaum noch den Mund auf. Wir hatten alle möglichen Anrufe getätigt, ihre Freunde und die Freunde ihrer Freunde befragt und selbst andere, die sie, na ja, nicht sonderlich schätzten, aber niemand wusste etwas, niemand hatte sie gesehen oder in den letzten zehn Tagen mit ihr gesprochen, niemand wusste, wo sie war.

Judith fuhr wieder nach San Sebastián, und ich blieb also

fast eine Woche mit Roger und den Mädchen allein. Ich fragte mich, ob er gedenke, Hungers zu sterben. Er war knapp dreißig und hatte schon schütteres Haar.

»Ich sage dir nicht, dass es leicht ist, seinen Lebensunterhalt zu verdienen, Roger. Ich sage nur, dass es leicht ist, eine Frau zu verlieren. Das ist ein kleiner Unterschied. Die Augen zu öffnen und zu sehen, dass sie nicht mehr da ist, dass man sie verloren hat.«

Ich ließ ihn manchmal irgendwo zurück und traf ihn ein oder zwei Stunden später an derselben Stelle wieder an, untätig und halb schlafend. Das nannte er vermutlich kämpfen.

Wir verbrachten einen ganzen Vormittag mit den Polizeibeamten, auf jeden Fall lange genug, um zu begreifen, dass wir von dieser Seite nichts zu erwarten hatten – diese Männer und Frauen kehrten abends heim und hatten ihre eigenen Probleme mit ihren Ehepartnern, ihren Kindern, ihren Nachbarn. Auch wenn sie sich nicht offen lustig machten, hatte man nicht den Eindruck, sie würden alle Hebel in Bewegung setzen, um uns Alice zurückzubringen.

Allmählich überkam auch mich eine gewisse Unruhe. Die Stunden zogen sich in die Länge, waren völlig substanzlos. Ich ging oft mit den Zwillingen nach draußen. Wenn wir heimkehrten, lag ihr Vater meistens auf dem Sofa ausgestreckt – er war nicht gerade in Höchstform.

Ich übernahm das Kochen – Judith musste ihren Aufenthalt jenseits der Grenze verlängern, um eines jener Häuser am Meer zu verkaufen, deren Preise in den letzten Monaten in die Höhe geschossen waren. Das Wetter blieb unbeständig. Alice. Meine Tochter. Ich dachte die ganze Zeit an sie. Diverse Szenen kamen mir wieder in den Sinn. Das Kochen, zum Beispiel. Ich hatte ihr das Kochen beigebracht. In den zwei Jahren, in denen wir zusammengewohnt hatten – nach dem Unfall bis zu dem Tag, an dem ich Judith heiratete –, hatte ich mich bemüht, den Schicksalsschlag zu dämpfen, indem ich ihr ein paar einfache Rezepte beibrachte, ein Omelett mit Pfefferschoten zum Beispiel, oder ein Ragout aus flambierten Nieren. Dabei sprachen wir miteinander und schafften es so zu überleben. Eine echte Leistung.

Ich schaltete einen Detektiv ein. Roger schlug vor, die Kosten zu teilen, aber ich weigerte mich. Ich entschied mich für eine Frau, eine gewisse Anne-Marguerite Lémo, die fünfhundert Meter von meinem Haus entfernt wohnte und mit der zusammen ich die Schulbank gedrückt hatte.

Den Auskünften zufolge, die ich hier und dort hatte einholen können, war Anne-Marguerite die Beste in ihrer Branche. Ich suchte sie sogleich auf, um ihr unser Problem zu unterbreiten.

Wir hatten uns, na, seit wenigstens vierzig Jahren aus den Augen verloren und tauschten alte Erinnerungen aus, widmeten ein paar lange Minuten der Aufarbeitung unser beider Leben. Sie hatte einen Sohn. Ihr Mann war an einem Herzinfarkt gestorben. Sie hatte keinen schlechten Hintern für eine Privatdetektivin, die nicht mehr ganz jung war.

Anne-Marguerite hatte von dem Unfall gehört, bei dem meine Frau und eine meiner beiden Töchter im Herbst 1996 umgekommen waren. Die Zeitungen hatten damals ausführlich darüber berichtet. Ich nahm ihre Beileidsbekundung entgegen und erklärte ihr, weshalb ich sie aufsuchte.

Ich gab ihr zweitausend Euro für den Anfang. Mit der Begründung, dass wir früher gute Freunde gewesen waren, nahm sie nur die Hälfte an. Sie übertrieb. Jeder vögelte damals mit jedem oder jeder. Sie machte sich gewissenhaft ein paar Notizen, während es draußen vor den Fenstern ihres Büros im Stadtzentrum, das sie sich mit einer Versicherungsagentur teilte, regnete.

»Wir werden Alice bald wiederfinden«, sagte sie und reichte mir die Hand.

Endlich ein bisschen Begeisterung. Endlich jemand, der mir ein freundliches Lächeln schenkte. Sie drückte mir energisch die Hand.

Anne-Marguerite Lémo. Fast meine Nachbarin. Was war die Welt doch für ein winziges Dorf mit lächerlichen Zufällen!

Roger flog ein paar Tage später wieder nach Paris. Ich hielt ihn nicht zurück, im Gegenteil, ich hatte ihn sogar dazu ermuntert. Mir war es bei weitem lieber, mich allein um die Zwillinge zu kümmern, als seine trübselige Anwesenheit ertragen zu müssen – die meine Beklemmung unweigerlich vergrößerte.

Wir vereinbarten, uns bei der geringsten Neuigkeit zu benachrichtigen, und ich begleitete ihn zum Flugzeug, nachdem ich ihm zwei Xanax gegeben und ihm einigermaßen freundschaftlich den Rücken getätschelt hatte.

Es gab keine bessere Großmutter für die kleinen Mädchen als Judith – sie liebten sie heiß –, und daher musste ich ihnen abends nicht auch noch die Gutenachtgeschichte vorlesen. Zumindest nicht, wenn Judith da war.

Ich fragte mich, ob sie dabei war, die ganze Uferstraße der Playa de la Concha zu verkaufen, auf jeden Fall sahen wir sie nur selten. Wenn sie heimkehrte, erkundigte sie sich nach unserem Befinden. Wenn sie wieder wegfuhr, gab sie mir verschiedene Anweisungen.

Sie behauptete, mit Arbeit überlastet zu sein. Jegliche Form von Sexualität zwischen uns war sozusagen inexistent.

Ich las den Zwillingen aus dem *Tagebuch der Bridget Jones* vor, bis es im Schlafzimmer mäuschenstill wurde und ich mit angehaltenem Atem rückwärts aus dem Raum schlich.

Sobald es Nacht wurde und ich allein war, konnte ich es mir nicht verkneifen, Anne-Marguerite anzurufen, obwohl ich genau wusste, dass es nichts Neues gab, weil sie nicht angerufen hatte, aber mein blöder Anruf schien sie nie zu stören oder zu verärgern, im Gegenteil, sie zeigte sich immer sehr fürsorglich. Dafür war ich ihr dankbar. Ich hatte das Bedürfnis, über Alice zu sprechen, je mehr Zeit verging. Allein durch das Aussprechen ihres Namens hatte ich das Gefühl, sie zu beschützen.

Als in der Presse zum ersten Mal von ihrem Verschwinden berichtet wurde, durchfuhr es mich eiskalt, und mein Telefon klingelte unablässig. In Alices Milieu lechzte man geradezu nach Neuigkeiten, und die Hälfte aller Schauspieler und Schauspielerinnen des Landes – die andere Hälfte ließ ich in der Warteschleife – bestand darauf, mir mit ihren Klagen die Ohren vollzuquatschen. Die Wolkendecke am

Himmel war niedrig. Jedes Mal wenn ich auflegte, überraschte mich der Blick der Zwillinge, der auf mir ruhte, und ich fluchte innerlich darüber, dass ich in ihrem Beisein über das Verschwinden ihrer Mutter gesprochen hatte – wo war ich bloß mit meinen Gedanken? –, bis mein Handy erneut vibrierte.

Nachmittags schaltete ich die Vibrierfunktion aus – die Klingeltöne hatte ich schon lange abgestellt. All dieses Wehklagen, all diese Tränen waren zu einem dumpfen, finsteren Singsang geworden, der mir nicht guttat.

Ich deckte eine festliche Kaffeetafel, damit sie mir verziehen, dass ich vergessen hatte, ihnen ein Mittagessen zuzubereiten, und tischte zwei große Schalen Müsli und Puffreis auf – ich hatte noch immer die Angewohnheit, die Küchenschränke mit Frühstücksflocken und H-Milch zu füllen, wenn die Zwillinge da waren.

Anne-Marguerites Sohn war im Gefängnis. Das teilte sie mir mit, als ich für diesen kleinen Imbiss Crêpes zubereitete. Sie zuckte die Achseln. Ein schiefgegangener Einbruch. Ich blickte sie eine Weile ungläubig an, während das Öl in meinen Pfannen heiß wurde und rauchte – wenn man nicht gerade masochistisch veranlagt ist, ist die Vater- oder Mutterrolle doch wirklich die schlimmste, die einem zufallen kann. Da gibt's Beispiele zuhauf, keine Frage.

»Ich habe an Sie gedacht, als ich die Zeitung aufgeschlagen habe«, fuhr sie fort. »Es könnte gut sein, Francis, dass Ihnen eine ziemlich unangenehme Zeit bevorsteht.«

So war es. Mit oder ohne Presse. Mit oder ohne Freunde. Mit oder ohne Telefon.

In Anbetracht der Vergangenheit meiner Tochter sowie der täglichen Vernehmungen gelangten die Polizeibeamten zu der Überzeugung, dass meine Tochter mal wieder ausgerissen war oder dass es sich einfach um die x-te obszöne Episode in ihrem Privat- oder Berufsleben handelte.

Was nicht etwa heiße, wie man mir mitteilte, die Ermittlungen würden eingestellt, aber ich müsse begreifen, dass alle Spuren ergebnislos geblieben seien und die Nachforschungen ohne neue Hinweise zu diesem Zeitpunkt kaum Fortschritte machen könnten. Ob sie weitersuchen würden? Selbstverständlich würden sie weitersuchen. Es helfe jetzt auch nichts, wenn ich unfreundlich werde. Wer tappe schon gern im Dunkeln? Wer wünsche sich nicht einen schnellen, glücklichen Ausgang dieser Geschichte? Welchem Polizeibeamten liege es nicht am Herzen, mir meine Tochter gesund und unversehrt wiederzubringen?

Der Inspektor, der mir diesen Vortrag gehalten hatte, steigerte meine Angst, denn ich hatte die Möglichkeit, meine Tochter könne sich in *Lebensgefahr* befinden, noch gar nicht in Betracht gezogen. »Ich habe mir das nicht eine Sekunde vorgestellt, Anne-Mar. Zumindest nicht bewusst. Woher hätte ich die Kraft nehmen sollen, mir das vorzustellen? Wie kann man sich etwas vorstellen, das einen auffressen kann?«

Anne-Marguerite nickte. Sie hatte drei Tage in Paris Nachforschungen betrieben und kam mit leeren Händen zurück. Ich begann mich wirklich allein zu fühlen. Die Anwesenheit der Zwillinge – die Roger noch immer nicht abgeholt hatte, da er offensichtlich noch unter Schock stand – erleichterte die Sache zwar etwas, aber ich hatte erst dann eine richtige Atempause, wenn Anne-Marguerite uns besuchte und mich ablöste, denn auf diese Weise kam ich ohne große Mühe in den Genuss ihrer Anwesenheit und das wohltuende Gesäusel ihrer Gespräche, ohne daran teilnehmen zu müssen.

Ich hatte es Judith und ihrer sinnbildlichen Abwesenheit sowie ihrer geringen Hilfsbereitschaft zu verdanken, dass ich mich in dieser unangenehmen Situation befand.

Zehn Ehejahre hatten uns ziemlich aufgerieben, sie und mich. Wir waren geradezu groggy. Vermochten uns nicht zu erklären, was ablief. Wie betäubt. Es gelang uns nicht, die Sache in Worte zu fassen, aber wir taten nicht so, als hätten wir nichts gemerkt.

Sie war oft unterwegs. Immer häufiger. Es kam nicht selten vor, dass sie für mehrere Tage verschwand, und ich begnügte mich mit ihren Erklärungen, versuchte nicht, die Einzelheiten ihres Zeitplans zu erfahren. Ich war verblüfft, als ich entdeckte, welch unüberwindbare Mauer sich zwischen uns erhob. Sich tief in die Augen zu schauen nützte nichts mehr. Wenn sie wegfuhr, wünschte ich ihr eine gute Fahrt. Sie versprach, mich anzurufen. Und das tat sie – ohne jedoch ihre Pauschale zu überziehen.

Wie auch immer, mich mit den Zwillingen allein zu lassen, kam einem echten Tiefschlag gleich. Wo mir so angst und bang war. Aber das konnte ich ihr nicht sagen.

An jenem Abend hatte sie mit spanischen Geschäftsleuten in einem Apfelweinkeller zu Abend gegessen und sich nicht früher freimachen können.

»Du hättest nicht anrufen sollen, um zu sagen, dass du gleich kämst«, sagte ich. »Sie haben auf dich gewartet.«

»Ich hätte fast ein Stachelschwein überfahren.«

»Ich habe irrsinnige Mühe gehabt, sie zu Bett zu bringen. Nach deinem Anruf.«

»Das hat mich aufgehalten. Ich konnte nicht weg, ehe es die Straße überquert hatte. Was hätte ich sonst machen sollen?«

Es klingelte an der Tür. Anne-Marguerite wollte sogleich wieder kehrtmachen, weil sie meinte, sie würde uns stören, doch ich ließ nicht locker und stellte die beiden einander vor.

Anne-Marguerite oder Anne-Mar, die ich inzwischen wie ihr Sohn A. M. nannte, war vorbeigekommen, um zu hören, ob mit den Zwillingen alles gut lief, und ich sah ganz kurz eine Mischung aus Dankbarkeit und Verärgerung in Judiths Augen aufblitzen.

Mit fünfzig war Judith ohne jeden Zweifel immer noch durchaus begehrenswert – und ich wusste nicht recht, ob auch ich es noch war. Ich hatte den großen Fehler begangen, von ihr zu erwarten, dass sie Johanna, Alices Mutter, ersetzte, und jetzt wurde deutlich, wohin uns dieser Wahnsinn geführt hatte, zu dieser unweigerlichen, verhängnisvollen Entfremdung, zu diesem langsamen Hinsiechen, dessen Voranschreiten Judith und ich fasziniert und zugleich gelähmt mit ansahen.

A. M. tat es leid zu sehen, was ich durchmachte, aber sie wusste selbst, wie dumm man im Schmerz reagieren konnte – ich solle ihr glauben –, und deshalb wolle sie mich nicht noch zusätzlich belasten.

Alice war seit einundzwanzig Tagen verschwunden – ich

schluckte täglich 160 mg Pantoprazol, um mein Sodbrennen zu bekämpfen.

A. M. war wieder nach Paris gefahren, um neue Fährten aufzunehmen, aber ohne jeden Erfolg.

»Wie sehen Sie denn die Situation? Sagen Sie mir, ob Sie die Sache für aussichtslos halten, A. M. Mir ist die Wahrheit lieber. Hören Sie, wenn Sie etwas erfahren haben, und sei es nur ein winziges Detail, dann sagen Sie es mir. Auch wenn es nur eine Ahnung ist.«

»Noch ist nichts verloren, Francis. Für mich handelt es sich um eine Entführung. Das habe ich Ihnen schon gesagt. Ich bin überzeugt, dass sie noch lebt.«

Sehr beruhigend, wenn sie mir sagte, *ich bin überzeugt, dass Alice noch lebt.*

Ich hatte Roger angerufen. Ich hatte ihn stöhnen und jammern lassen und ihn dann gebeten, er solle seine Töchter abholen. Warum? Musste ich ihm etwa eine Erklärung dafür geben? »Weil ich nicht mehr zwanzig bin, Roger. Natürlich liebe ich sie. Natürlich bin ich vernarrt in sie. Das ist nicht das Problem.« Und eine knappe Stunde später hatte Judith mich aus Madrid angerufen, um mir zu sagen, wie herzlos ich sei. Wie unverfroren diese Frau sein konnte!

Aber ich hatte nicht nachgegeben. Roger war am folgenden Tag mit dem Flugzeug eingetroffen, und wir wechselten kaum ein paar Worte, während die Zwillinge ihre Koffer packten. Er schien mir gar nicht so aufgelöst, wie ich erwartet hatte, nachdem er am Telefon so gejammert und gestöhnt hatte. Abgesehen von einer Falte der Verbitterung im Mundwinkel sah er gar nicht so schlecht aus – er war von Natur aus blass.

Die Eukalyptusbäume vor dem Haus verloren ihre Rinde. Ich war sauer auf ihn, weil er mich gezwungen hatte, ihn zu bitten, seine Kinder abzuholen, und beobachtete die hin- und herschwingenden Lampions, die die Mädchen für das am Vortag veranstaltete Fest, von dem ich mich noch nicht richtig erholt hatte, an die untersten Äste gehängt hatten. Meine verstorbene Tochter Olga hatte wunderschöne Laternen in allerlei Formen gebastelt, als sie in ihrem Alter gewesen war. Sie war handwerklich sehr begabt gewesen.

Als sie endlich in Richtung Flugplatz abgerauscht waren, fragte ich mich mit gesenktem Kopf, ob ich nicht einen Fehler begangen hatte. Was für eine Stille auf einmal. Was für eine Leere.

Was für eine Leere rings um mich.

Ich zündete ein Feuer im Kamin an – es sollte prasseln und die Schatten an den Wänden tanzen lassen – und setzte mich mit dem Briefwechsel von Flannery O'Connor, der sich schon oft als gute Medizin bewährt hatte, in einen Sessel. Es wurde Abend. Die spanische Küste war schon in Dunkelheit gehüllt, und die ersten Sterne leuchteten über dem Garten auf. Aber Alices Verschwinden bedrückte mich.

Ohnmacht ist die schlimmste Folter.

A. M. wusste das. A. M. verstand das. Sie war so nett und kam vorbei. Sie hatte vermutlich begriffen, dass Judith und ich nicht mehr im siebten Himmel schwebten und dass ich etwas Unterstützung brauchte angesichts der Stürme, die mir entgegenkamen, der Taifune, die meinen Weg kreuzten.

»Sie sieht noch sehr gut aus«, erklärte sie. »Toller Busen.«

»Allerdings. Soweit ich weiß, hat sie nie ein Kind gestillt. Das erklärt so manches.«

Ich stand auf, um uns zwei Bloody Mary zu mixen – sie hatte eine Schwäche dafür.

Sie kam gerade aus dem Gefängnis zurück, von einem jener unangenehmen Besuche, die sie ihrem Sohn abstattete – bei der Gelegenheit tauschten wir jeweils auf groteske Weise die Rollen, und ich bot ihr ausnahmsweise meine Schulter zur Stütze an. Ich wusste inzwischen alles über Jérémie Lémo. Ich hätte ihn inmitten einer Menschenmenge wiedererkannt, ohne ihn je gesehen zu haben.

Am Tag, an dem ich A. M. ins Sprechzimmer begleitete, war ich einen Augenblick verblüfft über die Ähnlichkeit zwischen dem Original und der Beschreibung, die seine Mutter mir von ihm gegeben hatte.

Er betrachtete mich seinerseits voller Misstrauen. Ich wusste, dass er fünfundzwanzig war, doch er wirkte viel jünger, da konnte er die Stirn noch so sehr in Falten legen.

A. M. erklärte, ihr Sohn sei für jedes einzelne ihrer weißen Haare verantwortlich. Er hatte seine Mutter gerade eine Nutte genannt, nachdem er sich geweigert hatte, mir die Hand zu geben, und daher gingen sie und ich enttäuscht zu meinem Auto zurück, wobei uns der Westwind vom Atlantik her entgegenwehte.

Wir klappten das Verdeck zurück. Die Vorstellung, dass ihr Sohn uns für ein Liebespaar gehalten hatte, ließ uns letztlich lächeln.

A. M. war genauso alt wie ich. Was hätte mich daran reizen sollen, mir eine Geliebte zu nehmen, die genauso alt war wie ich, während ich nur von lebenslustigen jungen Frauen träumte, wie sie aufreizender kaum sein konnten … Übrigens hatte mich in dieser Hinsicht Philip Roths letzter Roman total entmutigt und tagelang völlig deprimiert.

A. M. war absolut nicht abstoßend. Alt heißt nicht abstoßend. Aber ihr Körper entsandte, zumindest in Richtung meines Körpers, keinerlei Signal mehr, das war alles. Die Batterien, die irgendwo in den Tiefen versteckt waren, schienen leer zu sein. Aber das hieß nicht, dass sie hässlich war oder einen unangenehmen Geruch verbreitete, das möchte ich doch klarstellen.

Sie hatte sehr regelmäßige Züge. Auf manchen Fotos aus den siebziger Jahren glich sie Juliette Gréco – mit ihrer ursprünglichen Nase.

Judith war mit ganzem Herzen dabei, wenn sie Häuser verkaufte. Vor zehn Jahren hatte sie mir das Haus verkauft, in dem wir heute wohnten, und ich konnte bezeugen, was für ein Talent sie darin besaß, Immobiliengeschäfte abzuschließen. Wie A. M. auf dem Gebiet der Ermittlung war Judith die Beste in ihrem Bereich. Alle interessanten Objekte wurden von ihr betreut. Sie kannte das Land wie ihre Westentasche und verstand etwas von ihrem Beruf. Sie sprach Russisch und Spanisch. Manche Typen kamen aus dem Ural oder der Taiga mit Koffern voller Geldscheine, die ich ab und zu mehrere Tage im Haus aufbewahren musste, auf die Gefahr hin, dass man mir die Kehle durchschnitt, und sie schloss die Geschäfte in der Sprache des Käufers ab – Russisch machte sie gesprächig –, ein Service, den keine andere Agentur anzubieten hatte und der für unsere Brüder aus dem Osten, die herkamen, um etwas Ruhe und Frieden zu finden, reine Meeresluft zu atmen und sich die Gischt des Atlantiks um die Nase wehen zu lassen, ein absolutes *must* war. Die Russen warfen gern ihr Geld zum Fenster hinaus. Der Bürgermeister und die Mitglieder des Gemeinderats waren extra nach Sankt Petersburg gefahren, um ihre Region anzupreisen und die Vorteile aufzuzählen, die ein Wohnsitz oder ein Investment dort hatte. Und das Ergebnis davon war, dass Judith kaum noch Zeit für mich hatte.

Nichts zwang sie, ihren Terminkalender bis zum Gehtnichtmehr zu füllen. Aber wir machten die schwerste Zeit seit unserer Hochzeit durch und hatten uns darauf geeinigt, ein bisschen Abstand zu nehmen. Die Immobiliengeschäfte in San Sebastián erlebten eine wahre Blütezeit.

Wenn sie daran dachte, brachte sie mir Zigaretten mit. Sie reichte mir eine Stange und sagte: »Weißt du, diese Frau... Ich habe nichts gegen sie, aber –«

»Nein, hör zu... ich weiß, worauf du hinauswillst, aber –«

»Im Gegenteil, ich wäre nie auf die Idee gekommen –«

»Sie hat alles getan, was in ihrer Macht stand. Das weiß ich. Man kann ihr nicht den geringsten Vorwurf machen. Ich weiß, dass sie alles getan hat. Sie ist wirklich ausgezeichnet. Glaub mir das.«

Die Spannung zwischen uns war zwar noch nicht sehr groß, aber ständig spürbar. Ich wusste nicht, ob es ein Zeichen dafür war, dass sie ein Verhältnis hatte, oder nur der Ausdruck ihrer Frustration – jenseits der Grenze gab es ganze Horden von *hombres* mit von Brillantine glänzendem Haar.

»Man kann ja nicht behaupten, dass die Polizei bessere Arbeit leistet als sie«, fügte ich hinzu. »Sie sind keinen Schritt weitergekommen.«

Sie ermaß besser als jeder andere, was ich durchmachte, da sie die Tragödien kannte, die ich schon früher erlebt hatte, und daher ließ sie mich in Ruhe, trotz der nicht gerade glänzenden Laune, die ich an den Tag legte.

Ich hatte lange gebraucht, um mich davon zu überzeugen, dass keine Frau jene ersetzen würde, die ich verloren hatte. Ich war im Schneckentempo auf das Licht der Erkenntnis zugelaufen, so dass sich alles – oder wenigstens das Wesentliche – vor meinen Augen verschlechtert hatte, ohne dass ich es gemerkt hatte.

Ich glaube, ich hatte sie einfach entmutigt.

Nun, da mein Leben eine andere Wendung nahm und ich nicht mehr imstande war, irgendetwas zu tun, stellte ich solche Überlegungen an – das entsetzliche Verschwinden meiner Tochter wirkte sich auf mich wie eine Curarespritze aus, deren Gift mich jeden Tag ein wenig stärker lähmte. Kann ein Mann im Abstand von zwölf Jahren seine beiden Töchter verlieren? Kann einem das Schicksal so hart zusetzen?

Allein der Gedanke daran ließ mich zittern. Ich konnte mir dagegen durchaus vorstellen, dass keine halbwegs vernünftige Frau – und das war Judith ganz bestimmt – den Wunsch hatte, nach der Rückkehr von der Arbeit einen Typen wie mich im Haus anzutreffen und sich mit seiner deprimierenden Anwesenheit abzufinden. Daher konnte ich gut verstehen, dass sie es abends nicht eilig hatte, heimzukommen.

Ich hatte sie entmutigt. So einfach war das.

Vermutlich durfte ich sogar froh sein, dass sie mich noch nicht verlassen hatte. Es würde nicht mehr lange dauern, davon war ich inzwischen fast überzeugt. Wenn ich ein paar Atemübungen mit Blick auf den Atlantik machte, gelang es mir nicht mehr, meine Lungen mit Luft zu füllen. Manchmal kam Judith und massierte mir die Schultern.

Ich rief Roger an, denn von sich aus meldete er sich nicht. »Ich möchte, dass du mich anrufst, hörst du? Selbst wenn es nichts Neues gibt, ich möchte, dass du mich anrufst. Das kannst du doch wohl tun, oder? Selbst wenn du mir nur sagst, dass es nichts Neues gibt, okay? Du kannst von mir aus gern wehklagen, aber tu, was ich dir sage.«

Die Polizei gab schließlich zu, dass ein Monat ohne jegliche Nachricht kein gutes Zeichen sei. »Sind Sie etwa nur hergekommen, um mir das zu sagen?«, fragte ich. »Und das zu zweit?«

Ich schlief kaum noch oder höchstens in kurzen Abständen. Meine Nächte waren in ein gutes Dutzend Zeiträume eingeteilt, in denen sich Schlaf und Wachsein abwechselten. Und daher schlief ich drei- oder viermal am Tag ein, egal wo, im Supermarkt, in einer Bar oder im Zeitschriftenladen.

Die Leute wussten, worunter ich litt, und manche Händler boten mir einen Stuhl an und hatten Mitleid mit mir, wenn mir der Kopf auf die Brust sank. Es sah fast so aus, als bemühe sich die halbe Stadt, mir die Schultern zu tätscheln. Als sie vom Tod meiner Frau und meiner Tochter erfahren hatten, hatten sie für die beiden mehrere Messen lesen lassen. Mit Chorgesängen – manche Leute waren eigens dafür aus den Bergen hergekommen.

Die meisten von ihnen hatten Alices Karriere verfolgt – eine so hübsche junge Frau und eine so gute Schauspielerin, zweifellos der Stolz ihres Vaters –, und es verging kaum ein Tag, ohne dass ich einer Frau begegnete, die mir den gesamten Lebenslauf meiner Tochter aufsagte – ohne natürlich bei gewissen weniger ruhmreichen Episoden zu verweilen.

»Warum nimmst du nicht den Wagen?«, riet mir Judith. »Geh doch in Spanien einkaufen…«

»Was soll ich denn in Spanien?«, entgegnete ich.

Außerdem hatte ich überhaupt keine Lust, Auto zu fahren. Ich hatte auch keinen Hunger. Wenn ich allein war, aß ich nichts. Ich dachte nicht daran. Wenn A. M. wusste, dass ich allein war, unterbrach sie die Nachforschungen, die sie möglicherweise gerade betrieb, und brachte mir Sandwichs, Hotdogs, ein chinesisches, indisches, italienisches, griechisches oder sogar ein japanisches Gericht, es war im Grunde unwichtig, denn mir war alles recht – ich konnte sogar auf einem großen Stück kandiertem Ingwer herumkauen, ohne mit der Wimper zu zucken.

Da ich praktisch kein Wort mehr sagte, sorgte A. M. für Gesprächsthemen. Mit etwas Glück war ein Pottwal am Ufer gestrandet. Neulich hatte der Ozean Heroin in Päckchen von einem Kilo angespült. Oder sie erzählte mir von der Eröffnung eines neuen Golfklubs. Von der Kondition der Rugbymannschaft. Vom Attentat auf die Kaserne der

Guardia Civil. Von Homos, die man in den Büschen am Fuß des Leuchtturms festgenommen hatte. Usw.

Sonst erzählte sie mir von ihrem Sohn, Jérémie, der bald entlassen würde, sie sah diesem Augenblick mit Besorgnis entgegen, denn der Junge war nicht einfach. Ein richtiger Hitzkopf, wie ich fand.

A. M. war der Ansicht, der Junge müsse uns gemeinsam sehen, müsse wissen, dass ich oft mit ihr zusammen sei, damit er sich, wenn er herauskam, mit der Tatsache abfand, dass seine Mutter einen guten Freund gefunden hatte – nicht einen Typen, mit dem sie schlief.

Am Tag seiner Entlassung holte ich ihn ab, und das verlief gar nicht so schlecht, aber ich war mit den Gedanken woanders. Wie lange war Alice schon verschwunden? Seit gut sechs Wochen? Ich war völlig fertig. Jérémie betrachtete mich, während ich auf das Kiefernwäldchen zufuhr und dabei die Bremsschwellen zu schnell nahm, und dann sagte er, ja, fünfundvierzig Tage, das sei ganz schön lang.

Ich setzte ihn vor seinem Elternhaus ab. A. M. tauchte im Eingang auf. Ich winkte ihr zu und fuhr davon.

Jérémie war geschnappt worden, nachdem er eine Tankstelle überfallen hatte. Eine verirrte Kugel hatte den Kassierer mitten in die Brust getroffen.

Er hatte sechs Jahre im Gefängnis gesessen. Die Sache, an der er anscheinend am meisten hing, war sein MP3-Player. Er hörte vor allem englische Rockmusik.

»Sag mir Bescheid, wenn du bereit bist, Arbeit zu suchen«, meinte ich. »Ich kann dir dabei vielleicht ein bisschen helfen.«

»Was geht Sie denn das an«, erwiderte er.

A.M. wollte ihm etwas Zeit lassen, noch ein paar Wochen, ehe sie das Thema anzuschneiden gedachte. Es war ihr Sohn. Es stand mir nicht zu, ihr zu sagen, was sie tun solle – ich wusste es auch nicht, da ich nicht imstande war, mich auf etwas anderes zu konzentrieren als auf Alices Verschwinden.

Eines Morgens, als ich im fahlen Morgengrauen den Strand entlangging und durch die noch feuchten Dünen stapfte, begegnete ich ihm. Er saß im Sand und warf einem jungen Hund, der seit ein paar Tagen in der Umgebung herumlungerte, ein Stück Holz zu.

»Das ist bestimmt hart. Ich möchte nicht an deiner Stelle sein«, sagte ich zu ihm.

Bei meiner Rückkehr war er noch immer dort. Der Hund auch. Ein wenig tiefer plätscherten kleine Wellen ans Ufer, das inzwischen im Morgenlicht glitzerte. Man musste schon fast die Augen zukneifen.

»Hast du Lust, einen Kaffee zu trinken?«, schlug ich ihm vor. Ich hatte ein unwiderstehliches Bedürfnis, von Alice zu erzählen, und in dieser Hinsicht kam mir der Junge wie ein ausgedehntes Neuland vor.

Ich setzte mich ihm gegenüber. »Du hast sie sicher im letzten James-Bond-Film gesehen«, sagte ich ihm. »Oder in der Zeitschrift *Voici*.«

Wenn ich von ihr sprach, gesellte sich manchmal das Bild der beiden Toten zu dem von Alice, und dann schnürte mir auf einmal ein Seufzer die Kehle zusammen, und ich gab eine Art Gurgeln oder Aufstoßen von mir, oder ich krümmte mich vor Schmerz.

Im Gegensatz zu den anderen zuckte Jérémie nicht mit der Wimper, wenn mir ein tiefes Stöhnen entfuhr, sobald ich die Zeit erwähnte, als ich noch Vater zweier großer Mädchen und der Mann einer außergewöhnlichen Frau, Johanna, gewesen war, die ich vor meinen Augen hatte umkommen sehen. Er fragte mich nicht, ob ich mich nicht gut fühle. »Kann ich ein paar Croissants haben?«, fragte er. Ein paar junge Typen kamen klitschnass mit ihren Surfbrettern aus dem Wasser und setzten sich auf die Terrasse, um auf den Atlantik zu blicken.

»Nimm dir, was du willst«, sagte ich ihm. »Klar, ich war nicht immer einverstanden mit ihrem Verhalten. Klar, meine Tochter hat sich nicht gerade vorbildlich verhalten. Aber man kann ihr ein paar mildernde Umstände zugestehen, wie mir scheint … nein, meinst du nicht? Man kennt ja dieses Milieu, nicht wahr, man weiß ja, dass es praktisch unmöglich ist, unversehrt daraus hervorzukommen. Ist es da nicht besser, sein Kind zu nehmen und es aus dem Fenster zu werfen? Das war nur ein Scherz.«

Ich beugte mich zu dem jungen Hund hinab, um ihm ein Stück Zucker zu geben, aber Jérémie hielt mich mit der Behauptung zurück, das sei nicht gut für die Zähne. »Das sind seine Milchzähne, mein Lieber. Die verliert er irgendwann«, sagte ich zu ihm.

»Das ist mir scheißegal«, erwiderte er.

Bei ihrem letzten Besuch hatte Alice ein T-Shirt vergessen, das die Aufschrift trug ABUSE OF POWER COMES AS NO SURPRISE, aber es war mir zu klein. Es war natürlich gewaschen und gebügelt und roch frisch nach Waschpulver.

Selbstverständlich nicht die geringste Spur mehr von ihrem Geruch.

Wie hätte ich das vorhersehen sollen? Inzwischen waren schon fast zwei Monate vergangen. Grässlich.

Ich konnte es nicht mal über den Kopf streifen. Der untere Saum würde etwa die Höhe meines Bauchnabels erreichen. Anstatt es zu tragen, musste ich mich damit begnügen, es in den Händen zu halten.

Die Zeitungen berichteten weiterhin von ihrem Verschwinden. Manche Journalisten waren überzeugt, sie verstecke sich wieder mal in einer Privatklinik, um eine Entziehungskur oder weiß Gott was zu machen, aber ich hatte schon in den ersten Tagen eine Klinik nach der anderen angerufen, ohne den geringsten Erfolg.

Wenigstens war sie in dieser Hinsicht im Laufe der Zeit etwas vernünftiger geworden. Es war mehr oder weniger den Zwillingen zu verdanken, dass sie wieder mit beiden Beinen auf dem Boden stand. Auch Roger war reifer geworden. Er fand die Ausrutscher seiner Frau inzwischen längst nicht mehr so witzig – er selbst hatte nach jenem berüchtigten Abend, an dem zwei Fingerglieder von Anne-Lucie über den Teppichboden gekullert waren, geschworen, in Zukunft keinen Stoff mehr anzurühren.

Ich träumte davon, jemand würde wegen einer Lösegeldzahlung Kontakt zu mir aufnehmen. Ich war bereit, zu Fuß durch die Stadt zu laufen und mit einem Koffer voller Geldscheine in einen Wald zu gehen, ich hoffte nur, mich irgendwie nützlich machen zu können, aber niemand rief mich an.

Judith schlief im ersten Stock – sie hatte schon vor dem

Ende der Mahlzeit zu gähnen begonnen. Ihr Kommen und Gehen erschöpfte sie – und mich erst. Die Untersuchung ihrer Handtasche – die ich nicht gerade mit fieberhafter Gründlichkeit vornahm – ergab keinen Hinweis auf den Anlass ihrer Fahrten – auf irgendwelche ehebrecherische Gründe.

Ich fragte mich, ob ich noch imstande war, irgendetwas zu empfinden, ob nicht das Verschwinden meiner Tochter – ich hatte nur noch die eine – mein Gehirn völlig in Beschlag genommen hatte – ich hatte gehofft, eine Spur von Eifersucht beim Durchsuchen der Handtasche zu empfinden, aber nichts da – mir war kaum bewusst, was ich tat.

Wenn sie nicht da war, war ich böse darüber, dass sie mich allein ließ, aber wenn sie heimkam, störte mich ihre Anwesenheit. Ich schämte mich, so abgestumpft zu sein, und wandte schnell den Blick ab. Ich stammelte ein paar Worte, deren Sinn ich selbst nicht verstand.

Sie hatte vor, sich ein Zimmer in San Sebastián zu mieten, falls die Marktlage weiterhin so rosig bleiben sollte.

»Mein Gott«, sagte ich, »das nimmt ja langsam seltsame Formen an.«

»Ich weiß nicht, Francis. Ich weiß wirklich nicht. Ein Zimmer zu mieten ist billiger, als ins Hotel zu gehen. Was anderes hat das nicht zu besagen.«

»O doch, das tut es. Garantiert. Wenn du warten könntest, bis ich mich ein bisschen besser fühle, wäre das nett von dir. Wirklich.«

Wenn sie da war, musste ich zusehen, nicht untätig zu bleiben, denn ich spürte sofort, wie ihr Blick auf mir lastete. Vor allem abends, wenn sie das Halbdunkel nutzte, um mich zu mustern – ich stellte mir vor, dass sich auf meiner Stirn Worte abzeichneten, die sie lesen konnte, und das wollte ich auf keinen Fall.

Ich freute mich, dass ich wieder angefangen hatte zu rauchen. Zum Ausgleich ging ich viel spazieren. Kein Buch verlangte jetzt mehr mit großer Eile nach mir – weder um gelesen noch um geschrieben zu werden. Ich hatte Zeit. Ich begegnete oft Jérémie. Mit diesem Hund, den er angenommen zu haben schien und der zusehends größer wurde. Und sehr geschickt Holzstücke und Kiefernzapfen auffing.

»Ich verstehe deinen Standpunkt«, sagte ich ihm. »Ich tue nur das, worum deine Mutter mich gebeten hat. Es steht dir frei, die Sache anzunehmen oder nicht. Ich gebe dir nur die Information weiter.«

»Und was soll ich in einem Spielkasino machen?«

»Keine Ahnung. Vielleicht als Croupier arbeiten. Was weiß ich …«

Er ließ ein Holzstück durch die Luft wirbeln, und das Tier rannte in gestrecktem Galopp kläffend davon. »Lieber verrecken«, sagte er. Das Licht des Vollmonds plätscherte gleichgültig auf dem Meer, überflutete die Kiefern, hüpfte über die Straße und drang dann in die Gärten ein.

Auch wenn sich A. M. als unfähig erwies, gewisse Maßnahmen ihrem Sohn gegenüber zu ergreifen, war sie betrübt über dessen Unlust, auf ein Angebot einzugehen. Sie hatte vermutlich gehofft, dass ich sie dabei unterstützte, was ich ja auch tat, aber der Junge wollte nichts davon wissen. Ich hatte auch keine Lösung für dieses Problem.

Sie gab es schließlich seufzend zu. Ich war als Vater nicht

gerade beispielhaft gewesen. Nicht genug, um mich als Experte auf diesem Gebiet aufzuspielen, und Jérémies Fall überschritt bei weitem meine Kompetenz.

Judith meinte, ich solle aufpassen, mich nicht zu sehr vereinnahmen zu lassen. Sie hatte in Internet-Archiven nachgelesen, und der Bericht über den Überfall, an dem Jérémie teilgenommen hatte, brachte ihm keinerlei Sympathie ihrerseits ein. Egal, wer geschossen hatte: Der Kassierer war tot. Weil ein Idiot beschlossen hatte, eine Tankstelle zu überfallen. Ob ich das nicht erbärmlich finde?

Jérémie spürte, dass Judith ihm nicht sonderlich wohlgesinnt war, aber er meinte, er an ihrer Stelle wäre auch abweisend.

Er wagte kaum den Vorgarten zu betreten, wenn sie zu Hause war, und sie ermunterte ihn auch nicht dazu, aber ich wollte mich da nicht einmischen. Ich ging in solchen Fällen hinaus und rauchte draußen eine Zigarette mit ihm. Wir unterhielten uns kaum. Wir sahen zu, wie der Hund hinter Möwen herlief, die kreischend in der Dunkelheit verschwanden. Judith fragte mich, was ich denn so Wichtiges zu tun habe, um sie so lange allein zu lassen, und ich wusste nicht, was ich ihr darauf antworten sollte.

Ich hatte keinen Grund, die Gesellschaft dieses Jungen zu suchen, abgesehen von der Tatsache, dass er gerade jetzt, da ich eine der schwersten Schicksalsprüfungen meines Lebens durchmachte, verfügbar war.

Auch er hatte seine Probleme, es ging ihm nicht gut, und diese Ähnlichkeit – diese fatale Gemeinsamkeit – schien die Macht zu haben, unsere Bürden zu erleichtern, sie sowohl für ihn wie für mich ein wenig erträglicher zu machen – ist es nicht beruhigend, wenn man sieht, dass es jemand anderen gibt, der ebenso schlecht behandelt wird, der ebenso übel dran, ebenso hilflos, ebenso niedergeschlagen ist wie man selbst?

A. M. klärte mich eines Morgens darüber auf, dass Jérémies Vater in den Armen des Jungen gestorben war, ein paar Tage nachdem dieser sechzehn geworden war – damals hatte sein Absturz begonnen, der schließlich auf dem Boden einer Gefängniszelle geendet hatte.

Judith würde das wohl kaum als Entschuldigung durchgehen lassen, erwiderte ich ihr. Wir waren im Morgengrauen aufgestanden, um Anchovis zu kaufen – ein leichter morgendlicher Nebelschleier umhüllte noch die benachbarten Berge, die aus dem Dunkel emporragten. A. M. zuckte leicht die Achseln – er war nun mal ihr Sohn.

Ich hatte den großen Fehler begangen, kein Kind von Judith mehr zu wollen – auf gar keinen Fall. Sie hatte darunter gelitten. Sie hatte darunter gelitten, und heute musste ich die Folgen davon in Kauf nehmen. Ich hatte ihr Herz verhärten lassen. Ich wunderte mich manchmal über die Kälte, die sie an den Tag legte – ihre Haltung Jérémie gegenüber war ein gutes Beispiel dafür –, und ich unverschämt vergesslicher Trottel vergaß dabei die Tatsache, dass ich selbst dafür verantwortlich war.

Um die Anchovis einzulegen, hatte A. M. ein Hausrezept, das darin bestand, sie mit feinem Salz zu bestreuen, nein, nicht mit grobem Salz, mit *feinem Salz*, Schicht für Schicht, so dass ihr Fleisch fest, rot und einfach köstlich blieb – einer absolut glaubhaften Geschichte zufolge hatte Hemingway, noch bevor er den Nobelpreis bekam, bei

A. M.s Mutter Anchovis bestellt – bis zu seinem Tod –, und so hatte sie ihm Jahr für Jahr Kisten mit etwa fünfzig Einmachgläsern geschickt, zuletzt nach Ketchum in Idaho, und diese letzte Sendung habe unser Ernest, Ernesto, wie er hier genannt wurde, Ernesto Hemingway, nie bezahlt.

A. M. ließ uns vor fünf Kilo Anchovis sitzen – die ausgenommen, gereinigt, gewaschen und in Gläser gefüllt werden mussten usw. –, um in der Stadt hinter wer weiß was herzurennen, sie sprach nicht viel über ihre Arbeit. Ich wurde von leichtem Entsetzen gepackt, als ich Jérémie anblickte, der noch ganz verschlafen auf dem Stuhl saß. Er hatte auf dem Rückweg im Auto gepennt. Ich hatte jedenfalls nicht vor, mir die fünf Kilo allein vorzunehmen.

Die Sonne ging auf. Ich kochte Kaffee. War ich mit fünfundzwanzig etwa so gewesen? So schlaff? »Also, dann lass uns mal die Ärmel hochkrempeln«, sagte ich und öffnete die Jalousien. Im goldgelben Licht verzog Jérémie das Gesicht. »Zwei Monate ohne eine Nachricht, Jérémie. Bald ist es zwei Monate her, kannst du dir das vorstellen?«

Ich nahm einen Fisch, schnitt ihn der Länge nach auf, nahm die Eingeweide heraus, spülte ihn unter fließendem Wasser ab, ließ ihn abtropfen und legte ihn auf eine Schicht Salz. Ich forderte Jérémie auf, es mir nachzumachen.

»Das war vor zwölf Jahren. Einem Fernfahrer ist das Gleiche passiert wie deinem Vater. Herzinfarkt. Es war noch Morgen, ich war mit Alice aus dem Wagen gestiegen, und wir gingen auf die Raststätte zu. Wir fuhren gerade in Ferien. Man nimmt an, dass der Mann schon das Bewusstsein verloren hatte, als sein Tankwagen den Parkplatz wie eine Kanonenkugel überquerte und mein Auto rammte. Sie sind bei lebendigem Leib verbrannt, Jérémie, sie sind vor unseren Augen verbrannt. Alle beide. Ihre Mutter und ihre Schwester. Das darfst du nicht vergessen, ehe du sie verurteilst. Ich sag dir das, damit du die Sache besser verstehst. Sieh dir nur Courtney Love an. Wer würde ihr schon ihre Exzesse vorwerfen? Auf jeden Fall kennst du jetzt die Geschichte. Auch ohne all das ist es nicht leicht, sich in diesem Umfeld durchzuschlagen. Ich kann dir sagen, dass sie gekämpft hat. Ich kann dir auch sagen, dass es viel Mut erfordert hat. Nicht, weil ich ihr Vater bin. Roger kann dir bestätigen, dass sie noch immer schweißgebadet aus dem Schlaf hochfährt. In diesen Kreisen, wo jeder nach der geringsten Schwäche, nach dem geringsten Fehltritt des anderen sucht ...«

Ich merkte, dass er mich anstarrte. Der Deckel meiner Gruft schloss sich wieder über mir. Die schwere Steinplatte meines Familiengrabs nahm wieder ihren Platz ein und brachte mich zum Schweigen.

»Machen Sie nicht so ein Gesicht«, sagte er mir. »Es ist noch nicht alles verloren.«

Roger brachte die Mädchen für die Herbstferien her. Ich dankte dem Himmel, dass Judith wieder im Land war, sie in Empfang nehmen und in die Arme schließen konnte, wie es sich gehörte für eine Großmutter, die etwas auf sich hielt und gern diese edle Rolle spielte ... Vor allem, da sie das sehr gut machte. Ohne einen Gutenachtkuss von ihr konnten die Mädchen gar nicht einschlafen.

Als wir sie am Flughafen in Empfang nahmen, warf mir

Judith einen betrübten Blick zu. Zwei arme kleine Würstchen. Gab Roger ihnen genug zu essen? Sorgte er wirklich gut für sie? Vermutlich übertrieb ihre Großmutter ein wenig. Allein die Luft der Hauptstadt schwächte den robustesten Organismus und vergiftete auch die Gesunden. Vielleicht hatten die Mädchen etwas ausgeprägtere dunkle Ringe um die Augen als gewöhnlich, das war aber auch alles. Roger ging es auch nicht allzu schlecht.

Er wartete bis zum späten Nachmittag, um uns zu sagen, dass er für den folgenden Tag mehrere Journalisten ins Haus bestellt hatte. Judith und ich blickten uns verblüfft an. Journalisten!

Roger ließ uns keine Zeit, zu Atem zu kommen. Er erklärte uns, das Schlimmste, was passieren könne, wäre, wenn es still um sie würde. Wir müssten weiterhin im Rampenlicht bleiben, zeigen, dass weiterhin Tränen vergossen würden, aber dass auch noch Hoffnung bestand. Man könne sich auf ihn verlassen. In der vergangenen Woche habe er Hauswände und Metrostationen mit einem Foto von Alice beklebt, das drei Jahre zuvor bei einem Filmfestival in Sydney aufgenommen worden war, darunter stand *GEBT SIE UNS WIEDER.* In der letzten Nummer von *Elle* war sie auf derselben Seite wie Paris Hilton zu sehen – gleich neben jener dummen Blondine.

»Du solltest damit aufhören«, sagte ich ihm. »Ganz ehrlich. Nicht so viel Wind machen.«

Er blickte mich mit einer Spur von Verachtung an. »Haben Sie etwa alle Hoffnung verloren?«

»Ganz und gar nicht. Aber Roger, ich sehe nicht, wozu das gut sein soll.«

»Gibt es einen einzigen Grund, warum ich das nicht tun soll? Sagen Sie mir, inwiefern ihr das schaden kann, dann stoppe ich die Sache sofort. Ich bin nicht wie Sie, Francis. Ich kann nicht still sitzen bleiben und die Hände in den Schoß legen.«

»Du solltest sparsam mit dem Pulver umgehen«, sagte ich ihm.

Es war abends noch warm genug, um ein paar Koteletts auf der Plancha zu grillen. Ein fernes Brausen von der Brandung war zu hören, eine Taube gurrte in der Rottanne des Nachbarn, während ihr Gefährte am sternklaren, still über den Pyrenäen stehenden Himmel in Richtung La Rhune davonflog. Roger brachte mir Küchenkräuter.

Er runzelte fast unentwegt die Stirn. Aber sobald er sie nicht mehr runzelte, wirkte er gar nicht mehr so bekümmert. Judith fand das nicht und warf mir sogar eine gewisse Härte vor. Nicht nur eine gewisse Härte, wenn ich offenkundige Beweise verlangte, dass er litt – Blässe, Magerkeit, Stöhnen, sondern auch eine gewisse Dummheit, denn was sollte das schon bringen. »Wärst du einen Schritt weiter, wenn er krank würde? Würde dich das beruhigen?«

Auf jeden Fall löste sein Gesundheitszustand keine Besorgnis bei mir aus. Ob sie mir gestatte, das zu sagen? Dürfe ich der Ansicht sein, dass er gar nicht so schlecht aussah, ohne dass gleich mein guter Wille zur Debatte stand?

»Lass uns ins Spielkasino gehen«, schlug ich ihm nach dem Essen vor. »Lass uns etwas Geld rausschmeißen.«

Ich stand auf. Ich ging in den ersten Stock, um Judith Bescheid zu sagen, und blieb vor der halboffenen Tür des Gästezimmers stehen. Judith las ihnen etwas von Jane Austen vor. Den Zwillingen schnürte es die Kehle zu, und sie schmiegten sich an ihre Großmutter – die mal wieder atemberaubend schön war. Wie hatte ich bloß das Risiko eingehen können, eine solche Frau zu verlieren? Ich musste wohl krank sein, anders war das nicht zu erklären. Ich hätte mich glücklich schätzen sollen, eine so durch und durch hübsche Brünette geheiratet zu haben. Ich musste völlig blind sein.

Auch Johanna war dunkelhaarig gewesen. Ihr herrliches dichtes Haar hatte im Nu Feuer gefangen – als schlügen ihr die Flammen aus dem Kopf. Ich hatte Alice an mich gedrückt, aber diese wenigen Bilder hatten sich ihr für immer eingebrannt, so dass sich in all den Jahren ein ganzes Heer von Psychiatern um sie scharte. Die Sorgen, die sie mir bereitet hatte, hätten einen ganzen Steinbruch füllen können.

Ich liebte Alice zutiefst, aus ganzem Herzen, aber mich schmerzten noch die Knochen von all dem, was sie mich hatte durchmachen lassen – Autounfall, *overdose,* Ausnüchterungszelle, Ertrinken. Womöglich kam diesmal der verhängnisvolle Schlag, und Judith könnte sich als meine einzige Stütze bei einer solchen unerträglichen Schicksalsprüfung erweisen. Vermutlich müsste ich dann die Zwillinge ein wenig zur Seite schieben, um mich an sie zu kuscheln, falls alles in einer Staubwolke verschwinden sollte. Es war wohl besser, wenn ich keine Faxen machte.

Als sie mich anblickte, lächelte ich ihr zu und gab ihr mit einer Handbewegung zu verstehen, dass ich an die frische Luft ging.

Wir gingen am Strand entlang. »Ich weiß, dass es nicht so ist«, sagte er.

»Was?«

»Dass Sie tatenlos zusehen würden.«

»Ich sehe nicht tatenlos zu.«

»Das meine ich ja. Dass Sie nicht tatenlos zusehen. Ich habe das zwar gesagt, aber ich weiß, dass es nicht so ist.«

Die Bretter, auf denen wir gingen, verschwanden stellenweise im Sand und tauchten dann wieder mit aschgrauen Spiegelungen auf. Möwen kreisten über uns, ließen sich vom Wind tragen. Die Nacht war hell.

»Eines müssen Sie begreifen«, sagte er. »Eines müssen Sie unbedingt begreifen. Alles was ich tue, tue ich für sie. Nur für sie.«

»Mir wäre es lieber gewesen, wenn du vorher mit uns darüber gesprochen hättest.«

»Ja, ich weiß. Das haben Sie mir schon gesagt. Okay. Ich kann von mir aus die ganze Nacht damit verbringen, mich zu entschuldigen, wenn Sie das von mir erwarten.«

»Das ist eine gute Idee. Du kannst gleich damit anfangen.«

»Hören Sie, Francis, hören Sie, das wird Sie nicht umbringen. Wir dürfen die Nachforschungen nicht *reduzieren,* wir müssen die Nachforschungen *intensivieren.* Sie intensivieren, verstehen Sie? Nur so funktioniert das. Je mehr von ihr die Rede ist, desto besser. Sehen Sie sich doch die Nachrichten an. Wissen Sie nicht, welches Los die Unbekannten erwartet? Wissen Sie das nicht?«

Plötzlich hatte ich Lust, eine Waffel zu essen. Der Ozean wirkte wie ein riesiger, schwarz glänzender Bildschirm, über den blaue Streifen wanderten und ein stark nach Jod riechender warmer Hauch strich. Aus den Waffeleisen einer Bude wehte ein köstliches Vanillearoma von gebackenem Teig herüber.

»Ich habe noch nie so viel Berichte über sie gehört wie in der letzten Zeit«, erklärte ich. »Sie ist überall zu sehen und ist doch nicht da. Ich glaube, das stört mich daran. Der Kontrast.«

»Okay. Ich verstehe, dass Ihnen das nicht passt. Aber Sie müssen es für sie tun. Verdammte Scheiße, Francis!«

Ich betrachtete ihn. Die vielen Jahre, in denen er von morgens bis abends zugedröhnt war, verstärkten im gegenwärtigen Halbdunkel seine bleiche Gesichtsfarbe und verliehen ihm das Aussehen eines unredlichen Finanzmannes. Ich hatte Alice meine Meinung über diesen jungen Banker kundgetan – die Bank gehörte einem in Monaco angesiedelten Zweig seiner Familie –, der ganze Tage mit offenem Kragen auf dem Sofa seines Büros im Delirium lag, seine Termine einen nach dem anderen absagte und vollkommen stoned war. Ich hatte versucht, ihr die Augen zu öffnen, aber das war reine Zeitvergeudung gewesen.

Ich selbst heiratete Judith. Unter diesen Umständen konnte ich mich nicht grundsätzlich gegen das Prinzip der Ehe aussprechen. Wie auch immer, ich war ihr gegenüber weder standhaft genug noch wirklich überzeugend gewesen, und so heirateten sowohl sie als auch ich im Abstand von einem Monat während der Kirschblütenzeit in der Saint-Jean-Baptiste-Kirche, weil das Schicksal es nun mal so wollte – und weil wir es nicht mehr aushielten und die Flammen gelöscht werden mussten.

Diese beiden Jahre nach dem Unfall. Diese alptraumhaften Jahre.

Wenn ich heute Roger betrachtete und an den totalen Zombie zurückdachte, der meine Tochter geheiratet hatte – und durchs Kirchenschiff getorkelt war –, musste ich zugeben, dass er sich gemacht hatte – abgesehen davon, dass er inzwischen von Kopf bis Fuß Ralph-Lauren-Klamotten trug.

»Es gibt da eine Lösegeldforderung, Francis«, sagte er mit einer Grimasse, als hätte ich ihm den Fuß zerquetscht. Ich blieb wie angewurzelt stehen. »Tut mir leid, aber ich durfte nicht darüber sprechen«, fügte er hinzu.

Ich räusperte mich. »Lebt sie noch?«, fragte ich.

»Was? Ja… Tut mir leid, ja… Sie lebt. Aber die Polizei kommt natürlich nicht voran.«

»Lösegeld? Wie viel? Und warum erzählst du mir das erst jetzt?«

Ich warf meine halbe Waffel in die Mülltonne. Ein paar Sekunden lang drehte sich alles in meinem Kopf, und ich sank auf eine Bank, die dort neben einer alten Tamariske mit aufgeplatztem Stamm stand.

»Du weißt, dass ich völlig am Boden zerschlagen bin und das Schlimmste befürchtet habe, du weißt, welche Ängste ich ausstehe, aber du hast kein Mitleid mit mir. Du hältst es nicht für nötig, mich zu schonen, nicht wahr?«

Er beugte sich zu mir herab. »Nun mal langsam, Francis, langsam. Damit die Sache klar ist. Ich habe in erster Linie Alices Wohl im Auge gehabt. Es tut mir leid. Die Polizei wollte unbedingt unter völliger Geheimhaltung agieren. Ich habe nur Alices Wohl im Auge gehabt. Ich habe zu ihnen gesagt: ›Okay, tun Sie, was Sie wollen, ich habe es mir überlegt, ich glaube, Sie haben recht‹, und habe sie ihren Job verrichten lassen. Tut mir leid.«

Ich blickte ihn verdattert an. »Sag mal, spinnst du eigentlich?«, sagte ich ihm. »Wie kann man nur so naiv sein … Die Sache ist schiefgegangen, oder? Willst du mir das damit sagen?«

Möwen stritten sich um meine Waffel – kleine weiße Sahnepartikel wirbelten durch die Luft. Vor Erschütterung zitterten mir die Hände.

Nach einer entsetzlichen Nacht – Judith und ich hatten im Anschluss an Rogers verblüffende Enthüllung, die mich praktisch impotent hatte werden lassen, auf grauenhaft unbefriedigende Weise miteinander geschlafen, was für den nächsten Tag und sogar für die folgenden Tage nicht gerade die besten Voraussetzungen schaffte, auch wenn sie das abstritt – ging ich am nächsten Morgen schnurstracks auf die Kaffeemaschine zu, als mein Schwiegersohn von der Seite auf mich zustürzte. Es war sieben Uhr morgens – eine Zeit, zu der er nur selten auf den Beinen war.

»Die Journalisten kommen«, sagte er.

»Was für Journalisten?«

»Das wissen Sie doch genau, Francis. Stellen Sie sich doch nicht dumm.«

Ich schlug vor, das Treffen auf den folgenden Tag zu verschieben, aber er begann sich sofort zu beklagen und zu stöhnen und warf mir vor, ich bringe alles in Gefahr und führe mich auf wie der letzte Egoist. »Sie kommen extra aus Paris her. Habe ich Ihnen das gesagt? Habe ich Ihnen

gesagt, was ich alles habe tun müssen, um sie hierherzu-
locken?«

Der Tag brach an. Ich setzte die Maschine in Gang, ließ
mir einen *Livanto* einlaufen und fragte mich dabei, was
man tun könne, um in meinem Alter sexuell auf der Höhe
zu bleiben, selbst wenn man das durchmachte, was ich gerade durchmachte.

Ich starrte ihn an. »Man hätte *nur* das Geld auftreiben,
nur ihren Anweisungen folgen, ihnen *nur* die Kohle bringen müssen, das wäre alles gewesen. Mehr nicht. Dafür
braucht man weiß Gott nicht viel Grips, Roger. Man darf
vor allem nicht versuchen, sie zu überlisten, so kompliziert
ist das doch nicht.«

Er verdiente es, Höllenqualen auszustehen, dafür dass er
das Schicksal meiner Tochter der Polizei anvertraut hatte.
Wenn ich nicht so überzeugt gewesen wäre, dass seine Gefühle für Alice aufrichtig waren, hätte ich mich auf ihn
gestürzt. Ich konnte es mir genau vorstellen, wie dieser ab-
scheuliche Dummkopf mit anderen abscheulichen Dumm-
köpfen redete. Eine Aktion mit ihnen auf die Beine stellte.
Mit dieser Bande von Cowboys. Dieser elenden Bande
strohdummer Cowboys, die unfähig waren, das Lösegeld
zu übergeben, ohne dabei alles auffliegen zu lassen. »Wenn
es nicht so schrecklich wäre, würde ich lachen. So viel
Dummheit ist echt erschreckend. Ganz ehrlich, Roger.«

Er trat mit gesenktem Kopf von einem Bein aufs andere
und wartete mit wehleidiger Miene darauf, dass wir das
Thema wechselten. Der Himmel über dem Meer war klar
und rein. Junge Leute kamen von den Parkplätzen und gingen, ein Surfbrett unter dem Arm, mit etwas steifen Schrit-

ten zum Strand hinab. In der Stadt öffneten die Limonadenhändler ihre Buden, und die Fleischer garnierten ihre Auslagen. Die Markthalle öffnete ihre Tore. Das erste Flugzeug nach Paris tauchte am Himmel auf und zog eine Schleife über der Bucht.

»Wir stecken in einer Sackgasse«, sagte er in klagendem Ton.

Ich erwiderte nichts, denn das hatte ich bereits verstanden. »In einer richtigen Sackgasse«, stammelte er.

Ihm zufolge war meine Teilnahme an dem Interview sehr wichtig. Meine Hände zitterten noch immer ein wenig. Ich rief A. M. an. Ich hatte am Tag zuvor mit ihr gesprochen und ihr mitgeteilt, dass sie den richtigen Riecher gehabt habe, dass es sich tatsächlich um eine Entführung handele. »Aber von der Presse war keine Rede«, sagte ich ihr. »Und jetzt steht Roger vor mir und erzählt mir etwas von Journalisten, einem Termin … ja, das habe ich ihm gesagt … er soll sich in Zukunft da raushalten, das habe ich ihm gesagt … er gibt mir ein Zeichen, dass er das begriffen hat, ja … keine weiteren Initiativen, ja, ich glaube, das hat er begriffen, er gibt mir ein zustimmendes Zeichen.«

Hatte ich meinerseits begriffen, dass es sich um ein *gefilmtes* Interview handelte? Er hatte ein besonderes Talent dafür, mich zu verstimmen. Er schwor, er habe es mir gesagt, aber ich konnte mich nicht daran erinnern. Er behauptete, es sei zu spät, um den Termin abzusagen. Er war nicht gerannt, schien aber plötzlich außer Atem zu sein. Ich solle mal nachdenken, wie er meinte. Ich solle mal richtig nachdenken. Nie aufhören, an meine Tochter zu denken. Alles tun. Auf allen falschen Stolz verzichten. Allen Stolz hinunterschlucken. Allen Stolz wenn nötig mit Füßen treten. In den 20-Uhr-Nachrichten im Fernsehen auftreten.

Das war der Gipfel. Roger schwitzte, aber er ließ nicht locker. *Paris Match* hatte vorgeschlagen, das Gespräch in seinem nächsten Heft abzudrucken, und bei *Voici* durchstöberte man – nach Rogers Anruf – erneut das Archiv.

Ich müsse das endlich einsehen, meinte er. Ich müsse sehen, wie wichtig das sei. Wenn man von dem Prinzip ausging, dass Berühmtheit wirksamer sei als Anonymität, dürfe ich keinen Moment zögern. Dann müsse ich mich vor die Kamera stellen und die Entführer anflehen, sie am Leben zu lassen und ein neues Angebot machen. Ich müsse ihnen sagen, was für eine wunderbare Frau, was für eine bemerkenswerte Mutter, was für ein charmantes Wesen sie sei – ganz abgesehen von dem Preis, den sie als beste Nachwuchsschauspielerin vor sechs Jahren erhalten hatte, ihrer vielversprechenden Karriere, ihrem Einsatz gegen Aids usw. »Und soll ich auch in Tränen ausbrechen?«, fragte ich.

Er bat Judith, mir zu erklären, dass wir die Lösegeldforderung nutzen sollten, um die Emotionen, die Alices Verschwinden in der Öffentlichkeit ausgelöst hatte, nicht verpuffen zu lassen. Ich hatte ein paar hunderttausend Bücher verkauft und war nicht ganz unbekannt, er war sich daher der Wirkung meiner Wehklage im Fernsehen durchaus sicher. »Das bin ich mir auch, Roger. Aber es ist mir peinlich. Ich denke, das ehrt uns nicht gerade.«

Ob ich etwa beschlossen habe zu warten, bis man mir eines ihrer Ohren mit der Post zusende? Ob ich vielleicht der Ansicht sei, dass so etwas nur anderen Leuten passiere?

Sie stellten die Scheinwerfer im Wohnzimmer auf. Sie glaubten, ich hätte ein Problem mit den Augen – die die Größe von Stecknadelköpfen angenommen hatten. Eine junge Frau schminkte uns. Dann wurden uns Mikrofone angesteckt. Ich fühlte mich innerlich wie ein Eisblock.

»Wir fangen an, wenn Sie bereit sind. Ist Ihnen kalt?«

Wenigstens war einer von uns beiden zufrieden. Als es Abend wurde, legte mir Roger die Hand auf die Schulter und erklärte, Alice habe den Vater, den sie verdiene. Ich sei perfekt gewesen.

Eine Minute zuvor hatte ich Judith dabei überrascht, wie sie leise spanische Worte in den Telefonhörer flüsterte – ich spreche kein Spanisch. Ich war stumm ins Dunkel zurückgewichen – ich hatte den Eindruck, als habe sie sich im Halbdunkel den Busen gestreichelt.

Ich war für Johanna nicht der ideale Ehemann gewesen und war auch für Judith anscheinend kein besserer. Es hatte vermutlich ein paar Lehren gegeben, die ich hätte ziehen müssen und die ich nicht gezogen hatte.

»Ich weiß, was Sie denken«, sagte Roger zu mir. Ich blickte zu ihm auf. »Aber das musste sein«, fuhr er fort. »Glauben Sie mir, auch wenn es Ihnen schwerfällt.«

Ich drehte mich zu Judith um, die kurz auftauchte, um uns mitzuteilen, dass sie noch mal auf einen Sprung in die Agentur müsse – und das um elf Uhr abends. Ich begnügte mich mit einem Nicken und blickte ihr nach. Ich fand es fast beleidigend, dass sie keine bessere Ausrede erfand. Dass sie sich nicht mal die Mühe machte. Um elf Uhr abends musste sie plötzlich in die Agentur, ja klar doch!

Ich fragte mich, ob ich nicht A. M. davon erzählen und sie bespitzeln lassen sollte, vielleicht würde mir das helfen.

»Mir ist es lieber, wenn wir diese Dinge trennen«, sagte sie mir. »Ich bin dabei, die Sache mit dem Lösegeld unter die Lupe zu nehmen. Ich würde mich gern darauf konzentrieren.«

»Aber sicher«, erwiderte ich. »Aber sicher, das war nur eine Frage.«

»Wenn wir gute Freunde bleiben wollen, Francis. Glauben Sie mir. Wenden Sie sich wegen Ihrer Frau an jemand anders.«

Ohne weiter nachzudenken, kam mir sofort Jérémie in den Sinn. Ich gaukelte ihm vor, er könne sich auf leichte Weise ein paar Geldscheine verdienen: Ich wollte nur über Judiths Tagesablauf Bescheid wissen, erfahren, wohin sie fuhr und wen sie traf. »Fünfhundert sofort und weitere fünfhundert am Ende der Woche. Und ich übernehme die Kosten für Sandwichs und Benzin. Einverstanden? Dann bist du also eingestellt, mein Lieber. Deiner Mutter brauchst du übrigens nichts von unserem Abkommen zu erzählen. Ich will keinen Ärger mit ihr.«

Judith kehrte gegen ein Uhr morgens heim. Ich stand auf und warf einen Blick durchs Schlüsselloch. Ich sah zu, wie sie sich entkleidete. Und beobachtete ihre ruhige, friedliche Miene.

Am nächsten Morgen legte Roger ein halbes Dutzend Zeitungen vor mir auf den Tisch und erklärte, wir hätten gute Arbeit geleistet. Er zeigte mir Alices Bild auf der Startseite von Yahoo. Auszüge aus dem Videofilm – mit Zoom auf die Träne, die ich vergossen hatte.

A. M. war nach Paris gefahren, um mehr über die gescheiterte Lösegeldübergabe zu erfahren. »Warte nur«, sagte ich. »Sie ist hartnäckig. Wir verstehen uns sehr gut. Und der Vorteil, der große Vorteil, den sie hat, ist ihre Verfügbarkeit. Sie braucht sich nicht zugleich um tausend andere Dinge zu kümmern. Im Gegensatz zur Polizei. A. M. nimmt alles unter die Lupe. Sie ist sehr gewissenhaft. Ich habe volles Vertrauen in sie. Mein Gott, Roger, es ist schon verrückt, aber ich schöpfe wieder Hoffnung. Ich hatte sie natürlich nicht völlig verloren, aber ... Und jetzt geht es wieder bergauf. Das kannst du dir gar nicht vorstellen. Wenigstens weiß ich, dass sie nicht auf dem Grund eines Sees liegt. Wenigstens weiß ich, dass sie nicht in einer Gletscherspalte liegt. Natürlich mache ich mir Sorgen. Logisch. Wir wissen beide genau, dass es überall Verrückte gibt. Ich bin halbtot vor Angst. Wirklich. Worauf warten die bloß, bevor sie Kontakt zu uns aufnehmen? Warum ziehen sie die Sache so in die Länge? Was hat das zu bedeuten? Aber weißt du was, Roger, das ist mir lieber als diese betäubende Stille. Die hat mich völlig fertiggemacht. Das kannst du dir ja vorstellen. So lange ohne eine Nachricht zu sein, ohne eine einzige Nachricht.«

Ich überhäufte ihn jedoch nicht mit Vorwürfen. Ich sah ja, dass er sich voll einsetzte – auch wenn ich nicht sicher war, dass er die richtige Strategie gewählt hatte, und nicht mal, ob diese Strategie etwas brachte oder überhaupt angemessen war. Aber auf gewisse Weise gehörte er jetzt zur Familie. Und diese Familie war derart zusammengeschrumpft, dass es nicht sinnvoll gewesen wäre, irgendein Mitglied auszuschließen, irgendeinen Kopf rollen zu lassen. Sogar wenn er einem mittlerweile zum Banker gewordenen ehemaligen Junkie gehörte.

Ich kannte Roger inzwischen seit über zehn Jahren, und auch wenn er mir in den ersten Monaten seiner Ehe mehrfach einen heftigen Schrecken eingejagt hatte – ständig gab es Ärger und Scherereien, ständig lebte man in Angst und Sorge –, musste ich doch zugeben, dass er eine gewisse Charakterstärke unter Beweis gestellt hatte, um da wieder herauszukommen. Wirklich. Roger war der lebende Beweis dafür, dass man über Nacht *clean* werden konnte. Am Tag, an dem Alice ihm eröffnete, dass sie schwanger war, hatte er geschworen, mit den harten Drogen aufzuhören, und alles in die Toilette geworfen. Ich konnte es bezeugen. Er hatte darauf bestanden, dass ich dabei war. Dass ich da war, um seinen Schwur zu hören.

Wenn ich an diese Zeit zurückdachte, biss ich unweigerlich die Zähne zusammen.

»Der Mechanismus hat sich zu früh ausgelöst«, erklärte er mir schließlich. »Ich weiß nicht, wie das funktioniert, aber wenn man den Aktenkoffer öffnet, wird die Sache irgendwie in Gang gesetzt und ein ordentlicher Schuss unauslöschlicher Tinte spritzt auf die Geldscheine und in die Gesichter der Typen, und im Allgemeinen klappt das bestens.«

»Mein Großvater ist in Verdun gefallen, weil sein Gewehr, ein Lebel Modell 1886, beim Ansturm Ladehemmung hatte.«

»Der Inspektor musste zusehen, wie der Aktenkoffer auf

seinem Schoß in die Luft ging. Bums! Ohne Grund. In der großen Bahnhofshalle der Gare de Lyon. Er war zehn Minuten vor dem verabredeten Zeitpunkt da. Noch heute ist der Boden voller blauer Flecken.«

Die neue Hoffnung rief bei mir seltsamerweise eine gewisse Übelkeit hervor. Daher ging ich ans Meer, während Roger den Mädchen zu essen machte. Und ich tat gut daran, denn kaum setzte ich die Füße ins Wasser, krampfte sich mir der Magen zusammen.

Sich in den Ozean zu übergeben, hat mehrere Vorteile. Einen Augenblick lang wankte ich wie ein Betrunkener, dann trat ich ein paar Schritte zur Seite und beugte mich runter, um mir das Gesicht abzuspülen. Zum Glück war der Sommer vorüber, so dass ich nicht von einer Horde von Menschen umgeben war – die allernächsten Spaziergänger hatten die Größe von Streichhölzern. Der Hund, der sie begleitete, rannte im gestreckten Galopp auf mich zu, sprang mit einem Satz ins Wasser und verschlang gierig die an der Oberfläche schwimmende Brühe – während sein Herrchen herbeitrabte und schrie: »Rex! Rex!«

Ich hatte nicht mehr die gleiche Widerstandskraft wie früher, ich wurde empfindlicher. Sentimentaler, könnte man auch sagen. Alices Abwesenheit ließ die Gespenster ihrer Mutter und ihrer Schwester wieder auftauchen – darauf hätte ich gern verzichtet. Und jetzt auch noch *diese Hoffnung*.

Die verrückte Hoffnung – die auf nichts wirklich Greifbarem beruhte, mir die Eingeweide umdrehte und Rotzfetzen in den Wind schickte.

Das Bild von unserem brennenden Auto stand mir wieder vor Augen – mein Saab 900 Cabrio mit Lederpolsterung, den ich nie über Nacht draußen stehenließ. Dieser grauenhafte Anblick. Das Brausen der Flammen. Alice, die ihr Gesicht an meine Brust presste. Ihr Geschrei, ihr Zittern. Während ich sah, wie die beiden Frauen wie Fackeln brannten, die Arme ausgebreitet wie ein Kandelaber. Johanna, ihre Mutter. Olga, unsere älteste Tochter.

Eine weitere Schicksalsprüfung hätte ich mir gern erspart.

Ich hätte es mir auch gern erspart, dass Judith und ich uns mehr oder weniger auf eine Trennung zubewegten. Parallel dazu.

Manchmal hat man schon den Eindruck, dass das Leben uns einen Streich spielt.

Meine Bücher verkauften sich damals ziemlich gut, und am Tag des Unfalls waren wir vier unterwegs nach Pamplona, ich hatte der deutschen *Playboy*-Redaktion (zu einem guten Preis) eine Kurzgeschichte verkauft, aber Johanna und ich hatten uns am Tag zuvor heftig gestritten, und niemand hatte seit der Abfahrt von zu Hause den Mund aufgemacht.

Ich wartete auf den Moment, da das Gewitter über mich hereinbrechen würde. Ich starrte auf die Straße und hielt das Steuer mit beiden Händen fest. Es schien mir, als hätten gewisse Dinge zwar eine Oberfläche, aber keinerlei Dichte, und dass man ihnen daher nicht mehr Bedeutung beizumessen brauchte, als sie verdienten – Johanna, und das war bedauerlich, teilte diese Ansicht nicht.

Es ging um ein banales Literaturfestival in Graubünden. Die Lesungen waren bis zum Morgengrauen gegangen, und der Alkohol war in Strömen geflossen. In Graubünden. Anders gesagt am Rand der bewohnten Welt. Marlène und ich hatten am Tag unserer Ankunft gelacht, als wir erfuhren, dass man uns ein Doppelzimmer reserviert hatte. Draußen waren Kühe, Glocken und das Geräusch von Hufen zu hören. Vom Bahnhof aus hatten wir fast eine Stunde im Postauto über eine kleine Landstraße fahren müssen, die an Abgründen entlangführte. Von Einbruch der Dunkelheit an machten große Mengen Absinth die Runde, und jede Lesung löste einen heftigen, unkontrollierbaren Adrenalinschub aus. In einem abgelegenen Ort im hintersten Winkel von Graubünden, einen Steinwurf von Sils-Maria entfernt, wo Nietzsche ein Stammgast gewesen war. Herrgott noch mal. Aber nichts von alldem hatte Johanna nachsichtig stimmen können.

Ich war damals ein großer Fan von Hemingway, und die Vorstellung einer Spritztour nach Pamplona begeisterte mich. Aber die Freude verging mir sehr schnell – obwohl der Morgen hell und klar, die Luft mild und die Autobahn leer war.

Ich hatte mein Handy genommen und sofort den Verlag gewechselt, aber das reichte nicht. Johanna war tief verletzt. Die Krise dauerte schon seit zwei Tagen an. In der ersten Nacht hatte ich überhaupt nicht geschlafen, in der folgenden nur stundenweise. Ich hoffte, die *feria* und ein paar schön blutige Stierkämpfe würden uns auf andere Gedanken bringen. Das war dringend nötig. Die Atmosphäre war vergiftet.

Ich bog in die Abfahrt zur Raststätte ein und parkte den Wagen im Schatten neben dem kleinen Restaurant. Ich warf Johanna einen fragenden Blick zu. Da ich keine Antwort erhielt, stieg ich aus. Ich fragte mich, was für ein Gesicht Ernesto an meiner Stelle gemacht hätte. Dann stieg auch Alice aus. Ich fragte mich, was für ein Gesicht die Mädchen machen würden, wenn Johanna ihnen erklären würde, warum sie so sauer auf mich war. Ich befürchtete, dass ihr Urteilsvermögen noch nicht hundertprozentig ausgebildet war und sie mich ein bisschen zu schnell verurteilen würden. Auf jeden Fall machte ich mir keine allzu großen Illusionen über die Gnadenfrist, die man mir gewährte. Ich wusste, dass Johanna früher oder später die Sache zur Sprache bringen würde. Das hatte sie mir gesagt. Klipp und klar.

Sie kam auf mich zu, während ich vor dem Laden stand. Ich betrachtete derweil den blauen Himmel über den Wäldern ringsum. Hemingway hatte auf der Fahrt durch die Pyrenäen die Lungen mit der Luft dieser grünbewaldeten, moosbewachsenen Berge gefüllt. Dieser begnadete Kerl.

Anschließend wohnten Alice und ich zwei Jahre zusammen. Zwei furchtbare Jahre. In einer Dreizimmerwohnung. Obwohl wir das Doppelte gebraucht hätten. Oder gar das Dreifache.

Ich war nicht imstande, den Mädchen etwas vorzulesen. Ich erklärte Roger, dass er hoffentlich Verständnis dafür habe, und meinte, dass besser er sich um die Kinder kümmere. Um überzeugend zu wirken, behauptete ich, ich müsse über einen möglichen neuen Roman nachdenken, und zog mich mit inspirierter Miene in den hinteren Teil des Gartens zurück.

Jérémie tauchte auf, sobald Roger im Haus verschwunden war. Ich bemerkte, dass er ein Heft in der Hand hielt.

»Ich glaube, Sie irren sich«, sagte er mir. »Sie hat den ganzen Tag ihren Kunden Häuser gezeigt. Hier ist die Liste.«

»Ich würde mich ja gern irren. Zeig mir mal diese Liste, hm? Aber sag mal. Ich werf doch nicht einfach mein Geld zum Fenster hinaus, für wen hältst du mich eigentlich? Mach weiter. Wie wir es besprochen haben. Halt die Augen offen. Sie ist eine kluge Frau, weißt du.«

Es war sonnenklar, dass er mich für einen Dummkopf hielt – ich war mir aber sicher, dass sie ihn hinters Licht führte. Ich sagte ihm, wo der Kühlschrank war, falls er etwas essen oder trinken wolle. Er schüttelte den Kopf. Er begriff nicht, dass man sich so eine Frau entwischen lassen konnte, wenn man das Glück hatte, sie zu haben.

»Wir haben auch leckeres Eis aus Schafsmilch da, bedien dich einfach«, sagte ich nachdrücklich. »Nur nicht so schüchtern.«

Man konnte schüchtern sein und trotzdem eine Tankstelle mit einem Jagdgewehr überfallen. Er war der beste Beweis dafür.

Roger hatte ihn ein, zwei Mal gesehen und fand ihn unheimlich. Seit er aus dem Gefängnis entlassen worden war, schärfte seine Mutter ihm ein, so schnell wie möglich eine Arbeit zu finden, da sie der Ansicht war, dass Müßiggang aller Laster Anfang sei.

Ich blickte ihm nach, während er davonging, gefolgt von seinem Hund. »Wann gibst du ihm endlich einen Namen?«, rief ich ihm nach.

Als Judith aus der Agentur zurückkehrte, fragte sie mich, warum ich denn so blass sei. Das sagte doch einiges darüber aus, was sie noch an mir interessierte, befand ich.

Das Gleiche am nächsten Tag. Sie hatte in aller Ruhe Häuser verkauft. Und auch am folgenden Tag. »Hören Sie, ich glaube, das kann ich nicht länger tun«, meinte er.

»Was soll das heißen, Jérémie? *Was* kannst du nicht länger tun?«

»Ihr nachsteigen. Das gefällt mir nicht.«

»Ich bitte dich! Stell dich nicht so an. Oje oje!« Ich legte ihm die Hände auf die Schultern. »Tu mir doch bitte den Gefallen, Jérémie.« Ich blickte ihm fest in die Augen. »Du kannst mich jetzt nicht hängenlassen.«

»Hören Sie, ich glaube, ich habe keine allzu große Lust, Leuten nachzuspionieren.«

»Klar. Ein Glück. Aber nur dieses eine Mal. Versetz dich mal eine Sekunde in meine Lage. Ich brauche jemanden, dem ich vertrauen kann.«

Abgesehen von mir schien er mit niemandem Kontakt zu haben. »Sollen wir uns noch mal über den Tarif unterhalten?«

Er erklärte, der Tarif sei in Ordnung. Er fügte hinzu, ich müsse vermutlich einsehen, dass meine Frau keinen Liebhaber habe. »Bis zum Beweis des Gegenteils«, sagte ich, »okay.«

Er beugte sich zu mir herüber.

»Aber was stört Sie eigentlich daran? Was haben Sie denn davon? Ich dachte, es läuft sowieso nichts mehr.«

»Ich will die Wahrheit wissen. Das ist alles. Ich täte es

selbst, wenn Alice nicht meine ganze Aufmerksamkeit in Anspruch nähme. Glaub mir das ... Und du brauchst einen Job, vergiss das nicht ... Es ist immer besser, ein bisschen Geld in der Tasche zu haben. Halt noch ein, zwei Wochen durch. Das ist doch nicht zu viel verlangt. Denk nur an die Typen, die für knapp tausend Euro im Monat im sechzigsten Stock eines Hochhauses die Fenster putzen.«

Vermutlich war es ein Fehler, diesen Aspekt der Situation einem jungen Mann vor Augen zu halten, der im Schatten bleiben wollte. Vermutlich war es ein Fehler, einem jungen Mann zu sagen, es gäbe Jobs, bei denen man weniger als tausend Euro verdiente. Noch am selben Morgen hatte ich einen Mann in schwindelnder Höhe auf dem Ausleger eines Baukrans gehen sehen, mitten im Wind. Ich hoffte, dass er seinen Schutzhelm gut befestigt hatte – ein gelber Helm, der den ersten Sonnenstrahlen als Zielscheibe diente.

»Besser als ich kann dich keiner dieses Handwerk lehren«, sagte ich ihm. »Vergiss das nicht.«

»Ich weiß. Das ist nicht das Problem.«

»Nun mal langsam. Ich bitte dich. Herrgott noch mal. Sieh dich doch mal um, Jérémie. Sieh dich um. Das ist kein Witz. Wenn du nicht die Absicht hast, alle Tankstellen des Landes abzugrasen, ist der Detektivberuf gar nicht so schlecht. Wenn ich mir das so überlege: Ich hätte nichts dagegen gehabt, Leuten nachzuspüren. Im Grunde tue ich beim Schreiben etwas Ähnliches. Für mich hätte das nicht viel geändert. Aber damit die Sache klar ist: Nichts zwingt dich, das dein ganzes Leben lang zu tun. Wichtig ist nur, dass du erst mal den Einstieg schaffst. Das musst du hinkriegen. Erst mal den Einstieg schaffen, ich bin sicher, dass anschließend alles von selbst läuft. Privatdetektiv, hm? Auf jeden Fall ist das besser als Croupier.«

Bei solchen Gesprächen beschleunigte er den Schritt, dann hängte er mich ab und trabte mit seinem Hund davon. Auch diesmal. Das war unvermeidlich. A. M.s Befürchtungen waren letztlich vielleicht doch berechtigt. Sechs Jahre Gefängnis, das war kein Klacks. Der Schmerz steckte tief. Und hatte Wurzeln geschlagen.

Am anderen Ende der Leitung erklärte A. M., dass es sehr nett von mir sei, dieses Thema mit ihm anzuschneiden.

»Das ist doch selbstverständlich«, sagte ich ihr. »Ich hoffe, dass Ihnen das hilft.«

Irgendetwas ließ ihr keine Ruhe. Es sei noch zu früh, um darüber zu sprechen, aber sie werde mich auf dem Laufenden halten. Ich hatte nicht mehr genug Energie, um Genaueres aus ihr herauszubringen. »Und wie ist Paris? Haben Sie Zeit, die Stadt auch ein wenig zu genießen?« Ich wusste, dass sie mit einer Frau in Les Halles verabredet war. »Hin und wieder ein bisschen«, sagte sie. »Sie wissen ja, wie das ist. Für eine feste Beziehung muss man sich ganz schön ins Zeug legen.«

Ein Foto ihrer Freundin war mir mal untergekommen. Sie sah aus wie eine Grundschullehrerin.

»Ich glaube, der Hund tut ihm sehr gut«, sagte ich. »Ich glaube, der Hund ist Ihr größter Verbündeter. Hoffentlich bekommt er bald einen Namen, finden Sie nicht auch?«

Man brauchte die beiden nur anzusehen: den ausgesetzten Hund und den jungen Mann, der gerade aus dem Gefängnis entlassen worden war – das allein sprach schon Bände.

»Aber Sie haben recht, sehr behutsam vorzugehen«, fuhr ich fort.

»Oh, ich bin *extrem* vorsichtig.«

»Es wäre wirklich nicht der richtige Moment, glaube ich.«

Ich kannte ihn nicht gut genug, um seine Reaktion vorherzusehen, wenn er der Sache auf die Spur kam. Irgendetwas sagte mir, dass er es nicht sonderlich schätzen würde.

»Sein Vater war der mieseste Sexualpartner, den man sich vorstellen kann«, sagte sie mit tonloser Stimme.

»Sie haben es bestimmt richtig gemacht. Daran zweifle ich keine Sekunde. Aber passen Sie auf, wenn Sie an dem Bild rütteln, das ein Junge von seinem Vater hat. Das ist wie der Umgang mit Dynamit. Das sollte Ihnen klar sein. Die Irrtümer und Demütigungen unserer Väter büßen wir schließlich ein Leben lang.«

Als ich auflegte, saß Judith mir gegenüber. Sie war von ihrem Jogging zurück – es war, als wäre sie von einer Wolke aus unsichtbaren Partikeln umgeben.

»Ist alles in Ordnung?«, fragte sie mich.

»Was meinst du? Einiges ja, anderes nicht wirklich.«

Sie seufzte kurz und verdrehte die Augen, um anzudeuten, dass sie dieses Thema nicht ansprechen wolle. »Nichts Neues?« Ich schüttelte den Kopf.

»Ich vertraue ihr voll und ganz. Wenn es etwas herauszufinden gibt, dann wird sie es herausfinden.«

Wir nannten Alice *unsere* Tochter, aber Alice war nicht ihre Tochter, darüber bestand kein Zweifel. Allein schon die

Gelassenheit, mit der sie diese Sache hinnahm – Johanna wäre wie ich vor Angst halb verrückt geworden – völlig fix und fertig.

Da ich wusste, was sie mir antworten würde, wenn ich ihr ihren Mangel an Mitgefühl vorwerfen würde, hütete ich mich davor, die geringste Kritik in dieser Hinsicht zu üben. Was brachte das schon? Unsere denkwürdigsten Streitereien hatten Alice zum Gegenstand gehabt – bis zu dem Tag, an dem wir beschlossen hatten, das Thema ein für alle Mal zu begraben.

»Ich habe nichts gegen deine Freundin«, sagte sie, nachdem sie mich kurz angeblickt hatte. »Ich möchte nur sicher sein, dass du die richtige Wahl getroffen hast.«

»Ich kenne diese Frau seit meiner Schulzeit. Wir haben gemeinsam gegen den Vietnamkrieg demonstriert. Wem könnte ich mehr vertrauen?«

»Hast du mit ihr geschlafen?«

»Wie soll ich das wissen? In jener Zeit ging es ziemlich wild zu. Und Stoff in allen Formen und Farben gab es genug. Wie auch immer, ich würde sie nicht als Freundin bezeichnen.«

Ich suchte aufmerksam, aber diskret ihre Arme und Beine nach Hinweisen ab, Knutschflecken zum Beispiel, aber ich fand nichts Überzeugendes.

Ich versuchte ihre Gunst wiederzuerlangen, nur mal um zu sehen. Nach dem Fiasko neulich wollte ich mir Gewissheit verschaffen. Daher kämmte ich mich und betrat, ohne eine Sekunde zu verlieren, bei Einbruch der Nacht ihr Schlafzimmer.

Sie hatte das Licht gelöscht. Durch die schweren Vorhänge drang ein leichter Schimmer. Ich näherte mich. Es sah fast so aus, als erwarte sie mich. Das Laken war aufgedeckt. Sie lag da in ihrer weißen Unterwäsche von Petit Bateau.

Offensichtlich schlief sie. Oder tat so, als ob sie schliefe. Es war warm, wir hatten die Heizung noch nicht eingeschaltet. Nebenbei gesagt, es war besser, im Süden zu wohnen, wenn man sah, wie hoch die ins Haus flatternden Stromrechnungen waren – es war besser, man brauchte im Winter nur ein paar Scheite zu verbrennen als einen großen Holzhaufen. Das Baskenland war in dieser Hinsicht eine gute Wahl. Eine schöne Landschaft mit grünem Gras und Kühen wie in der Schweiz. Es gab Flecken, an denen man im herrlichen Schatten des Unterholzes Regenbogenforellen angeln konnte – vorausgesetzt, man hatte die Fliegen gut vorbereitet –, während sich gleich dahinter das Meer erstreckte, auf dessen Wellen ein Heer von heiratsfähigen jungen Frauen in Badeanzügen von Eres surfte. Da konnte höchstens Korsika mithalten. Oder ein paar Orte an der Côte d'Azur, aber das war auch alles. Zur Not die Ufer des Gardasees. So zahlreich waren die schönen Flecken gar nicht.

Sie wecken? Sollte ich sie wecken? Auf die Gefahr hin, als Rüpel angesehen zu werden?

Ohne mir sicher zu sein, ob ich nicht auf halbem Weg Schiffbruch erlitt?

Im Übrigen hatte ich noch keine Erektion. Mit einem Finger schob ich die Vorhänge auseinander und blickte nach draußen. Die Düne war menschenleer. In der Ferne funkelten die Lichter des Spielkasinos durch die Tamarisken. Ich dachte wieder einmal an Alice. Und stellte fest, dass die Farbe auf der Fensterbank abblätterte.

Ich wandte mich um und legte meinen Schwanz aufs Kopfkissen neben Judiths Gesicht. Ich ließ mir gern einen blasen, und mit diesem Akt hoffte ich meine Manneskraft ein wenig zu wecken, aber es geschah nichts. Dabei befand sich mein Glied nur zwei Zentimeter von ihren Lippen entfernt, von ihren noch bewundernswert vollen Lippen, aber zu meinem großen Entsetzen pumpte das mein Blut nicht automatisch in gewisse Schwellkörper. Ich wich zurück. Es fehlte mir gerade noch, dass sie mich in der Rolle des impotenten Satyrs überraschte. Wie peinlich das gewesen wäre. Ich wich ein paar Schritte zurück. »Tja, mein Lieber, jetzt hilft nur noch Viagra«, sagte ich mir. »Ich glaube, jetzt ist es so weit. Da haben wir's. Jetzt geht's abwärts. Jetzt...« Ich wankte.

Als ich in meinem Schlafzimmer ankam, war ich schweißüberströmt und außer Atem. Mir lief es eiskalt den Rücken hinunter.

Ein paar Tage später wurde Jérémies Hund von einer der riesigen Wellen, die den ganzen Nachmittag gegen die Küste gebrandet waren, an den Felsen zerschmettert – es war Neumond. Seine Knochen zerschellten in tausend Stücke, sein Kopf wurde zu Brei zermatscht.

Man fand zwei weitere Hunde, Katzen und ein paar Kühe, die der Adour angeschwemmt hatte – und wie jedes Mal nach einem starken Sturm wurden auch Drogen, Geldbündel, Stangen Zigaretten usw. am Ufer gefunden. Die

Stadtverwaltung hatte ein paar Männer angestellt, die die Strände von all diesem mehr oder weniger unliebsamen und teilweise blutigen Zeug reinigen sollten. Jérémies Hund hatte keinen einzigen Zahn mehr und seine Zunge war abgerissen.

Es dunkelte. Ich wusste, dass er seinen Hund suchte. Ein paar Stunden zuvor war er leicht besorgt vorbeigekommen und hatte mich gefragt, ob ich ihn nicht gesehen habe – manchmal begleitete der Hund die Mädchen auf ihren Spaziergängen. Ich hatte versucht, ihn zu beruhigen, erinnerte ihn daran, wie lebhaft, klug und aufgeweckt das Tier war – selbst in meinen Augen, obwohl ich für Haustiere nicht viel übrighatte – und somit clever genug, sich in Sicherheit zu bringen, sobald sich das Wetter verschlechterte. Jérémies Gesichtsfarbe war fast grau. Hinter ihm grollte der Atlantik, am goldbraunen Himmel glitten niedrige Wolken wie U-Boote vorüber. »Halt mich auf dem Laufenden«, hatte ich zu ihm gesagt. »Du hast ja dein Handy. Es wird schon alles gutgehen.«

Einen Augenblick später war das Gewitter niedergegangen, und in den folgenden zwei Stunden hatte ich sie völlig vergessen, ihn und seinen Hund.

Roger war in die Stadt gefahren, um irgendwas zu erledigen, und die beiden Mädchen, die behaupteten, sie hätten einen Blitz durchs Haus fegen sehen, klammerten sich an mich und zitterten wie Espenlaub, während der Himmel hell aufleuchtete und betäubende Donnerschläge das ganze Haus erbeben ließen.

Sie zerrten an meinem Pullover, saßen jede auf einem Bein von mir. Sie warfen sich auf mich, um mir ins Ohr zu

brüllen, wenn über den Dünen ein Blitz am Himmel auf-
zuckte. Während sich das Gewitter entfernte, löste eine
plötzliche Erscheinung im Garten erneutes Geschrei aus –
eine Art regloses Gespenst, von dessen dampfenden, mil-
chigen Schultern große Tropfen abprallten.

Jérémie hielt den Kadaver seines Hundes im Arm.

»Hört zu, ihr beiden«, erklärte ich. »Geht jetzt besser
nach oben in euer Zimmer.«

Aber sie waren schon aufgesprungen, öffneten die Terrassentür und stürzten sich auf Jérémie, ohne dass ich ein-
greifen konnte. Sie waren im Nu von Kopf bis Fuß durch-
nässt.

Ich forderte sie auf, in die Küche zu kommen. Die Mädchen jammerten laut und stampften mit den Füßen. Jérémie
schien einen Schock erlitten zu haben. Ich nahm ihm das
Tier ab und legte es auf den Wäschetrockner. Eine leblose
Puppe von etwa zehn Kilo, kaum wiederzuerkennen und
unangenehm anzufassen.

Ich schickte alle aus der Küche hinaus. Die Zwillinge
klammerten sich schluchzend an mich, überzeugt, ich könne und würde etwas tun, um den Hund wieder ins Leben zu rufen. Ich schleppte sie alle zur Hausbar, um dem
armen Kerl, der es wirklich nötig zu haben schien, ein Glas
siebzigprozentigen Whisky zu spendieren – o Feuerstrom,
o wiederbelebendes Brennen!

»Setzen wir uns«, sagte ich. »Lasst uns tief durchatmen.
Alles klar, ihr beiden? Beruhigt euch. Und du, Jérémie,
trink bitte dein Glas aus. Ich schenk dir gleich nach. Nun
kommt schon, ihr beiden. Lasst mich los. Brüllen nützt
nichts, wisst ihr. Wo euer Vater ist? Das würde ich auch gern

wissen. Ihr seid klitschnass. Holt ein paar Handtücher. Jérémie und ich werden euch trockenrubbeln. Nicht wahr, Jérémie? Nicht wahr, Jérémie? Du Ärmster. Wie gemein, kann ich nur sagen. Der arme Hund. Aber setz dich doch, bleib nicht so blöd stehen. Jetzt mach dir mal keine Sorgen. Das ist imprägniertes Leder. Kümmre dich nicht darum. Versuch dich zu entspannen. Atme. Atme tief durch. So, so, du hast ihn also auf den Felsen gefunden. Am Fuß des Leuchtturms, sagst du? Und du glaubst, dass er von da oben hinuntergefallen ist? Dass er auf ein jähzorniges schwules Pärchen gestoßen ist, das da im Gebüsch versteckt war? Hm. Kann sein. Das ist schon möglich. Ich weiß, dass die sich nicht gern stören lassen. Aber du hast keinen Beweis dafür, nehme ich an. Diese Typen hätten deinen Hund ins Wasser geworfen? Und warum das? Jérémie. Sieh mich an. Was ist los? Warte eine Sekunde. Hört zu, ihr beiden. Jetzt meine ich es aber ernst.«

Während die Zwillinge zum Wäscheschrank im ersten Stock gingen, beugte ich mich zu Jérémie und sagte: »Du hast sie aufgescheucht, oder? Das darf doch wohl nicht wahr sein, Jérémie. Sieh mich an. Hast du diese Typen wirklich aufgescheucht? Aber sag mal, was hast du bloß in der Birne? Siehst du jetzt, was dabei herauskommt? Dein Vater hat dir in dieser Hinsicht nicht geholfen. Er hat dir keinen guten Dienst erwiesen, im Ernst.«

Er senkte den Kopf so tief, dass ich sein Gesicht nicht mehr sehen konnte. Ich wusste nicht, ob das Wasser von seinem Haar tropfte oder ob er weinte. Inzwischen roch es im ganzen Haus nach nassem Hundefell. Eine kleine glänzende Pfütze hatte sich vor seinen Füßen gebildet. Noch eine elende Geschichte. Eine Geschichte voller Rückschläge – für die der Hund mit dem Leben bezahlt hatte.

»Hört zu. Man kann einen Hund nicht bei diesem Wetter im Wald begraben, unmöglich. Das ist doch heller Wahnsinn. Bei diesem Wetter ein Grab ausheben? Das soll doch wohl ein Scherz sein! Im Scheinwerferlicht, nehme ich an. In fünfzig Zentimeter tiefem Schlamm. In strömendem Regen.« Sie machten mich darauf aufmerksam, dass der Regen allmählich nachließ. Dass der Mond aufgegangen sei und genügend Licht spende.

Ich half ihm, den Hund in den Kofferraum meines Autos zu hieven, während die Mädchen das Haus durchsuchten und alle Taschenlampen mitnahmen, die sie finden konnten – ich hörte, wie das Besteck in den Schubladen klirrte und die Türen der Schränke zuschlugen.

Als ich nach draußen ging, war mir, als tauchte ich in ein Schwimmbecken mit Süßwasser ein. Ich hinterließ Judith eine Nachricht, um ihr mitzuteilen, in was für ein Abenteuer wir uns gestürzt hatten, falls sie zurückkam und das Haus leer vorfand. Falls sie tatsächlich zurückkam. Was wohl eher nicht der Fall sein würde. »Ich weiß nicht mal, wo du bist«, fügte ich mit jämmerlicher Stimme hinzu.

In letzter Zeit wurde ich immer sentimentaler. Wenn ich so weitermachte, würde ich bald grotesk werden.

Eine halbe Stunde später hielten wir mitten im Wald an. Es regnete noch ziemlich stark. Und es war stockdunkel. Die Mädchen schluchzten auf der Rückbank noch ein bisschen in ihr Taschentuch. Ich wandte mich zu ihnen um und nahm ihnen das Versprechen ab, sich nicht von der Stelle zu rühren, solange Jérémie und ich am Werk waren.

Sehr bald wurde unser Unternehmen zu einem Kampf gegen den Schlamm.

Die Erde war schwarz und schwer. Je tiefer wir gruben, desto schneller füllte sich das Loch mit Wasser. Die beiden Mädchen beobachteten uns mit weit aufgerissenen Augen durch die angelaufenen Scheiben. Der Regen ringsumher machte ein Geräusch wie brutzelnder Speck in einer Bratpfanne. »Hör mal, ich werde nicht ewig nachfragen. Also, zum letzten Mal, ich frage dich, *ob alles in Ordnung ist,* Jérémie … sonst fahre ich dich sofort zur Notfallstation, wo du dich behandeln lassen kannst, okay? Ich rate dir, möglichst schnell die Sprache wiederzufinden, okay?«

Er nickte. Ich erklärte ihm, das reiche nicht.

»Ja, es ist alles in Ordnung«, sagte er schließlich. »Ich habe keine Lust, darüber zu sprechen.«

Die bei Campern und Touristen äußerst beliebte Regenhaut, die wir übergezogen hatten, klebte uns an der Pelle wie die Plastikfolie an vakuumverpackten Lebensmitteln.

»Sie haben meinen Hund umgebracht!«, knurrte er zwischen den Zähnen, eher er sich wieder wie versessen dranmachte, das Loch auszuheben.

Ich beobachtete ihn einen Augenblick. »Ich kann es nicht fassen, dass du das getan hast«, sagte ich schließlich. »Ich bin sprachlos. Deine Mutter wird sich freuen. Sie wird stolz auf dich sein. Doppelt stolz. Dabei hast du keine Ahnung. Du hast was gegen diese Typen, dabei hast du keine Ahnung. Du hast kein Recht dazu.«

Er richtete sich auf und starrte mich mit wilder Miene an, aber über seine Lippen kam kein Wort. Er warf seine

Schaufel unvermittelt zu Boden und stampfte wütend davon, um seinen Hund zu holen.

Wir hatten schon darüber gesprochen, er wusste, was ich darüber dachte, kannte meine Einstellung in dieser Hinsicht. Dennoch hatte ich zugeben müssen, dass es für ein Kind nicht leicht war, wenn die Sache den eigenen Vater oder die Mutter betraf. Ich konnte gut verstehen, dass dieser Junge nicht ganz richtig im Kopf war – andererseits war auch niemand davor gefeit, Tollwut, Kinderlähmung oder einen Zahlentick zu bekommen.

Jérémie blieb einen Augenblick vor dem offenen Kofferraum stehen – während ihm der Regen in Strömen auf den Schädel pladderte –, ehe er sich hinunterbeugte, um seinen Hund herauszunehmen. Wie schon gesagt, ich konnte nachvollziehen, dass es ein harter Verlust war für einen jungen Kerl, der gerade sechs Jahre im Gefängnis verbracht hatte. Wie auch immer, all das war nicht gut für die Karosserie meines Wagens – ich wusste nicht, ob der Kofferraum der Audis mit Rostschutzfarbe behandelt war.

Am nächsten Tag mussten wir noch einmal hinausfahren, wenn ich es nicht mit einer doppelten Nervenkrise aufnehmen wollte – Alice hatte die beiden sehr schlecht erzogen – und als Ungläubiger angesehen werden wollte – Alice hatte es fertiggebracht, sie taufen zu lassen, und die Religion bahnte sich schon in ihrem jungen, ungefestigten Verstand einen Weg. Seit wann errichte man auf Gräbern kein Kreuz mehr? Was für ein Großvater ich denn sei?

Nach dem nächtlichen Gewitter herrschte wieder sehr schönes Wetter. Der Himmel war wie reingewaschen. Mit dem Hintergedanken, die Gelegenheit zu nutzen, um ein paar Steinpilze zu suchen, erklärte ich mich bereit – allerdings unter der Bedingung, dass sie von mir nicht erwarteten, dieses Ding da mit ihnen zu basteln, denn dazu hatte ich keine Lust.

Ich zögerte, ob ich ihren Vater wecken sollte. Aß zu Mittag. Dann sah ich meine Post durch. Da ich ab und zu noch Kurzgeschichten für Zeitungen schrieb und ungemein pedantisch geworden war, was die Korrektur der Druckfahnen anging – ich war dafür bekannt, der Schlimmste im ganzen Land zu sein, ein Haarspalter ohnegleichen –, hatte ich noch zu tun, und das erlaubte mir nicht, meine Zeit für ihre Spiele, ihre Riten, ihre pedantischen Forderungen zu opfern, deshalb hatte ich sie in der Garage allein gelassen und hoffte nur, dass sie sich nicht mit einem scharfen Schneidwerkzeug oder Ähnlichem verletzten.

Ich selbst konnte mich nicht dazu entschließen, zwei Holzstücke – oder was auch immer – zusammenzufügen, solange noch eine Chance bestand, dass Alice lebte.

Judith war mitten in der Nacht heimgekehrt. Im Moment schlief sie. Warum sollte ich sie wecken? Wenn ich es mir recht überlegte, waren die Gespräche mit den Zwillingen vermutlich das, was mich an diesem strahlenden Tag mit blendendem Licht am wenigsten störte. Vom Meer her wehte eine leichte, nach Tamarisken duftende Brise. Ich ging zu den Mädchen und musterte das Kreuz, das sie mit Latten von Obstkisten und krummen Nägeln gefertigt hatten. »Saubere Arbeit«, erklärte ich freundlich, während ich die Garagentür öffnete. »Ich kenne jemanden, der sich darüber freuen wird.«

Damit meinte ich nicht Jérémie. Dennoch entdeckte ich besagten Jérémie in meinem Rückspiegel, als ich den Motor anließ. Ich warf den Mädchen einen kühlen Blick zu. Dann setzte ich zurück und hielt neben ihm.

»Ich möchte dir einen guten Rat geben«, sagte ich ihm, nachdem ich ihn kurz gemustert hatte. »Geh nach Hause. Lass uns das allein erledigen.«

Er sah aus, als beiße er die Zähne mit aller Kraft zusammen. Schließlich forderte ich ihn auf einzusteigen. »Ich hab das nur gesagt, weil ich es gut mit dir meine«, sagte ich und fuhr los. Aus einer Umhängetasche aus Leinen holte er ein Kreuz hervor, das kunstvoll geschnitzt und poliert war, es glänzte wie schönes, altes, frisch gebohnertes Parkett.

Die Mädchen stießen bewundernde Schreie aus. Er zuckte die Achseln. Erklärte, er habe sich mit solchen Sachen im Gefängnis die Zeit vertrieben. Und dass er seinem Freund und Kumpel dieses sorgfältig verzierte Kreuz wirklich schuldig sei, das sei das Mindeste.

Das war ja so was von kindisch. Es entsprach dem Niveau der Zwillinge, die bestimmt gleich nach Weihwasser verlangen würden – aber die beiden Mädchen waren noch in einem Alter, in dem man tote Käfer beerdigte ... während er in einem Alter war, in dem man Tankstellen überfiel.

Er musste die ganze Nacht darauf verwandt haben. Es war ja so was von kindisch. Ich brauchte mir nicht anzusehen, in welchem Zustand seine Hände waren, um eine Vorstellung davon zu haben, was er durchmachte – aber angesichts dessen, was ich selbst zu ertragen hatte, fiel es mir schwer, Mitleid mit ihm zu empfinden.

Wie auch immer, es ging eine sehr negative Ausstrahlung

von ihm aus. Ich hatte den Verdacht, dass er die Abwesenheit seiner Mutter ausnutzte, um nichts zu essen. Vor ihrer Abreise hatte A. M. den Gefrierschrank mit Einzelportionen gefüllt, die man direkt in die Mikrowelle stellen konnte, aber schon das schien seine Kräfte zu übersteigen. Er war extrem blass.

Auf dem Weg sagte er keinen Ton. Ich wusste nicht, ob ich recht daran tat, dieses blöde Unternehmen gemeinsam mit ihnen auszuführen. Dabei hätte man von mir, dem Ältesten der Gruppe, etwas mehr Vernunft erwarten können, wie mir schien. Erwarten können, dass ich von Anfang an diesen für uns alle unrühmlichen Ausflug ablehnte. Und trotzdem hatte ich es nicht getan. Ich hatte nicht in die Hände geklatscht, um sie alle drei wieder auf den Boden der Wirklichkeit zurückzuholen. Hatte der Sache nicht Einhalt geboten. Ich hatte die Tür geöffnet und Jérémie aufgefordert einzusteigen.

Ich hätte nicht sagen können, wovor ich kapitulierte, aber die Folge davon war, dass wir nun auf dieser kurvenreichen Straße durch den Wald zum Pass hinauffuhren – in einer Stimmung, die zum Zerreißen gespannt war.

Das Kreuz, das Jérémie geschnitzt hatte, sein Talent und der Eifer, mit dem er es offensichtlich hergestellt hatte, verliehen dem Unternehmen einen noch feierlicheren, noch erdrückenderen Charakter. Genau das, was ich hätte vermeiden wollen. Aber jetzt war es zu spät, um umzukehren.

Eine Weile später beugte sich Jérémie über meinen MP3-Player und sah sich die Liste der gespeicherten Titel an. »Kann ich Current 93 hören?«, fragte er, während wir uns dem Ziel näherten – ein Regen aus goldgelben Blättern war von den Bäumen herabgefallen und zitterte auf der noch von den starken Regenfällen der Nacht glänzenden Fahrbahn. Ich nickte. Darauf kam es jetzt auch nicht mehr an. Im Rückspiegel sah ich die Zwillinge, sah ihre gefalteten Hände, sah, wie ihre Lippen sich bewegten, und fragte mich, ob sie tatsächlich dabei waren, eine Art Gebet zu sprechen.

Wir hatten den Hund in strömendem Regen begraben, aber jetzt vollzogen wir die Trauerfeier an einem jener berühmten Herbsttage voller Liebreiz, um die uns die ganze Welt beneidete. Die Bucht, die sich hinter uns erstreckte, von der spanischen Küste bis zum Horizont, wirkte wie eine feine, erleuchtete Schatulle voller Amethyste, Saphire, Türkise usw. Ernesto ist hier oft spazieren gegangen. Ich meine, Ernest Hemingway ist hier oft spazieren gegangen. Er hatte immer wieder gesagt, es gäbe für einen Schriftsteller keinen besseren Ort auf der Welt. Da gab ich ihm recht. Er war regelmäßig in Begleitung einer meiner Tanten in diese Gegend gekommen, um Steinpilze zu suchen und unter den jahrhundertealten Eichen und Kastanien einen Mittagsschlaf zu halten. Dieser Pfundskerl.

Jérémie hatte einen Hammer und fingerdicke Nägel mit dabei, um die beiden Kreuze anzubringen. Der Baumstamm, vor dem sein Hund begraben war, schien so hart wie Stein zu sein. Jérémie hatte mich gebeten, die Wagentüren geöffnet zu lassen, damit er ein paar von David Tibets unvergleichlich düsteren Melodien hören konnte – während die dumpfen Hammerschläge durch den Wald hallten und die Zwillinge auf der Suche nach Blättern und Blumen für die Dekoration durch den Schlamm wateten. Ich hielt mich etwas abseits, kaute auf einem Nikotinkaugummi und tat so, als sähe ich einen Kolkrabenschwarm nicht, der direkt über der Lichtung kreiste, auf der sich die Szene abspielte. Ich konnte es kaum erwarten, ins Unterholz vorzudringen, denn ich nahm deutlich den Geruch nach frischen Pilzen wahr. Alice liebte Steinpilze. Beim Gedanken daran rannen mir Tränen über die Wangen. Jérémie, der meine Reaktion falsch auslegte, nickte zustimmend.

Ich verbrachte einen Großteil des Nachmittags im Garten, putzte die Steinpilze, die ich im Wald gefunden hatte, und fragte mich, was aus Jérémie werden sollte.

Roger hatte seine Töchter ins Kino mitgenommen, nachdem er mir vorgeworfen hatte, ich sei ein schlechter Großvater – er spielte auf den Zustand an, in dem sie nach Hause gekommen waren: rote Augen, von Kopf bis Fuß mit Schlamm bespritzt usw. Ich erwiderte nichts darauf. Ich brauchte nach der Begräbnisepisode etwas Ruhe.

Als wir heimkehrten, war Judith schon weggefahren. Ich hatte nach ihr gerufen und dann ihr Schlafzimmer leer vorgefunden, mit ungemachtem Bett. Ich wählte Jérémies Nummer, um ihn zu bitten, die Beschattung sofort wieder aufzunehmen, aber er antwortete nicht. Na so was. Was stellte er denn mit seinem Handy an? Um diese Zeit befand sie sich vielleicht schon in Begleitung ihres Liebhabers in einem Hotelzimmer. Man musste sich vergewissern. Aber Jérémie antwortete nicht. Das war nicht sehr professionell von ihm.

Roger und die Mädchen waren zur Vorstellung um 16 Uhr 30 gegangen. Der Himmel färbte sich allmählich rötlich. Judiths Arbeitszeiten wurden immer ungewöhnlicher. Das stimmte mich zuversichtlich. Ich wusste, dass sie früher oder später einen Fehler beging und erwischt würde. Vorausgesetzt Jérémie hielt die Augen offen und räkelte sich nicht in einem Sessel, während er auf den Weltuntergang wartete.

Ehe man ihm eine Nachricht hinterlassen konnte, musste man sich erst fünfundvierzig Sekunden lang eine ziemlich wilde englische Gruppe anhören, die reinste Qual fürs Trommelfell. »Okay, Jérémie. Ruf mich zurück. Es ist dringend. Sobald du diese Nachricht hörst. Ruf mich sofort zurück, hörst du?« Aber es wurde Abend, und er rief nicht zurück.

Judith konnte sich Zeit lassen, wenn er ihr so stümperhaft auf den Fersen blieb. Ich brachte meine Pilze in die Küche, spülte sie ab und ging dann wieder nach draußen. Ich rief Jérémie erneut an. »Hör zu. Ich würde gern wissen, ob du Eier hast und ob du mir welche leihen kannst oder ob ich dafür in die Stadt fahren muss. Also geh bitte ans Telefon. Die beiden Mädchen sind bald zurück und haben bestimmt einen Mordshunger. Und dann gibt es ein Drama. Würdest du bitte abnehmen? Vielen Dank.«

Vermutlich war ich selbst schuld – ich hatte ja unbedingt eine Kopie von Johanna haben wollen, eine Frau, die ihr aufs Haar glich, und nichts anderes – vermutlich hatte ich meine momentane Lage durchaus verdient. Das bestritt ich gar nicht. Ich hatte weiß Gott nichts von alledem gewollt. Ich wünschte mir jetzt nur noch eins: die Kraft zu haben, all das einzustecken und diese Geschichte ohne allzu großen Schaden zu überstehen. Ich kannte alle Aspekte des

Problems. Ich an Judiths Stelle hätte bestimmt genauso reagiert. Wenn nicht noch schlechter …

Na, egal, jedenfalls rief ich Jérémie noch einmal an. Wieder der Anrufbeantworter. Dabei hatten wir ausgemacht, dass er für den Job, mit dem ich ihn beauftragt hatte, jederzeit erreichbar sein musste. Daran erinnerte ich ihn noch mal und vergaß dabei nicht, ihm für die Eier zu danken.

Je später es wurde, desto überzeugter war ich, dass Judith sich gerade in einem Hotelzimmer irgendwo in der Nähe einem anderen Mann hingab. In dieser Gegend wimmelte es von äußerst diskreten kleinen Luxusherbergen mit Halbpension, richtigen kleinen Oasen des Friedens. Wenn es darum ging, eine Frau zu entführen und ihr den Kopf zu verdrehen, ja dann war diese Gegend dazu wie geschaffen.

Bei dieser Vorstellung knirschte ich mit den Zähnen. Ich konnte unmöglich untätig bleiben. Ich stand auf, um mit zugeschnürter Kehle die Steinpilze in Scheiben und Streifen zu schneiden. Ich schämte mich richtig für meine erbärmliche Reaktion, meine sinnlose Aufregung und spürte, wie mir das Feuer in die Wangen schoss. Aber es war stärker als ich.

Ich hatte solche Visionen, solch schreckliche Dinge vor Augen, dass ich fast daran erstickte. Ich hörte gleichsam ihr Stöhnen, die Worte, die sie dem Mann ins Ohr flüsterte, während sie schwitzend auf ihm saß. Unmöglich, dem zu entkommen. Ich ließ mich auf einen Stuhl sinken und zerknüllte ein Geschirrtuch.

Die Nacht brach an und brachte etwas frischere Luft mit sich, was mir sehr willkommen war, denn meine Schläfen waren sengend heiß. Ich stand auf. Ich öffnete den Hahn der Gasflasche und warf die Plancha an.

Ich briet die Steinpilze an. Ich schnitt Knoblauch und Petersilie klein. Dabei hatte ich geglaubt, dass ich in meinem Alter über solche Dinge erhaben sei. Ich meinte verstanden zu haben, dass diese Geschichten nicht mehr jene Mühe wert waren, die wir noch bis vor kurzem auf sie verwandt hatten, verstanden zu haben, dass wir inzwischen einen Punkt erreicht hatten, an dem wir uns nicht mehr mit diesen blöden Spielchen abgaben, auf sie verzichten konnten – doch da stand ich in der Abenddämmerung und zitterte wie ein Schuljunge, entwaffnet und völlig niedergeschmettert.

Aber was machte Jérémie bloß, dieser Tölpel? Ich hatte allmählich die Nase voll. Ich war todunglücklich bei dem Anblick, der sich mir bot, todunglücklich darüber, dass sie sich diesem Schimpansen, der sie in allen erdenklichen Stellungen nahm, total hingab. Ich schob mir ein weiteres Nikotinkaugummi in den Mund – manchmal hatte ich die Schreckensvision, dass sie mir ausgingen und ich eine Apotheke mit einem Hammer überfallen musste.

Ich briet die Pilze gar, gab sie in eine Schüssel und deckte sie zu. Omelett mit Steinpilzen gehörte zu den besten Gerichten der Welt. Von daher wunderte es mich nie, wenn ich hörte, dass wieder einmal jemand dem Reiz dieser Gegend erlegen war – außerordentlich berühmte Schriftsteller kamen eigens aus Paris her, um unsere Sitten zu untersuchen und sich Notizen zu machen, die wussten schon warum.

Ich biss die Zähne zusammen und nahm den Wagen.

Nach einer knapp dreiminütigen Fahrt durch Kiefernwälder und Heidekraut hielt ich entschlossen vor dem Einfamilienhaus, das er mit seiner Mutter bewohnte. Ich hatte fest vor, ihm seinen Job beizubringen – der darin bestand, nicht gerade dann zu schlafen, wenn die Frau des Kunden Ehebruch beging.

Ich hatte vor, ihm zu erklären, er müsse seine Aufgabe ernster nehmen, wenn er sich in der Branche einen Namen machen wolle. Er dürfe sich nicht durch seine Launen von der Arbeit abhalten lassen. Das liege nicht drin. Nicht in diesen finsteren Zeiten, in denen es schon fast ein Kunststück war, den Kopf über Wasser zu halten, geschweige denn das Leben seiner Nächsten zu retten. Wer zweifelte noch daran, dass die Gesetze des Marktes für alle, die sie ignorierten, unerbittlich waren? Wer konnte heutzutage noch behaupten, der Westen schreite weiterhin voran auf das Licht zu?

Der Mond schien. Ich blieb einen Augenblick hinterm Steuer sitzen, in der Hoffnung, ein plötzlicher Anfall von Selbstachtung könne mich zum Kehrtmachen bewegen, doch nichts dergleichen geschah.

Judith hatte den denkbar schlechtesten Moment gewählt, um mir das anzutun. Ich war daher erst recht böse auf sie und stieg deshalb unverzüglich aus dem Auto, betrat den Vorgarten der Lémos – nicht mehr als ein paar Grasbüschel und Sand, verziert mit ein paar Kiefernzapfen und braunen Nadeln – und klopfte an die Tür. Im ersten Stock brannte Licht. Ich klingelte. »Jérémie, ich bin's!«, rief ich laut und trat von einem Bein aufs andere.

Ich wartete eine Sekunde, dann drückte ich die Klinke

hinunter. Die Tür war offen. Jérémie hörte Joy Division, ich erkannte ihren gedämpften Gesang sofort. In der Küche brannte Licht. »Kannst du mir ein paar Eier leihen?«, rief ich und ging auf den Kühlschrank zu. »Ich hab versucht dich anzurufen, aber du hast dich nicht gemeldet. Absolute Funkstille.«

Ich fand eine grünliche Scheibe Schinken, einen schwärzlichen Rest baskischer Leberpastete, gelbe, sehr gelbe, fast durchsichtige und sehr harte Spaghetti. Zwei im letzten Jahrhundert gelegte Eier befanden sich in einer Ecke neben einem halb versteinerten Stück Schafskäse. A. M. fragte sich, ob ihr Sohn während ihrer Abwesenheit ordentlich aß. Ich würde sie im Moment nicht beruhigen können.

Die Finger einer Hand reichten nicht aus, um die Sorgen aufzuzählen, die Jérémie ihr bereitete. Ein Grund mehr, sagte ich mir, ihn zu beschäftigen und ihn sofort wieder die Spur meiner Frau aufnehmen zu lassen, die vermutlich in diesem Augenblick nur mit einem winzigen, hauchdünnen Nachthemd bekleidet, mit wirrem Haar, rosigen Wangen usw. irgendwo im Landesinneren in einem gemütlichen schummrigen Zimmer zu Abend aß.

Im Wohnzimmer roch es nach kalter Asche. Auf dem Kamin stand ein Foto von Jérémies Vater, der sich mit einer Oakley-Brille auf der Stirn und seinem Rennrad in Pose geworfen hatte. Mit einem dümmlichen Lächeln, wie ich fand. Ich fragte mich, wie ein Mann imstande sein konnte, eine Frau zu einer Lesbe zu machen, was man bloß anstellen musste, damit eine Frau nichts mehr mit dem männlichen Geschlecht zu tun haben wollte. Ich fand diesen Typen faszinierend. Jedes Mal, wenn ich dieses Wohnzimmer betrat, nahm ich mir das Foto vor und betrachtete dieses Prachtexemplar, um hinter sein Geheimnis zu kommen: Wie konnte sich ein Mann bloß als derart unwürdig erweisen? Er sah aus wie jemand, der den ganzen Tag Milch trank. »Wärst du so gut und kommst herunter, wir sollten uns ein bisschen unterhalten«, rief ich über meine Schulter hinweg und musterte dabei das Bild dieses seltsamen Mannes. »Ich hab ein Wörtchen mit dir zu reden, hörst du?«

Böse Zungen behaupteten, der Herzinfarkt, dem sein Vater vor gut zehn Jahren erlegen war, habe keine natürliche Ursache gehabt, sondern sei auf die Einnahme von Rauschgift auf der Passstraße des Galibier zurückzuführen.

Ich gehörte zu diesen bösen Zungen. Es war keinesfalls erwiesen, dass das Verhalten dieses Mannes irgendetwas mit A. M.s Ausrutscher zu tun hatte. Ich hatte mir fest vorgenommen, sie danach zu fragen, es aber noch nicht getan. Ich war nicht sicher, ob wir uns nahe genug standen, um dieses Thema anzuschneiden.

Ich grübelte darüber nach, ob sich Jérémie dieselben Fragen über seinen Vater stellte wie ich – was für ein Ehemann er für A. M. gewesen war.

Was für ein Vater war er gewesen? Was für ein Vater war ich selbst gewesen? Ich wandte mich der Treppe zu, vor der eine landläufige Grünpflanze auf einem runden Tischchen stand, und rief nachdrücklich: »Sag mal, Jérémie, mein Junge, glaubst du vielleicht, ich hätte die ganze Nacht Zeit?«

A. M. traf bei Tagesanbruch mit der ersten Maschine ein, es war noch kühl und der Himmel blau. Ich bestätigte ihr sofort, dass Jérémie das Gröbste überstanden habe, aber noch nicht aufgewacht sei, und fuhr sie zum Krankenhaus, während die ersten Sonnenstahlen auf die Berge ringsum fielen – die Bergspitze von La Rhune tauchte strahlend aus dem Dunkel auf.

Ich ersparte ihr die Einzelheiten. Ich ersparte ihr das Blut. Ich ersparte ihr das Erbrochene. Ich verriet ihr nicht, dass ich ihn sturzbetrunken angetroffen hatte – so dass er unfähig gewesen war, sich die Pulsadern sauber aufzuschneiden, er hatte ein Brotmesser gewählt, gezahnt wie ein Fuchsschwanz, um sich das Leben zu nehmen.

Trotz allem zitterte sie. Trotz meiner schonenden Vorbereitung biss sie sich auf die Lippe. Sie ließ mich reden und nickte dankbar, während ich meine verschiedenen Aktionen dieser tragischen Nacht aufzählte, aber sie hatte noch nicht mehr als ein oder zwei Worte gesagt, seit wir den Flughafen verlassen hatten, sondern starrte nur wie benommen auf die Straße. Feine blaue Wolken glitten über den Atlantik in Richtung der Côte des Basques.

Ich ergriff ihre Hände, als wir im Warteraum saßen – uns gegenüber ein junges Mädchen im Minirock und schwarz umrandeten Augen, das einen Säugling stillte und dabei unentwegt Kaugummi kaute.

Ich neigte mich zu A. M. hinüber. »Alles nicht so wild«, sagte ich ihr. »Machen Sie sich keine Sorgen.« Sie hatte gerade ihren besinnungslosen, an einen Tropf angeschlossenen Sohn durch eine Glasscheibe gesehen, und das, nachdem sie eine schlaflose Nacht auf dem Flughafen Orly verbracht hatte, um die erste Maschine zu bekommen. Daher hatte ich sie am Arm gepackt und zu einem Stuhl geführt.

Sie war innerhalb weniger Stunden um zehn Jahre gealtert. Ihre Haut war zerknittert, ihre Gesichtsfarbe blass geworden. »Er ist nicht der Erste, der das tut«, erklärte ich, um ihr Mut zu machen. »Unzählige junge Leute, die sich in ihrer Haut nicht wohl fühlen, tun das. Scharenweise, wissen Sie. Wenn ihnen bewusst wird, dass das Leben eine einzige Farce ist, usw. Das ohne mit der Wimper zu zucken hinnehmen kann eben nicht jeder. Was soll's, die Scharfsichtigsten erwischt es, A. M., dagegen können wir nichts tun. Das hat sich nicht geändert und wird sich nie ändern.«

Sie hörte mir nicht zu, begnügte sich damit, stumme Tränen zu vergießen. Inzwischen ging das Mädchen mit dem ebenfalls weinenden Säugling auf und ab – er quiekte wie ein Ferkel, dem man die Kehle durchschnitt. »Das kommt von meiner Milch«, sagte sie, als sie an mir vorbeiging. »Total wässrig.«

Roger sagte zu Judith, ich hätte dem Jungen das Leben gerettet, da könne ich sagen, was ich wolle, und meine Frau erwiderte darauf, das sehe sie auch so.

Ich lächelte. Meine Rolle hatte sich darauf beschränkt, den Notarzt zu rufen, während aus seinen Armen das Blut rann. Ich hatte auch die Musik abgestellt. Joy Division hin oder her.

Nach dem Essen schlief ich an meinem Schreibtisch ein, anstatt das Vorwort für eine von Tomi Ungerer illustrierte Neuauflage einiger meiner Kurzgeschichten zu schreiben.

Ich hatte die ganze Nacht kein Auge zugetan. War todmüde.

Ich hatte A. M. versprochen, ihren Sohn nicht allein zu lassen, bis sie da sein würde, und hatte mein Versprechen gehalten. Ich war die ganze Nacht durch die Gänge gelaufen – der Gedanke, dass Judith nicht beschattet wurde, hielt mich wach –, und mitten am Nachmittag musste ich nun dafür büßen und schlief auf meinem Ledersofa ein, inmitten meiner Bücher, meiner DVD, meiner Musik, meiner Computer, meiner Füller, meiner Medikamente.

Um dieses Sofa, das ich von meiner Tante geerbt hatte, in mein Arbeitszimmer im ersten Stock zu transportieren, hatten vier Kleiderschränke von Möbelpackern aus dieser Gegend Hand anlegen müssen – Männer, die ihre Freizeit damit verbrachten, Baumstämme durch die Luft zu werfen oder aus reinem Jux Felsbrocken herumzutragen. Ich weiß nicht, ob es daran lag, dass Hemingway mehrmals darauf eingenickt war, als er bei meiner Tante in Pension war, auf jeden Fall fühlte ich mich sehr wohl darauf. Ich mochte seinen Geruch. Ich mochte die Art, wie es alterte. Ich mochte es, mich darauf zu setzen, um ein paar Seiten vollzukritzeln oder die Zeitung zu lesen, aber das Beste, was man darauf tun konnte, war zu pennen.

Als Johanna erfahren hatte, dass ich mit meiner Verlegerin geschlafen hatte, war dieses Sofa noch am selben Abend bis auf weiteres zu meinem Bett geworden, und ich fand es durchaus bequem. Ich war überzeugt, die Sache würde sich wieder einrenken, denn meine Gefühle für sie waren ungebrochen, was auch immer sie glaubte. Ich zog den Kopf ein und wartete ungeduldig auf das Ende der Krise, doch Johanna warf mir jedes Mal, wenn wir uns in dem einen oder anderen Raum begegneten, einen vernichtenden Blick zu.

Es sollte mir nicht vergönnt sein, wieder im Ehebett zu schlafen, ehe der Tod sie mir entriss, dieses Glück hatte ich nicht, und diese Wunde wollte sich nicht schließen. Ich wartete verzweifelt darauf. Doch sie schien noch genauso frisch zu sein wie zwölf Jahre zuvor. Ihre Heilung machte keine Fortschritte.

Ich döste vor mich hin. A. M. rief an, um mir zu sagen, sie müsse mit mir reden. Ich vertröstete sie auf später. Ich ging nach unten. Die Lider fielen mir buchstäblich zu, so dass ich mich unmöglich auf irgendein Gespräch einlassen konnte. Dennoch gelang es mir, mich zur Tür zu schleppen, die mein Schlafzimmer vom Zimmer meiner Frau trennte. Ich legte das Ohr an die Holzfüllung. Hörte nichts. Verärgert blickte ich durchs Schlüsselloch. Ihr Bett war leer. Ich empfand einen Stich. Dann dämmerte mir, dass das nicht hieß, sie habe außer Haus geschlafen. Denn es war nicht Morgen, sondern Spätnachmittag. Ich legte mich in düsterer Stimmung ins Bett.

Es war schon Abend, als ich beschloss aufzustehen. Ich begegnete Roger, der in den ersten Stock stieg, um seine Töchter ins Bett zu bringen. Lucie-Anne saß oben auf seinen Schultern, und Anne-Lucie gab ihm die Hand. Er erzählte ihnen gerade etwas Lustiges.

Dieser Typ war einfach unglaublich. Man musste schon verdammt stark sein, um das Unglück, das uns heimsuchte, mit so viel Elan zu bekämpfen, um eine so frische Gesichtsfarbe, so glänzende Augen und eine so lockere Zunge zu behalten. Ein paar Tage zuvor hatte ich mich mit Judith über dieses Thema gestritten, denn sie fand, sie sähe keinerlei Vorteil darin, sich in Verzweiflung zu suhlen.

So so, ich suhlte mich also in Verzweiflung. Nannte man das jetzt sich in Verzweiflung suhlen, wenn man Mühe hatte zu lächeln? Nannte man sich in Verzweiflung suhlen, wenn einem die Kraft fehlte?

Ich fragte mich manchmal, ob Rogers Gehirn damals nicht nachhaltig geschädigt wurde. Ich hatte ihn mehr als einmal halb bewusstlos gefunden – und war entsetzt darüber, in welche Hände meine Tochter geraten war. Einmal lag er auf den Fliesen im Badezimmer, ein anderes Mal zusammengerollt auf dem Teppich im Wohnzimmer, und ein drittes Mal auf der Treppe zum Weinkeller, die Hand nach meinen guten Weißweinflaschen ausgestreckt, die er nicht hatte erreichen können, während ihm der Speichel übers Kinn rann.

Die Ehe hatte ihn zu neuem Leben erweckt. Es war natürlich nicht meine Idee gewesen, aber ich hatte sehr bald zugeben müssen, dass der junge Mann über gewisse Reserven verfügte und dass er, wenn schon nicht auf den rechten Weg, so doch auf jenen zurückgefunden hatte, den man von einem einigermaßen verantwortungsbewussten Familienvater erwartete. Während ich mit Judith im siebten Himmel schwebte, wartete ich monatelang ängstlich darauf, dass man mir eine Katastrophe meldete, die Roger und Alice betraf, aber weder das Krankenhaus noch die Polizei rief an. Hieß das womöglich, dass Roger seine Exzesse jener Zeit unbeschadet überstanden hatte? All die Drogen, die er genommen hatte? Das fragte ich mich, wenn er fröhlich gestimmt war oder mir erklärte, was uns erwartete, wenn das Erdöl über zweihundert Dollar pro Barrel kosten würde. Ich fragte mich, ob es ihm gutging, wenn ich sah, wie er vor einem Laden für Surfausrüstungen oder vor dem Schaufenster eines bekannten Schokoladenherstellers stehenblieb. Ich fragte mich, ob sein Verstand richtig funktionierte, denn mir war alle Lust vergangen.

Ich stieß im Erdgeschoss auf Judith. Ich konnte kein Spanisch, aber ich begriff, dass sie über das Haus sprach, das Karl Lagerfeld am Ausgang der Stadt verkauft hatte. Zahlen wurden genannt.

Ich hatte eine richtige Geschäftsfrau geheiratet. Das hatte ich anfangs nicht gemerkt, denn ich war ihr erster Kunde gewesen, aber jetzt war es augenfällig. Sie verdiente inzwischen viel mehr Geld als ich, und das Ansehen, das ich zu Beginn als bei den besten Verlagen publizierter Kultautor in ihren Augen genossen hatte, war heute verflogen. Ich beeindruckte sie nicht mehr.

Inzwischen stapelten sich meine Bücher auf ihrem Nachttisch, in Reichweite, bereit, gelesen, liebkost, verschlungen zu werden. Ich hatte ihr gesagt, es sei mir egal. Ich wisse, dass ihre Tage zu kurz seien. Dass ich ihr nicht böse sei. Aber sie bestand darauf, die Bücher in ihrer Nähe zu behalten, denn sie habe vor, sie bei der erstbesten Gelegenheit zu lesen.

Ich behauptete nicht, es sei sehr leicht, mit mir zu leben – keine halbwegs vernünftige Frau hat lange Freude daran, das Leben eines Schriftstellers zu teilen. Ich behauptete auch nicht, dass ich ihr alles bot, was eine Frau erwarten darf. Na gut. Aber verlieh ihr das das Recht, auf jegliches Feingefühl mir gegenüber zu verzichten? Hatte sie beschlossen, mich fertigzumachen? Aus Rache? Fest gewillt, mir weh zu tun?

Die Dunkelheit brach an. Ich ging zur Kaffeemaschine, den Blick auf Judith gerichtet, die das Gespräch im Flüsterton beendete.

»Alles klar?«, fragte ich.

»Alles klar«, erwiderte sie.

Der Abendwind hatte sich erhoben, der Mond schien. Judiths Blick war für mich inzwischen undurchdringbar geworden, sie konnte mich hemmungslos mustern. In meinem Beisein benutzte sie mit Vorliebe ihr tadelloses Spanisch. Um mich zu provozieren?

Selbst wenn ich es verdient hätte, war es nicht sehr nett von ihr, sich mir gegenüber so rücksichtslos zu verhalten und mich vor vollendete Tatsachen zu stellen, ohne eine ehrliche Erklärung für ihr Kommen und Gehen, ihr Wegbleiben usw. zu geben – von dem Appartement, das sie in San Sebastián gemietet hatte, ganz zu schweigen.

Bei näherem Nachdenken musste ich zugeben, dass man sich keine Vorstellung vom Schmerz des anderen machte, dass es keinerlei Richtmaß gab und man nur verblüfft feststellen konnte, welchen Schaden man bei anderen anrichtete. So wie man jemanden mit einem Fausthieb bei einer Rauferei auf der Straße töten konnte. Ich hatte im Grunde keine Ahnung, wie groß das Leid war, das ich ihr angetan hatte. Ich wusste nicht, ob sie mir die Sache hundertfach heimzahlte oder ob ich ihr noch eine ganze Menge schuldig war.

»Hast du was Neues gehört?«, fragte sie.

»Nein, ich habe geschlafen.«

»Die Ärmste.«

»Das kannst du laut sagen. Er treibt es ganz schön bunt. Das macht ihr schwer zu schaffen. Hab ich dir erzählt, wie die Wände des Badezimmers aussahen – alles mit Blut bespritzt?«

»Ja.«

»Die Decke hätte ein Bild von Jackson Pollock sein können.«

»Das hast du schon mal gesagt, du brauchst das nicht noch auszumalen, ich kann's mir vorstellen.«

Sie gab mir durch ein Zeichen zu verstehen, dass sie ihren Anrufbeantworter abhören müsse. Inzwischen bezahlte sie die meisten Rechnungen. Sie behauptete, das mache für sie keinen Unterschied. Und es sei nur reine Eitelkeit meinerseits, wenn mich das fuchse. Aber ich merkte genau, mit welchem Vergnügen sie dem Haushalt vorstand, die Lieferanten bezahlte, einen Scheck in einen Umschlag steckte, ohne mit der Wimper zu zucken, oder gleichgültig die Nummer ihrer Kreditkarte durchgab. Plötzlich konnte sie das Dach erneuern oder die Gartenmöbel austauschen lassen, ohne sich bei mir nach dem Stand unserer Finanzen erkundigen zu müssen. Vermutlich war ich an dem Tag, an dem sie mich überrascht hatte, wie ich beim Anblick meiner Verkaufszahlen fast keine Luft mehr bekam, bei ihr in Ungnade gefallen.

Das Telefon ans Ohr gepresst, machte sie sich ein paar Notizen in ihrem enormen Terminkalender, der aufgebläht war wie der Wanst einer Ziege. Dachte sie ab und zu mal an Alice? Ich wollte niemandem etwas vorwerfen, aber die Frage durfte man ja mal stellen. Da stand sie und strahlte.

Ich musste mich zusammenreißen, um keine verletzende Bemerkung fallenzulassen. Wer war hier verrückt, sie oder ich?

A. M. sprang auf, als sie mich kommen sah. »Es ist furchtbar. Ich war dabei einzunicken«, sagte sie.

»Wie geht's ihm?«

Diesmal war der Warteraum leer. Dieser Teil des Krankenhauses wirkte wie verlassen – bis auf zwei junge Frauen am Empfang und einen dunkelhäutigen Mann, der gemächlich den Gang fegte.

Jérémie war am Spätnachmittag aufgewacht und ein paar Minuten später wieder eingeschlafen, aber es ging ihm den Umständen entsprechend gut. Er hatte seine Mutter mit schwacher Stimme gebeten, ihm bei ihrem nächsten Besuch seinen MP3-Player mitzubringen. Auch ich fand, das sei ein gutes Zeichen. Trotzdem hatte ich keine allzu große Lust, ihn zu sehen.

»Wir sollten ihn besser nicht stören«, sagte ich.

Sie schüttelte den Kopf. Man brauchte nur geduckt den Flur hinunterzugehen, dicht an den Mauern entlang, um in sein Zimmer zu gelangen. »Folgen Sie mir«, sagte sie. Mütter sind alle gleich.

Aber ich blieb ein wenig abseits am Fußende stehen und beobachtete, wie sich A. M.s Gesicht beim Anblick der bleichen, maskenhaften Züge ihres schlafenden Sohns verzerrte und schrumpelig wurde wie ein altes Stück Seife. Im Zimmer roch es stark nach Medikamenten. Ich stand schweigend und mit gesenkter Stirn da. Ich fragte mich, worüber sie mit mir sprechen wollte.

Wenn sie nicht wusste, warum ihr Sohn mit ein paar Homos aus der Gegend Streit gesucht hatte, sah ich nicht so recht, was ich für sie tun konnte. Was erwartete sie eigentlich von mir? Dass ich mich um die Sache kümmerte? Aus den Augenwinkeln sah ich die Mondsichel, die in der Ferne über den schwarz glänzenden Kiefern von Chiberta tanzte. Dachte daran, dass diese unglückliche Frau und ich eine Zeitlang gemeinsam die Schulbank gedrückt hatten. Dachte an jene Jahre zurück. Und jetzt diese verschrumpelte Silhouette. Sie boten keinen schönen Anblick, diese beiden. Sie schienen geradewegs einer Krypta entsprungen zu sein.

»Francis, ich glaube, Ihre Tochter versteckt sich irgendwo«, erklärte sie ohne Umschweife, während wir uns im Warteraum wieder aufrichteten, ohne dass jemand unsere Abwesenheit bemerkt hatte. Da ich nicht darauf reagierte, fuhr sie fort: »Ich glaube, Alice ist noch am Leben und versteckt sich. Leider weiß ich nicht, wo.«

A. M. war wegen der letzten Ereignisse, die sie gezwungen hatten, umgehend heimzukehren, mit ihren Nachforschungen nicht viel weiter gekommen. Immerhin hatte sie der Lösegeldforderung nachgehen können, die weder Roger noch die Polizei bekanntgegeben hatten, und sie war zu der Schlussfolgerung gekommen, dass es sich bei dieser ganzen Geschichte um eine Ente handelte.

»Ich erspare Ihnen die unbeantworteten Fragen und die Unstimmigkeiten, auf die ich bei meinen Nachforschungen gestoßen bin«, sagte sie achselzuckend. »All das klingt falsch, Francis. Ich glaube, niemand hat sie entführt. Wollen Sie meine Notizen sehen?« Ich wollte ihre Notizen nicht sehen. Ich wollte ihr zuhören. Ich wollte weiterhin auf diesen Mund starren, der solche Wunder hervorbrachte. Solche Umwälzungen, solchen Wirbel, solche Strömungen. Ich nickte. Ich ließ sie zu Ende reden. Dann stand ich wortlos auf und unternahm einen kleinen Spaziergang am Strand. Um diese Zeit war er völlig menschenleer, obwohl das Wetter noch sehr mild war und der Wind sich gelegt hatte.

Ich musste unbedingt hinfahren. Ich hatte mörderisch miese Laune. Ich war überzeugt, dass Judith die Gelegenheit nutzen würde, die ihr meine Abwesenheit bot. Nichts würde sie mehr aufhalten können. Jérémie war noch mehrere Tage lang außer Gefecht, und A. M. hatte sich kategorisch geweigert, Judith zu beschatten – was zu einem ziemlich heftigen Wortwechsel zwischen uns geführt hatte, aber sie hatte nicht nachgegeben.

Der Himmel war weiß verschleiert. Ich wusste nicht, was ich mitnehmen sollte. Genauer gesagt, ich war unfähig, mich auf die Wahl einer Garderobe zu konzentrieren, die dem viel unangenehmeren, viel unfreundlicheren Klima des Pariser Beckens angepasst war. Als ich mit ausgestrecktem Arm vor einer Handvoll Krawatten stand, betrat Judith mein Schlafzimmer und musterte sie, um ein paar davon auszusuchen. Ich starrte sie an, um nach einem freudigen Glanz in ihrem Blick zu forschen, ich wollte sehen, ob meine Abreise ihre Miene nicht auf die eine oder andere Weise erhellte, aber sie hatte sich gut in der Gewalt.

»Wie gesagt, ich hoffe, du weißt, was du tust«, erklärte

sie halblaut. Wir hatten am Abend zuvor lange darüber diskutiert, bis sie angefangen hatte zu gähnen. Wir hatten die Sache ausführlich erörtert. In Anbetracht der Aktion, die sie so glänzend ausgeführt hatte, konnte ich natürlich weder Roger noch der Polizei das geringste Vertrauen schenken. Das kam nicht in Frage. Ich war der Ansicht, dass es unnötig war, meinen Entschluss noch mal zu überdenken, dennoch war ich völlig hin- und hergerissen, irgendetwas in mir weigerte sich angesichts der gegenwärtigen Situation, mich von diesem Haus zu entfernen.

Judith warf einen Blick auf ihre Armbanduhr und bot mir an, mich zum Flughafen zu bringen. Ich klappte meinen Koffer zu.

»Ich nehme an, dass du dich nicht umstimmen lässt...«, sagte sie, während wir bei einbrechender Dunkelheit auf das Flugzeug warteten.

Ich nahm mir ein Zimmer im Hyatt – die Badezimmer waren eine wahre Pracht und sehr erholsam, außerdem hatte ich vor, die Rechnung von der Steuer abzusetzen. Ich ließ mir ein Clubsandwich und eine Flasche Mineralwasser aufs Zimmer bringen.

Ihre Wohnung lag ganz in der Nähe. Um die Zeit totzuschlagen – A.M. hatte mir davon abgeraten, vor Mitternacht etwas zu unternehmen –, sah ich mir im Halbdunkel, von der Badewanne aus, eine Modenschau auf einem Sender an, der nur derartige Programme ausstrahlte. Manchmal schweifte die Kamera über eine Galagesellschaft, wo ein paar berühmte Leute in dumpfer, hysterischer Atmosphäre schlechte Musik und gewisse Substanzen konsumierten, die sich nicht immer als hochwertig erwiesen, aber in großen Mengen im Umlauf waren.

Die Typen, die dabei nicht in der Gosse landeten, waren zu bewundern. Und diejenigen, die es schafften, da wieder herauszukommen, noch mehr. Alice und Roger hatten in dieser Hinsicht ein Wunder vollbracht. Sie hatten mit einem Schlag das Verantwortungsbewusstsein wiedergefunden. In einer Bank zu arbeiten – selbst wenn diese der Familie gehörte – oder den Beruf einer Schauspielerin auszuüben erforderte es, sich gewissen Regeln zu unterwerfen – wie zum Beispiel, es zu schaffen, morgens aufzustehen, nicht während eines Sets in Ohnmacht zu fallen, seinen Scheck zu verdienen usw.

Aber wenn ich mir anfangs Sorgen um die beiden gemacht hatte, dann wohl deshalb, weil ich vergessen hatte, dass Alice eigentlich mit beiden Beinen auf dem Boden stand. Ich kannte niemanden, der so pragmatisch war wie sie. Da konnte ich lange suchen.

Sie fehlte mir. Ich hoffte schnell etwas zu finden. Ich hoffte, dass endlich irgendetwas in Gang kam. Dass meine Schritte mich zu meiner Tochter führen würden, direkt zu ihr, ohne weitere Hindernisse. Das hoffte ich von ganzem Herzen, denn wenn nicht, würde ich einen außerordentlich harten Winter haben. Wenn ich nichts erreichen sollte, unverrichteter Dinge heimkehren musste, keinen Anhaltspunkt fand, die Wohnung vergeblich durchsuchte, dann würde ich definitiv zusammenbrechen.

Aber warum versteckte sie sich überhaupt? Gewiss war es besser, sie versteckte sich, als dass sie tot war – sie konnte sich tausendmal verstecken, aber das beantwortete die

Frage nicht. Ich wusste, dass es in ihrer Ehe kriselte – der Apfel fällt nicht weit vom Stamm – und dass man ihr ein paar Abenteuer während der Dreharbeiten nachsagte. War das vielleicht ein Anhaltspunkt? Hatte sie Angst, und wenn ja, vor wem? War sie in einem Keller eingeschlossen? Auf einem Dachboden? Verbarg sie sich in einem Wald? In dieser Stadt? In diesem Land?

Die Liste der Fragen, die mir zu diesem Thema einfielen, schien endlos zu sein.

Eines Morgens, an einem schönen, kristallklaren Wintertag, hatte mein Telefon geklingelt. Der Genfersee funkelte wie ein elektrisches Feld. Johanna und Olga waren in der Stadt. Alice war damals etwa vierzehn, und der Anruf kam von ihrer Schule. Es ist nie gut, wenn ein Anruf von der Schule kommt.

Ich dachte, sie hätte sich ein Bein gebrochen oder den Hals verrenkt, denn sie war mit ihrer Klasse zu einem Ausflug in die Berge gefahren, aber da lag ich falsch. Die Schulleiterin verlangte, dass ich Alice sofort abhole. »Ihr teuflisches Gör!«, wie sie sagte, als sie mich sah. »Nehmen Sie Ihre Tochter sofort wieder mit.« Eine ein Meter neunzig große Frau mit grauem Haar und einer Frisur wie Jeanne d'Arc.

Die Klasse war gegen Abend im Hotel angelangt, und die Riesin wollte Alice gleich am nächsten Morgen zurückschicken. Ein verdammt kurzer Aufenthalt.

»Meine Frau und ich haben sie von Kopf bis Fuß eingekleidet«, sagte ich. »Nur für diese Klassenfahrt. Strumpfhosen, Skianzug, Schneestiefel usw. Extra für diese Tage.«

»Monsieur, das weiß ich.«

»Hören Sie, wollen Sie sich's nicht noch mal überlegen?«

»Monsieur, ich leite eine Schule. Keine Pension für wilde Tiere.«

»Ich komme für die Schäden auf.«

»Die werden Sie allerdings bezahlen, darauf können Sie Gift nehmen. Und wir verweisen sie für einen Monat von der Schule. Und wenn das noch mal vorkommt, dann muss sie endgültig abgehen.«

Hinter dem Fenster ihres Büros ragten schneebedeckte Bäume in den blauen Himmel auf, während sich andere wie eine glitzernde Kette bis zum See hinunterzogen.

»Ich wüsste gern«, sagte ich, »ja, ich wüsste gern, wie meine Tochter es geschafft hat, zwei Flaschen Wodka zu kaufen. Ich möchte, dass Sie mir das erklären. Ich bin der Ansicht, man muss die anderen Eltern warnen, denn wenn Alice das schafft…«

»Tja, sie ist nun mal sehr gerissen. Und zu allem bereit, um zu kriegen, was sie will.«

»Jetzt reden Sie aber bitte nicht um den heißen Brei herum. Keine Ablenkungsmanöver! Okay? Und jetzt antworten Sie. Ist es nicht Ihre Aufgabe, unsere Kinder zu schützen? Ist es nicht Ihre Aufgabe, sie von Spirituosenläden fernzuhalten? Finden Sie nicht, dass es das Mindeste ist, was wir als Eltern von Ihnen erwarten können? Heute ist es Wodka, aber morgen sind es Drogen. Sie müssten dafür bestraft werden. Nun, ich werde mit meinem Anwalt sprechen. Jetzt ist Schluss mit den Nettigkeiten. Ich werde ihn bitten, sich sofort um diese Angelegenheit zu kümmern und ein bisschen Druck zu machen.«

Sie wurde ganz blass, biss die Zähne zusammen und kniff die Nasenflügel zu, sagte aber kein Wort, sondern verschränkte nur zitternd und bebend die Arme. Ich blickte woanders hin, dachte an Alice und ihre überstürzte Rückkehr.

Spaghetti aß sie am liebsten und möglichst ausschließlich. Ich konnte mir gut vorstellen, wie sie gemeinsam mit ein paar Freundinnen in ihrem Zimmer eine Tomatensoße zubereitete. Wie sie dabei Zigaretten rauchten. Sich gegenseitig ihre Abenteuer erzählten. Aufgeregt und laut sprachen.

»Waren Sie in Ihrem Leben schon einmal betrunken, Madame?«, fragte ich, während ich sah, wie Alice durch den Hof kam und ihren schweren Koffer hinter sich herzog.

»Monsieur, das steht nicht zur Debatte.«

Ich wandte mich ab und ging.

Ich hatte zu meiner Ältesten, Olga, die vier Jahre älter war und seit ihrer frühesten Kindheit ihrer Mutter sehr nahestand, keinen richtigen Zugang. Mit Alice dagegen verstand ich mich sehr viel besser. »Die Einzelheiten ersparen wir deiner Mutter am besten«, sagte ich ihr. »Weißt du, ich nehme an, sie müssen den ganzen Raum neu streichen, einschließlich der Decke. Ich werde wohl allein dafür eine Kurzgeschichte schreiben müssen. Ein Gedicht reicht da sicher nicht, da kannst du sicher sein.«

Um Mitternacht stieg ich aus der Badewanne und zog mich an. Jetzt war sie schon über zwei Monate verschwunden, und man sprach noch immer über sie, über diese junge

Schauspielerin, von der man seit achtundsiebzig Tagen nichts mehr gehört hatte. Ihr Foto war auf dem Bildschirm aufgetaucht, noch ehe ich die Fernbedienung in die Hand genommen hatte. Der Nachrichtensprecher berichtete betroffen von mehreren Morden an jungen Frauen und mehreren Fällen von Freiheitsberaubung in der letzten Zeit.

Meine Tochter hatte einen jungen Banker geheiratet. Entsprechend wohnte sie in einer großen Maisonette. Ich verbrachte ab und zu eine Nacht bei ihnen, wenn ich in der Stadt war. Ich besaß einen Schlüssel und kannte den Zifferncode der Haustür. Ich will damit nicht sagen, dass sie mir einen Schlüssel zur Verfügung gestellt hatten, nein, bestimmt nicht. Es handelte sich um den Schlüssel für den Dienstboteneingang. Den ich eigentlich nicht mitnehmen, sondern in einer Schublade meines Schreibtisches für sie aufbewahren sollte, für alle Fälle, falls mal etwas Unvorhergesehenes geschehen sollte.

Ich nützte im Allgemeinen ihre Gastfreundschaft nicht aus. Sie ließen mich nicht etwa spüren, dass ich ihnen lästig fiel – es gab direkt nebenan ein kleines Appartement, das einem eine gewisse Unabhängigkeit gestattete –, aber es kam häufig vor, dass ich am Abend allein mit der Babysitterin und den Kindern dasaß. Was nicht heißen soll, dass ich mir unbedingt gewünscht hätte, sie würden sich um mich kümmern. Natürlich konnte ich verstehen, dass ein junges Paar etwas Besseres zu tun hatte, als den Abend mit mir zu verbringen. Dennoch hatte ich manchmal Lust, die Babysitterin zu fragen, ob meine Frisur irgendwie seltsam war, ob ich seltsam angezogen sei oder ob ich unzusammenhängende Worte von mir gab – aber das arme Mädchen verzog schon bei dem Gedanken, mit einem Mann einge-sperrt zu sein, dessen Haar gefährlich weiß wurde, besorgt das Gesicht.

Ich nahm eine Taschenlampe, einen Fotoapparat und eine Festplatte mit. Nichts anderes. Ich überquerte die Straße. Ging um den Platz herum. An der Ecke errichtete ein Mann unter dem Vordach einer Metrostation eine Hütte aus Pappkarton – sein Einkaufswagen stand im Eingang. Ich begegnete seinem Blick und betrat dann das Wohnhaus. Im Eingangsflur war keine Menschenseele. Nach einem Kontrollblick in alle Ecken ging ich auf den Dienstboten-aufgang zu. Stieg die Treppe hinauf.

Ich betrat die Wohnung durch eine Art Besenkammer, in der auch ihre Einkaufstrolleys und die Kiste mit Schuh-creme standen. Ich knipste die Lampe an und richtete sie auf den dunklen Flur.

Ich hatte nicht die geringste Lust, beim Durchsuchen der Wohnung meiner Tochter überrascht zu werden. Deshalb zog ich die Vorhänge zu – die Situation erforderte es nun mal, es mit den Prinzipien nicht so genau zu nehmen.

Ich schloss meine Festplatte an den Computer meiner Tochter an und begann alles zu kopieren. Das weckte sehr schlechte Erinnerungen in mir, aber A. M. war überzeugt, dass sich der Schlüssel zu der Geschichte in dieser Woh-nung befand. Ich müsse ihrem Instinkt vertrauen, hatte sie mir zwei Tage lang eingebläut. Sie übe diesen Beruf schließ-lich seit über dreißig Jahren aus. Dreißig Jahre, in denen sich ihr Instinkt geschärft habe – und zwar so sehr, dass sie gleichsam das zweite Gesicht habe, was sie zu der Behaup-tung veranlasste, der Schlüssel für diese Geschichte befinde sich in dieser Wohnung, daher müsse ich sie genau unter die Lupe nehmen. Ich hatte sie bei diesen Worten jedes Mal skeptisch angesehen, aber schließlich überzeugte sie mich, und ich nahm ihr ab, dass sie tatsächlich diese Gabe entwickelt hatte, diesen Riecher, den nur die besten Detektive haben.

Ich ging ins Obergeschoss und betrat die Schlafzimmer, die ich methodisch fotografierte – A. M. war der Ansicht, dass mir gewisse wichtige Einzelheiten entgehen könnten. Wie auch immer, die Untersuchung von Alices Schrank erwies sich als unangenehm und bedrückend, ich nahm lebhaft ihren Geruch wahr, und zahlreiche Kleidungsstücke erinnerten mich ganz deutlich an bestimmte Episoden oder an Orte, an denen wir gewesen waren, während ich die Stoffe berührte – nebenbei bemerkte ich, dass sie ein paar Sachen behalten hatte, die ihrer Mutter oder ihrer Schwester gehört hatten, aber ich hatte nie gesehen, dass sie irgendetwas davon getragen hätte, zumindest nicht in meinem Beisein.

Es herrschte absolute Stille – wegen der doppelten Verglasung drang kein Laut von der Straße herauf. Ich war ziemlich nervös. Früher war ich nicht so empfindlich gewesen, aber das Drama, das sich vor meinen Augen abgespielt und sich mir für immer eingeprägt hatte, hatte mich zutiefst erschüttert und anfällig gemacht. Manche besonders rührenden Fotos aus dem Leben vor dem Unfall – die sie in einer Schublade ihres Nachttisches aufbewahrte – zitterten in meinen Händen.

Ich stellte fest, dass ihre Matratzen ziemlich weich waren, denn ich hatte mich aufs Bett setzen müssen. Ich erschauerte buchstäblich bei dem Gedanken, dass mir das Schicksal, nachdem es mir die halbe Familie geraubt hatte, nun auch noch die andere Hälfte rauben könne. Kannte der menschliche Schmerz keine Grenzen? Es war ein Kingsize-Bett. Ich streichelte die Stelle, an der meine Tochter die Schultern hinlegte. Ihren Nacken, der so oft verspannt war. Die Schauspielerei war ein scheußlicher Beruf. Das hatte ich schon immer gesagt. Aber die Frauen wurden verrückt, ohne es zu bemerken – und ich hatte Angst, dass Alice nicht zu denen gehörte, die den Absprung schafften. Sie nahm die Sache für mein Gefühl ein bisschen zu ernst. Aber was änderte das jetzt schon? Ich würde bestimmt nicht meckern, wenn man sie mir lebendig zurückgäbe. Ich hätte, ohne zu zögern, dem Herrn die Füße geküsst.

Ich überlegte eine Sekunde, ob ich mich nicht hinlegen sollte. Aber dann stand ich auf und stieg die Treppe hinunter.

Ich hob Kissen auf, öffnete Schubladen, inspizierte den Bücherschrank, durchsuchte den Papierkorb, sah nach, ob nichts unter dem Schreibtisch oder in einer dunklen Ecke versteckt war, strich mit der Hand über die Schränke, hob den Teppich hoch, fotografierte jeden Quadratmeter mit der Präzision eines Uhrmachers und so fort.

Ich fand nichts. Nichts, was das Dunkel für mich irgendwie erhellt hätte. Aber ich hoffte, wenigstens genug Material für A. M. zusammenzutragen, um ihr zu erlauben, etwas zu finden, was ich nicht gesehen hatte, was mir in die Augen hätte springen müssen – das wünschte ich mir wirklich. Ich ging ganz methodisch vor. Ich nutzte die Untersuchung des Kühlschranks, um mir ein großes Glas Orangensaft mit

Fruchtfleisch einzuschenken – während die Nacht voranschritt und praktisch die ganze Welt schlief.

Bis zu dem Augenblick, da ich ein Quietschen hörte. Ich erstarrte. Schaltete meine Taschenlampe aus. Ich dachte fieberhaft nach.

Die Tür zu dem Appartement öffnete sich, und wie in einem Schattenspiel wurde eine Silhouette sichtbar – die Dunkelheit hinderte mich, mehr zu erkennen –, die dann die Stufen zum Wohnzimmer herabkam. Ich kauerte mich hinter einem Sessel zusammen. Ich bedauerte es, dass ich keine Waffe mitgenommen hatte, wenigstens ein Messer. Einem Verrückten zu begegnen war heutzutage keine Seltenheit, um nicht zu sagen etwas Alltägliches – man hatte oft von mir gesagt, ich sei ein pessimistischer Autor, dabei las ich nur die Zeitung, sah mich ein bisschen um, hörte Radio, die Gelegenheiten, eines Tages einem Serienkiller zu begegnen, waren zahlreich, so viele liefen davon frei herum.

Der Schatten ging an mir vorüber. Erschreckt sprang ich auf. »Alice?«, stammelte ich.

Sechs Monate später weigerte ich mich noch immer, mit ihr zu sprechen. Die Wahrscheinlichkeit war übrigens groß, dass ich nie wieder ein einziges Wort mit ihr wechseln würde. Dennoch reichte ich Judith den Hörer – denn sie hatte gegen meinen Wunsch die Beziehung zu meiner Tochter und Roger nicht abgebrochen – und ging sofort aus dem Haus.

Die ersten Frühlingstage waren sonnig. Die Hortensien blühten. Jérémie hatte inzwischen einen Job im Golfklub, er stand mir nicht mehr zur Verfügung, um meine Frau zu beschatten und sie auf frischer Tat zu ertappen. In dieser Hinsicht steckte ich in dichtem Nebel.

Ich war ernüchtert. Die Gefühle, die ich sowohl für die eine wie die andere gehegt hatte, waren gleichsam eingefroren – und die Leere, die ich jetzt in mir spürte, war so heftig, dass sie mich fast betäubte. Ich hatte den ganzen Winter in verschiedenen europäischen Ländern Lesungen gehalten, um wieder auf den Damm zu kommen, aber ich hatte viel Energie für lauter Blödsinn verpulvert – in Stockholm hatte mich der Präsident des Pen-Clubs zu einem Zechbummel durch die Bars der Stadt mitgeschleift, von dem ich mich erst am Abend des folgenden Tages wieder erholte…, in Kopenhagen hob mein Verleger sein Glas, blickte mir fest in die Augen und schlug dabei die Hacken zusammen…, in Wien kannte ich ein paar Theaterleute, und Gott weiß, wohin sie mich nach den Lesungen mitgenommen hatten, indem sie die Anspannung, die Schwäche und die eisige Euphorie ausnutzten, in die mich die Lesungen versetzten. Lesen machte durstig. Gut zu lesen machte sehr durstig. Ich sah es schon deutlich vor mir, wie sich der hellerleuchtete Weg des trunksüchtigen Schriftstellers vor mir abzeichnete, alles schien ganz einfach zu sein – zumindest am Anfang. Ich war rechtzeitig heimgekehrt, zu spät vermutlich, um Judith daran zu hindern, folgenschwere Entscheidungen, was mich anging, zu treffen, aber rechtzeitig, um mir nicht eine Lebererkrankung, zum Beispiel eine Gelbsucht, auf meiner Lesereise zu holen.

»Die Mädchen lassen dich grüßen«, rief sie mir zu. Ich erstarrte unmerklich. »Ich sie auch«, erwiderte ich. »Sag ihnen, dass auch ich *alle beide* grüßen lasse.«

Mit zusammengebissenen Zähnen starrte ich auf den Horizont. Ich hatte nicht die Absicht, Judith vorzuwerfen, dass sie den Kontakt mit Alice und ihrem Banker aufrechterhalten hatte, wie auch immer ich zu ihnen stand. Man musste schließlich an die kleinen Mädchen denken, die im Haushalt dieser beiden Totalverrückten aufwuchsen. Die Zwillinge waren der einzige, aber zwingende Grund, die Beziehung zu den beiden Geisteskranken, die sie erzogen, nicht abzubrechen – und Judith spielte diese Rolle sehr gut, sie tat, als sei nichts geschehen, und hielt brav die andere Wange hin, und dazu war ich nicht fähig, ich hatte leider nicht den nötigen Abstand. Mit einundsechzig Jahren sollte man eigentlich genug Seelengröße besitzen, um Gleichmut zu zeigen, Distanz zu wahren. Doch das brachte ich nicht fertig.

Ich kam gerade von einer Lesereise durch Deutschland zurück, eine gutorganisierte, ausgesprochen ruhige Reise – ich war mit dem Zug durchs Land gefahren, von einer Stadt in die andere, und hatte die meiste Zeit auf Sitzen erster Klasse verbracht, dabei schloss ich oft die Augen und öffnete sie erst nach fünfhundert Kilometern wieder; die Schuhe hatte ich ausgezogen. Der Zug ist ein ausgezeichnetes Heilmittel. In manchen Fällen ist Zugfahren ein wahrer Segen. Kilometer zurücklegen, in Bewegung bleiben.

Ich räumte meine Reisetasche weg und stellte meine Toilettensachen wieder an ihren Platz, während Judith über ihre bevorstehende Abreise sprach. Wem wollte sie weismachen, dass es sich um einen Zufall handelte? Aber egal. Wie auch immer – und da hatte man den schlagenden Beweis, die beste Veranschaulichung dafür, wie lohnend das

Verbrechen sein kann –, Alice fuhr für zwei Wochen nach Australien zu einem Drehtermin, und nichts konnte sie mehr beruhigen, als Lucie-Anne und Anne-Lucie bei der Großmutter zu wissen.

Meine Tochter war total unverschämt. Ich hatte höhnisch gelacht, als Judith es mir mitteilte. Und dann hatte ich erwidert, ich hätte nichts dagegen, da mich die Sache nichts anginge.

Alice wusste wohl, dass sie mich von nun an um nichts mehr bitten konnte. Ich hatte die Sachen, die sie bei uns gelassen hatte, einfach in eine Truhe geworfen und sie ihr geschickt, als ich wieder zur Besinnung gekommen war. Ich wollte in diesem Haus nichts mehr sehen, was ihr gehörte. Ich hatte Judith gebeten, diesen Entschluss kommentarlos hinzunehmen. Ich hatte sie *inständig* darum gebeten. Es war mir ernst. Sie hatte genickt. Hatte geseufzt. Sie wusste, was für ein harter Schlag das für mich gewesen war. Sie übernahm es – ohne dass ich darum gebeten hatte –, die DVDs, Zeitschriften und Fotos aus meinem Blickfeld verschwinden zu lassen. Wenigstens hatte ich eine Frau geheiratet, die nicht, wie Alice, beim geringsten Anlass Streit suchte.

Ich bedauerte, dass sie gleich abreisen wollte. Ich hatte gehofft, dass wir nach meiner Rückkehr ein paar Tage zusammen verbringen würden, trotz der betrüblichen Wendung, die unsere Ehe nahm – oder genommen hatte. Ich war zu optimistisch gewesen. Sie hatte Roger versprochen, sie würde gleich am Tag nach meiner Ankunft kommen. Ich hatte zwar keinen präzisen Vorschlag zu machen, um dem Scheitern unserer Ehe entgegenzuwirken – die Prüfung, die wir durchmachten, war einfach unerträglich, ich litt sehr darunter –, aber ich wollte retten, was noch zu retten war, daran lag mir sehr viel. Ich meine, falls das überhaupt noch möglich war.

»Fragen die sich eigentlich nie, ob wir nicht auch ein Privatleben haben?«, sagte ich zähneknirschend. »Kommt ihnen das nie in den Sinn, diesen beiden Wichten?« Ich machte einen Schritt auf die Tür zu, die unsere beiden Schlafzimmer trennte. In ihrem Zimmer, das eine bessere Lage hatte, drang die Sonne durch die Gardinen und sprenkelte die Wände. Ich wäre gern imstande gewesen, ihr zu sagen, wie betrübt ich war, aber angesichts so vieler Absurditäten kam nur ein dünner Luftstrom aus meinem Mund. Mit der Zeit hatte ich begriffen, dass unsere Handlungen nicht rückgängig zu machen waren. Der Film ließ sich nicht zurückspulen.

Ich begleitete sie auf den Markt. »Hast du mir etwas zu sagen?«, fragte ich sie, während sie einen Salatkopf musterte. Sie setzte eine erstaunte Miene auf. Ich half ihr auf die Sprünge: »Hast du jemanden kennengelernt?«

Ich hörte, wie diese Worte aus meinem Mund kamen, aber ich war das nicht. Sie schüttelte lachend den Kopf und erwiderte: »Wie kommst du darauf, hm? Sag mal, was ist denn in dich gefahren?«

Ich fragte den Typen, was der Salat kostete, und gab ihm das Geld.

»Vergiss es«, erklärte ich und ging auf den Mittelgang zu. »Ich bin noch etwas wirr im Kopf, deshalb fasele ich solchen Unsinn.«

Sie blieb stehen und starrte mich argwöhnisch an.

Ich war nicht so naiv zu glauben, es reiche, ihr die Frage zu stellen. Ich hatte nicht damit gerechnet, die Wahrheit wie eine Quelle inmitten eines Rosenfelds hervorsprudeln zu sehen. Genauso wenig wie ich dem verächtlichen Schweigen, das sie meiner elenden Unterstellung entgegenhielt, irgendeine Bedeutung beimaß.

»Entschuldige«, sagte ich. »Aber sie sind daran schuld. Seither sehe ich überall nur Übel.«

Sie warf einen Blick nach hinten, ehe sie ihre Aufmerksamkeit wieder auf mich richtete. »Wie ist es möglich, dass du noch nicht darüber hinweg bist?«, seufzte sie. »Noch heute. Nach sechs Monaten …«

»Zeit heilt keine Wunden.«

»Aber sicher. Francis, aber sicher. Du tickst einfach nicht richtig.«

Ich biss die Zähne zusammen. »Sie wusste, dass ich das nicht ertragen würde.«

Sie blickte mich noch eine Weile an, dann überließ sie mich meinem Schicksal und suchte eine Honigmelone aus. Ich bedauerte, dass ich nicht einen Tag länger in Leipzig geblieben war, um mich volllaufen zu lassen und das Haus bei meiner Rückkehr leer vorzufinden.

Jérémie fuhr auf der anderen Straßenseite auf seinem Aufsitzrasenmäher vorüber, und wir winkten uns zu. Zahlreiche Möwen segelten am Himmel. Er stellte seinen Traktor hinter der Hecke ab, und ich lud ihn zu einem Kaffee ein, nachdem er einen Stapel Zeitschriften, die ich für ihn aufbewahrt hatte, auf seinem Fahrzeug verstaut hatte. »Du hast in der nächsten Zeit keinen Job mehr«, erklärte ich ihm. »Sie ist für vierzehn Tage weggefahren.« Er nahm die Nachricht mit einem zufriedenen Lächeln auf.

»Sie verlieren Ihre Zeit mit dieser Geschichte«, erklärte er. »Das habe ich Ihnen schon gesagt. Ich habe nie etwas gefunden. Sie sind auf dem Holzweg.«

»Macht nichts. Ich bin dir nicht böse. Sie ist verdammt gerissen.«

Als ich den Blick senkte, sah ich seine zerkratzten Fäuste.

»Ich kann dir sagen, wie das enden wird«, erklärte ich. »Ich weiß es genau. Wenn sie es leid sind, dass du ihnen ständig nachschnüffelst – und ich bin sicher, dass dieser Tag bald kommt –, dann schnappen sie dich. Darauf kannst du dich verlassen. So wird das enden. Und dann hast du alle Homos dieser Gegend auf den Fersen. Jérémie, ich begegne jeden Morgen einigen von ihnen beim Sport, ich möchte nicht, dass sie mir im Umkleideraum eine Abreibung verpassen. Hast du gesehen, was für muskulöse Arme die haben?«

Ihm war das völlig egal. Er hatte keine Angst davor, eine Tracht Prügel zu bekommen, wie er sagte.

Ich zuckte die Achseln. »Deine Mutter ist im Moment ziemlich abgespannt. Willst du sie nicht ein bisschen schonen?«

»Sie ist nicht abgespannt. Sie ist sitzengelassen worden.«

»Auf jeden Fall könnte ich mir vorstellen, dass sie keine weiteren Aufregungen braucht. Hab ein bisschen Mitleid mit ihr. Sie macht sich Sorgen um dich.«

Unsere Kinder bereiteten uns viel Kummer. Das musste man zugeben. Das war kein Zufall. Es gab nur wenige Familien, die davon verschont blieben. Es war kein Wunder, dass A. M. gestolpert war, nachdem er sich die Pulsadern aufgeschnitten hatte. Nur wenige Mütter hätten so etwas ertragen. Nur wenige Mütter, die gerade sitzengelassen worden waren, hätten es ertragen.

Sie war noch gar nicht so alt. Aber innerhalb weniger Monate hatten sich ihre Gesichtszüge entstellt und sie hatte einen grauen Teint bekommen. Jede Beschattung wurde anstrengender, hatte sie mir anvertraut. Stundenlang herumzustehen machte sie fertig. Ihre Knöchel schwollen an. Ich hatte ihr geraten, eine Zeitlang Vitamin C und Magnesium in hoher Dosis einzunehmen. Anscheinend ohne spürbaren Erfolg.

Jérémie briet ihr Steaks, die sie kaum noch anrührte. Ansonsten kümmerte er sich nicht sonderlich um sie. Vom Liebeskummer seiner Mutter wurde ihm schlecht, wie er behauptete. Die abartigen Neigungen seiner Mutter waren etwas, für das er sich zutiefst schämte und das ihn auf die Palme brachte. »Soll ich sie etwa bemitleiden? Soll ich sie trösten? Es kotzt mich an, was sie tut.«

Dass ihm die Homosexualität seiner Mutter schwer zu schaffen machte, war überdeutlich, das brauchte man nicht noch einmal aufs Tapet zu bringen, das hatte ich begriffen.

Drei Tage später diagnostizierten die Ärzte Krebs. In äußerst bösartiger Form. Die Röntgenbilder waren entsetzlich. »Das hat mir gerade noch gefehlt«, seufzte A. M.

Sie nahm mir den Schwur ab, kein Wort darüber zu verlieren. Sie wollte nicht, dass Jérémie es erfuhr. Dann verlor sich ihr Blick im Leeren, und sie nickte eine ganze Weile.

Johannas Mutter war an einem besonders bösartigen Krebs gestorben, der sie in kürzester Zeit hatte abmagern und dann bei lebendigem Leib verwesen lassen.

Olga und Alice, die damals zwölf bzw. acht Jahre alt waren, hatten keine große Lust, ihrer Großmutter oder dem, was noch von ihr übrig geblieben war, einen Kuss auf die Wange zu drücken. Wie sie da im Sarg lag, war tatsächlich furchteinflößend. Die Atmosphäre war äußerst gespannt.

Die Atmosphäre in der Familie meiner Frau war äußerst gespannt, da sie im Verhalten meiner Töchter die erbauliche und zugleich traurige Bestätigung dafür fanden, dass ich nicht der Mann war, den sie sich für Johanna gewünscht hätten. Die Lektüre gewisser Romane aus meiner Feder hatte die Sache für sie nicht besser gemacht. Wir waren also im hinteren Teil des Raums um Haaresbreite von einem Familienstreit entfernt – ich hörte Stimmen, die sich über meinen Mangel an Autorität entrüsteten und mein offenkundiges Versagen in Erziehungsfragen anprangerten.

Als ich sah, was Johanna für ein Gesicht machte, beugte ich mich schließlich zu den Mädchen hinab und sagte: »Tut mir leid, aber eure Mutter ist ganz durcheinander. Ich komme mit, wenn ihr wollt. Nur Mut.«

Finstere Augenpaare starrten uns an – diese Leute waren Arschlöcher, zum größten Teil, wirklich Arschlöcher. Aber Johanna wollte keinen Streit mit ihnen und ihnen auch keinen Vorwand liefern, sich erniedrigen zu lassen, und meine Meinung dazu war nicht gefragt, ich nahm, ohne mit der Wimper zu zucken, ihnen gegenüber die Haltung an, zu der sie mir von Anfang an geraten hatte, nämlich den Kopf einzuziehen und sie nicht zu verärgern. Ich hatte begriffen, wie wichtig das für Johanna war. Ich wusste auch, wie schwer die Prüfung war, die man den beiden kleinen Mädchen auferlegte, wusste, wie groß die Anstrengung war, die man von ihnen verlangte. Die Luft ringsumher schien zu vibrieren. Olga senkte den Kopf. Alice hingegen ging plötzlich mit entschlossenem Schritt nach vorn.

Wir blieben vor dem Sarg stehen. Ich warf den beiden, einer nach der anderen, einen Blick zu und hielt sie an der Hand. »Ich bin stolz auf euch«, flüstere ich. »Bravo. Jetzt braucht ihr nur noch eine letzte Anstrengung zu machen. Das wird schon klappen, ihr beiden. Nur Mut.«

Alice war die Kleinere. Ich hob sie hoch. Das Gesicht ihrer armen Großmutter glich einer verdorbenen Zitrone – sie war auf der Treppe gefallen, als ihr Krebs schon im Endstadium war, und hatte sich die Kinnlade blau geschlagen. Selbst ich verzog das Gesicht.

Olga wirkte wie versteinert. Alice dagegen beugte sich ohne zu zögern hinab und drückte ihre Lippen auf die verschrumpelte gepuderte Wange. Alice war eben schon Alice.

»Ich habe es auch für dich getan«, vertraute sie mir wenig später an.

»Du hast mich verblüfft. Deine Schwester und ich, das kannst du mir wirklich glauben, haben uns nur angeblickt. Mit offenem Mund. Wir waren echt sprachlos. Wenn du das nicht gemacht hättest, wer weiß, ob ich es dann geschafft hätte. Bbrrr… ich habe noch jetzt eine Gänsehaut, du nicht?«

Der Nächste, ein entfernter Vetter, heulte wie ein Schlosshund über der Verstorbenen.

Johanna kam draußen auf uns zu, dankte mir und drückte

ihre Kinder an sich. So sind die eben im Süden, entschuldigte sie sich, sie hängen an ihren Bräuchen und sind sehr pingelig, was deren Einhaltung angeht. Ich nickte, ohne einen Kommentar abzugeben. Ich hatte schon bei der Frage nach der Taufe nachgeben müssen, wenn ich nicht wollte, dass man mich wie einen Aussätzigen behandelte und wie die Pest mied, was Johanna nicht ertragen hätte.

Diesen Leuten war es völlig egal, dass ich Schriftsteller war, dass man mich im Fernsehen auftreten sah oder im Radio hörte, Literatur beeindruckte sie nicht, und über mein Einkommen, das zu jener Zeit noch ziemlich dürftig war, konnten sie nur lächeln – wo andere ihre Kleider in den Schlamm geworfen hätten, damit ich die Straße überqueren konnte, ohne mir die Schuhe dreckig zu machen. Aber solche Leute gab es seltener.

Ich konnte Schriftsteller, Drehbuchautor, Feuerwehrmann oder Jongleur sein, egal was, solange ich nicht von dem Weg abwich, den sie vorgezeichnet hatten, solange ich ihre Toten küsste und mich dabei bekreuzigte und meinen Kindern diese Verhaltensregeln beibrachte.

Ich trug Alice auf den Schultern – sie hatte es wirklich verdient. Noch voller Bewunderung über die Art, wie sie die Situation zu unseren Gunsten umgekehrt hatte – man beehrte uns jetzt auf dem Weg zum Friedhof von allen Seiten mit zufriedenem Lächeln –, drückte ich ihr einen Kuss auf die Handfläche. Der Herbst war mild, das Laub der Bäume leuchtete seit Tagen in außerordentlich hellen, lebendigen Farben, in umwerfend roten und blendend gelben Tönen.

Hatte ich all das nur geträumt? Hatte ich nicht mit ihr im Feuerhagel unserer Schicksalsprüfungen die engste Verbindung geknüpft, die man sich vorstellen konnte? War das ein Traum gewesen?

Allmählich glaubte ich das wirklich. Wie auch immer, ich wusste jetzt, dass sie, wenn sie zwischen ihrer Karriere und mir zu wählen hätte, nicht lange zögern würde. Ich musste die entsprechende Schlussfolgerung daraus ziehen.

Ich hätte nie gedacht, dass ich eines Tages in ein solches Loch fallen würde. Ich hatte fälschlicherweise geglaubt, manche Dinge hätten eine felsenfeste, unerschütterliche Basis, könnten allen Stürmen standhalten. Ich war in dieser Hinsicht äußerst naiv gewesen, total verblendet. Man konnte jederzeit den Boden unter den Füßen verlieren, er war nicht fest und stabil, wie ich es mir absurderweise eingebildet hatte, er war wie ein trügerisches Eldorado, das mir schöne Farben vorgaukelte. Und damit war die brutale Bauchlandung vorprogrammiert, die ich vor sechs Monaten in dem Moment gemacht hatte, als sie sich in ihrer verfluchten Maisonette in jener verblüffend fahlen Nacht zu mir umgewandt hatte.

Eine Ansichtskarte traf aus Australien ein. Ich ignorierte sie und ließ sie im Briefkasten, in der Zugluft, am Eingang zum Vorgarten. Wenn es ein starkes Gewitter gab, war die Post hinüber, die Tinte der besten Füller hielt dem nicht stand, und erst recht kein Filzstift – bei dem reichte schon ein wenig Feuchtigkeit, damit die Schrift nach drei Sekunden unleserlich wurde.

Judith rief mich wie jeden Tag am späten Nachmittag an, um sich zu vergewissern, dass ich nicht verhungerte und das Haus nicht verwahrlosen ließ – unsere Putzfrau hatte uns im Stich gelassen, um ihrem Verlobten nach Schottland zu folgen, wo die beiden nun auf einer Lachsfarm arbeiteten. Ich brachte nichts in Unordnung, ich grübelte nur.

Jetzt hatte ich auch noch dieses Geheimnis zu wahren. Zusätzlich zu meinen Familienproblemen. Ich hatte nicht das Recht, mit Jérémie oder sonst jemandem darüber zu sprechen. Ich versuchte mir vorzustellen, wie Jérémie plötzlich Waise wurde, aber kein Handlungsschema kam mir befriedigend vor, kein Hoffnungsschimmer leuchtete am Horizont auf. Und da es nicht mal sicher war, dass A. M. diesen Sommer überleben würde, näherte sich der schwarze Horizont sehr schnell.

Diesen Job – den ich nach drei Telefongesprächen für ihn gefunden hatte – würde er vermutlich nicht ewig behalten. Sein Leben auf einem Rasenmäher zu verbringen konnte natürlich als solches kein Lebensideal darstellen, na gut, aber gab Jérémie das geringste Zeichen zu erkennen, dass er zu etwas anderem taugte? War er wirklich schon dem Kindesalter entwachsen? Am helllichten Tag allein eine Tankstelle zu überfallen, war das nicht der beste Beweis für Unreife?

Aber sollte ich mich jetzt auch noch um dieses Problem kümmern? Sollte ich mich überhaupt noch um *irgendein* Problem kümmern?

Ich spielte mit dem Gedanken, einen neuen Roman zu schreiben, um ein Bollwerk um mich herum zu errichten. Das war durchaus mein Ernst. Ich hatte mich seit Jahren mit ein paar Artikeln und ein paar vagen Kurzgeschichten aus der Affäre gezogen, wobei ich stärker beschäftigt wirkte, als ich tatsächlich war, aber heute, in *dieser* Situation, schien mir die Rückkehr zum Roman unvermeidlich. Schien mir diese Schicksalsprüfung unvermeidlich. Einen Roman zu schreiben erforderte derart viel Energie, dass alles andere nebensächlich wurde. Das war der Vorteil.

Ich hatte diese Erfahrung schon oft gemacht. Ich hatte mich in meinen letzten Romanen regelrecht verbunkert, und die Umstände schienen darauf hinzudeuten, dass es höchste Zeit war, auf diese Kräfte erneut zurückzugreifen, auch wenn ich ein paar Federn dabei lassen sollte. Mit einigen Romanen hatte ich sozusagen einen undurchdringlichen Wald um mich herum errichtet – nach Johannas Tod hatte ich begonnen, die ersten Seiten eines Buches zu schreiben, das über tausend enthalten würde, und diese Aufgabe hatte mich über Wasser gehalten, das gab ich gern zu – es war nicht immer einfach gewesen, manche Tage hatten sich düsterer als der Tod erwiesen, menschenleerer als die Straßen von Hiroshima am 6. August 1945 nach 8 Uhr 02 Min. 02 Sek. Ortszeit, steriler als die Polkappen –, aber ich hatte mir die Hunde mit ihren scharfen Zähnen vom Leibe gehalten – und im Übrigen einen mittelmäßigen Verkaufserfolg damit erzielt.

Jérémie fuhr leider jeden Tag auf seinem Rasenmäher an meinem Fenster vorbei – er wirkte wie ein Riese, der auf einem Kindertraktor sitzt –, und daher fiel es mir nicht leicht, ihn aus meinem Gedächtnis zu verbannen. Ich hörte schon aus der Ferne, wie er sich näherte, ein Brummen in der Luft, das mir ankündigte, dass der Junge in der Nähe war. Manchmal warf ich mich bäuchlings auf den Boden oder drückte mich an eine Wand, aber das änderte nicht viel.

Mit A. M. ging es sichtlich abwärts, aber ihre Augen hatten noch nie so geglänzt, wie mir schien. Ich wartete mit angehaltenem Atem auf ihre Bitte, machte mich innerlich auf den Schlag gefasst, der auf mich niedergehen würde – aber wie hätte ich ihn vermeiden können?

Jérémie war kein einfacher Fall, ganz und gar nicht. Neulich hatte sie mir wieder von den Schlägereien erzählt, die er regelmäßig anzettelte, von den Auseinandersetzungen, die er suchte – so wie ein Hund seinen Knochen sucht –, sobald es dunkel wurde, und die nicht mehr nur Homosexuelle und Konsorten als Zielscheibe hatten, sondern jeden, der ihm in die Quere kam. »Er tut gut daran, sich die Sache einfacher zu machen«, hatte ich beschwichtigend erklärt.

Nun, da A. M. ziemlich abgenommen hatte, frischten sich meine Erinnerungen wieder auf. Bilder kamen hoch. Jetzt erkannte ich sie *fast ganz sicher* wieder. Ich sah sie inmitten all dieser Mädchen vor mir, mit denen wir damals zusammen gewesen waren, dieser ganzen Gruppe, deren Gesichter und Silhouetten inzwischen verschwommen waren – ich war inzwischen sogar mehr oder weniger davon überzeugt, dass wir miteinander geschlafen hatten. A. M. und ich hatten dieses Thema nie ausdrücklich angesprochen – wir hatten es unter einer Art Bleimantel begraben –, aber ich spürte verworren, dass ein altes Band zwischen uns existierte. Zusehen zu müssen, wie sie starb, fiel mir außerordentlich schwer.

»Ich werde sehen, was ich tun kann«, sagte ich zu ihr. »Aber verlangen Sie nicht zu viel von mir. Verlangen Sie nicht, dass ich mich selbst übertreffe. Ich bitte Sie. Ich werde allmählich alt, wissen Sie.«

»Niemals, Francis. Niemals würde ich es wagen, Sie um so etwas zu bitten, hören Sie?«

»Warum nicht? Was ist schon dabei? Ich antworte Ihnen ganz ehrlich, A. M., Sie kennen ja meine Situation. Verschiedene Dinge beschäftigen mich im Moment, das wissen Sie ja. Sie erleben das ja aus nächster Nähe mit.«

»Glauben Sie etwa, das wüsste ich nicht? Sie haben schon so viel für ihn getan.«

Ich verzog den Mund. Sie hustete leicht. Ihre Lungen waren zerfressen, wie die Ärzte behaupteten. Unter den Krankenschwestern wurde geflüstert, man habe seit Tschernobyl noch nie so grässliche Röntgenbilder gesehen. Ihre Augen hatten sich mit Tränen gefüllt. Da Jérémie ihr nur wenig Aufmerksamkeit widmete – er glaubte, wie er mir anvertraut hatte, dass seine Mutter lediglich eine schwere Grippe hatte –, konnte man zu Recht behaupten, dass ihre Liebe nur auf wenig Gegenliebe stieß.

Jedes Mal, wenn ich *Banshee Beat* von Animal Collective hörte, wurde mir bewusst, dass der Mensch nicht nur dazu bestimmt war, Leid und Hässlichkeit auf der Welt zu verbreiten. Es regnete, es goss in Strömen, aber diese Musik wirkte Wunder. Man konnte gar nicht anders, als sein Glas hinzustellen und zu tanzen – und Gott zu danken, dass man weder Kriege noch Hungersnöte durchstehen musste –, sich in den Hüften zu wiegen und ein zufriedenes Lächeln aufzusetzen.

Es wurde immer schwieriger, sich solche Augenblicke zu gönnen. Insgesamt gesehen war das Leben, wie mir schien, eher etwas Schmerzhaftes. Ich hatte nicht jeden Tag getanzt, wenn ich mich recht erinnerte. Und da es nun einmal so war, ließ ich mich kurz von der Musik mitreißen – und bewegte mich wie eine Art Wurm in einer Steckdose –, während der Regen über die Terrassentüren rann. Es war schon dunkel. Was würde aus uns werden, sagte ich mir, wenn es keine Musik gäbe? Ich hatte eine Flasche mit gutem Weißwein geöffnet.

Seit Johannas Tod hatte ich nicht ein einziges Mal getanzt. Nicht *richtig* getanzt. Ich hatte Judith nicht geheiratet, um zu tanzen, sondern um nicht zu verrecken. Mehr hatte ich nicht verlangt. Jetzt flog mir das alles um die Ohren. Tanzen tat manchmal wirklich gut. Ich hatte nicht die Absicht, mir Zwang anzutun. Ich war der einzige lebendige Mensch in diesem Haus. Die Musik drang mir von oben in den Schädel, durchlöcherte meine Füße und bohrte sich in den Boden. Über dem Atlantik hingen schwere schwarze Wolken. Die aufeinanderprallten. Die sich auf den Horizont legten. Und wenn das Stück zu Ende war, spielte ich es noch mal ab, wieder von vorn.

Eines Abends hatten Jérémie und ich in einer Bar an der Theke gesessen, und plötzlich griff er einen leicht betrunkenen Typen an, der sich über seine Frau beklagte, die die Scheidung eingereicht hatte. Der Kampf dauerte nicht lange, denn der Mann stellte sich als äußerst energisch heraus und verpasste Jérémie eine kräftige Abreibung, ehe es uns gelang, ihn zu überwältigen und vor die Tür zu setzen.

Ich konnte es kaum fassen, wie Jérémie sich auf den anderen gestürzt hatte, anscheinend ohne Sinn und Verstand. Im Übrigen hatte der Typ ihn mit einer Geraden mitten ins Ge-

sicht empfangen, die Jérémie buchstäblich erstarren ließ –
so dass er gleich die nächste Salve in Empfang nehmen
konnte. Echter Selbstmord. Er war mit einem vagen Lächeln auf die Knie gefallen, während sein Gegner ihm einen
weiteren Hieb versetzte.

Vermutlich brauchte man sich darüber nicht zu wun-
dern. A. M. hatte mich regelmäßig auf dem Laufenden gehalten über diese Ausrutscher, aber bei so einer Episode dabei zu sein und das mit eigenen Augen anzusehen war eben
etwas anderes.

Ich zog in der Küche einen Hocker für ihn heran und
brachte ihm verschiedene Mittel, um seine Beulen zu ver-
arzten. Sein Gesicht war knallrot. In wenigen Stunden würde es sich fast pechschwarz verfärben – später würde es vio-
lett, grün und dann gelb werden.

»Behalte das alles«, sagte ich ihm, als er fertig war. »Be-
wahr es gut auf. Ich nehme an, du wirst es noch brauchen.«

Bald erwies sich, dass ich den richtigen Riecher gehabt
hatte. Der Leiter des Golfklubs rief mich an und sagte mir,
dass er mir den Gefallen ja gern getan hatte, er aber unter
den gegebenen Umständen Jérémie nicht länger beschäftigen könne. Nicht mit seinem verschwollenen Gesicht, seinen zerkratzten Fäusten und diesen Grimassen, mit denen
er viele Leute erschreckte.

»Hören Sie, mein Lieber«, seufzte ich. »Okay. Ich gebe
mich geschlagen. Ich bin einverstanden. Einverstanden, an
Ihrer Literaturveranstaltung teilzunehmen. Sie haben mein
Wort. Ich komme, um meine Bücher zu signieren. Ich setze
mich hinter einen Ihrer Büchertische. Sie können davon

ausgehen, dass die Sache klargeht, mein Lieber.« Ich hörte, wie er am anderen Ende der Leitung tief atmete. »Seine Mutter liegt im Sterben«, fügte ich hinzu – und ließ durchblicken, dass derjenige, der sie der letzten Sonnenstrahlen beraubte oder auf die eine oder andere Weise einen Schatten auf sie warf, von einem Fluch getroffen werde.

Ich gewann ein paar Monate. Oder besser gesagt, Jérémie gewann sie. Auch wenn nichts endgültig war – eine oder zwei zusätzliche Klagen würden vermutlich reichen, damit mein Gesprächspartner sein Versprechen zurücknahm und den Jungen umgehend auf die Straße setzte.

Alice stellte sich unterdessen vor, ein paar Ansichtskarten aus Australien könnten die Sache wieder einrenken, aber ich ließ sie im Briefkasten liegen, ohne sie zu lesen – und die Tatsache, dass sie es offensichtlich noch für möglich, noch für denkbar usw. hielt, irgendeine Beziehung mit mir wieder aufzunehmen, wunderte mich noch mehr.

Judith glaubte das auch. Aber zu ihrer Entschuldigung konnte man anbringen, dass sie mich längst nicht so gut kannte wie meine Tochter. Ich dachte an Alice, wie sie in einem Straßencafé saß, um mir ein paar Worte zu schreiben, die mich besänftigen sollten, während über ihr ein Schwarm von Riesenfledermäusen zwischen den Hochhäusern auftauchte. Was sollte dieser Unsinn?

Judith war der Ansicht, dass ich dabei einen höheren Preis bezahlen würde als meine Tochter, was ich nicht bestritt, aber dennoch war ich nicht bereit, dem abzuhelfen. Ich versuchte nicht den Preis herunterzuhandeln. Ich nahm ihn hin, egal wie hoch. Das hatte nichts zu tun mit dumpfem Starrsinn, wie Judith das bei unseren Telefongesprächen zwischen der Hauptstadt und dem Ufer des Atlantiks nannte. Es war kein Starrsinn. Es handelte sich um eine einfache Feststellung. Die Möglichkeit für irgendeine Form der Beziehung existierte nun nicht mehr. Das hatte nichts mit Starrsinn zu tun. Mit blödsinnigem Starrsinn.

Sie war ratlos. Ich stellte mir vor, wie sie den Mund verzog. Das Wetter in Paris sei nicht besonders, sagte sie mir. Ihre beiden Enkelinnen raubten ihr viel Energie. Sie fragte mich, wie ich mit dem Schreiben vorankomme, legte aber offensichtlich wenig Wert darauf, die Antwort zu hören. Dieses Teufelsweib. Ich hätte *Krieg und Frieden* oder *Unterwegs* schreiben können, doch sie war mit den Gedanken woanders.

Ihr mangelndes Interesse für meine Arbeit empfand ich als äußerst beleidigend. Als wir uns vor elf Jahren kennengelernt hatten, war sie eine meiner glühendsten Verehrerinnen gewesen und hörte mir, wenn ich über das Gedeihen eines Romans sprach, mit höchster Aufmerksamkeit zu. Mit einer irritierenden Inbrunst.

Einen Leser oder eine Leserin zu verlieren war eine unangenehme Sache. Wenn noch hinzukam, dass diese Leserin die Frau war, mit der man lebte, war die Rechnung besonders gesalzen.

»Glaub das nicht«, erklärte ich Jérémie auf dem Weg zum Krankenhaus. »Einen Leser zu verlieren ist schlimmer als hundert Peitschenhiebe. Einen Leser zu verlieren ist eine furchtbare Strafe.«

Er nickte schlaff. Es war nicht einfach zu erklären, wie man dreißig Jahre vor einem Blatt Papier verbringen konnte, und noch schwerer, dass es der Stil war, der einen in den

Wahnsinn trieb – dieser Abgrund, dieses Gefängnis, diese Höhle. Da hockte man dann und sprach, ohne mit der Wimper zu zucken, von der absoluten Notwendigkeit eines Satzes, von seiner Schönheit, seiner geheimen Vibration. Wenn ich ihm zu Demonstrationszwecken ein paar Seiten laut vorlas, hatte ich das Gefühl, an einer Mauer vor den Toren der Wüste angelangt zu sein.

A. M. schlief. Es gab eine neue Heilmethode, die einen mehrtägigen Krankenhausaufenthalt erforderlich gemacht hatte – wenigstens ließ sie dieses Mittel viel schlafen. Wir standen am Fußende ihres Bettes, während es draußen dunkelte. Sie schlief, dabei war es nicht leicht gewesen, ihren Sohn herzubringen – er hatte zunächst nicht kommen wollen.

Wir unterhielten uns leise. Die Gänge des Krankenhauses leerten sich. A. M.s Zimmer war mit einem Fernseher ausgerüstet, der an jenem Abend Bilder von Ländern ausstrahlte, die man bombardieren müsse, wenn wir unsere Sicherheit erhalten wollten. Man zeigte uns Landkarten. Alles wirkte recht einfach.

Die Chancen, dass die Erde in relativ naher Zukunft nur noch von Mördern und Verrückten bewohnt wurde, standen ziemlich gut. Zumindest, wenn diese Entwicklung so weiterging.

Mit dem Bild der eisigen Gesichtszüge der Sprecherin endete die Sendung. Sie schien nicht recht zu wissen, ob sie die Augen schließen oder sich auf die Lippe beißen sollte. Wir beschlossen zu gehen. Die Sendung hatte mich genügend deprimiert. »Diese Frau hat ein Problem«, sagte ich.

Ich gab ihm dennoch ein paar Hinweise, welches Benehmen er an den Tag legen solle, um nicht den Zorn seines Arbeitgebers hervorzurufen – und gab ihm dabei zu verstehen, dass es nicht zu unterschätzen war, heutzutage einen Job zu haben.

»Du flößt den Leuten Angst ein. Das ist kein Wunder. Sie denken garantiert: ›Ein Typ, der so ein Gesicht macht, überfällt uns bestimmt hinter dem nächsten Strauch.‹ Hast du dich mal im Spiegel angesehen? Besitzt du noch ein bisschen gesunden Menschenverstand?«

Wenn sie seine Hände sahen, seine geschwollenen Finger, die aufgeschürften Gelenke – die vernarbten Pulsadern –, ergriffen bestimmt viele sofort die Flucht.

Es wurde allmählich Frühling. Alice hatte ihren Aufenthalt in Australien verlängert und Judith folglich auch den ihren.

Ich wachte im Morgengrauen auf, wenn es noch kühl und die Luft noch feucht war. Dann machte ich mich sofort an die Arbeit. Ich schlüpfte in einen Morgenrock und setzte mich an meinen Arbeitstisch vor dem Fenster oder aufs Sofa. Einen Roman zu schreiben nahm mich voll in Anspruch. Den letzten hatte ich vor gut zehn Jahren geschrieben, und ich hatte gedacht, es würde keinen weiteren mehr geben.

Nebenbei gesagt ein ausgezeichneter Roman. Ich hatte lange geglaubt, ich könne mich nicht mehr übertreffen. Ich glaubte es übrigens noch immer nicht, aber dann hatte ich plötzlich wieder Lust bekommen. Zu meiner großen Überraschung. Lust, einen Roman zu schreiben. Gefangen in der eigenen Schlinge.

Dabei wäre es besser gewesen, nach einem solchen Erfolg kein weiteres Risiko einzugehen. Ich hatte es geschafft, rechtzeitig auszusteigen, mich auf meinen Lorbeeren auszuruhen und nur ab und zu einen kurzen Beitrag zu leisten oder eine Kurzgeschichte zu veröffentlichen, die mein Image nicht in Gefahr brachte. Aber mit Vernunft hatte das eben nichts zu tun. Wenn man einmal vom Fieber der Literatur gepackt war, konnte die Vernunft nichts mehr.

Mein Agent rief mich aus New York an, mein Verleger sandte mir aufmunternde Nachrichten zu. Aber ich spürte, dass die beiden nur halb daran glaubten – hatte ich nicht oft genug behauptet, mich nie mehr einem Marathonprojekt zu widmen?

Viele glaubten, Johannas Tod habe mich am Boden zerstört, und niemand hätte einen Cent auf mein Comeback gesetzt. Gut möglich. Dass ich am Boden zerstört war und mir die Hoffnung, je wieder einen Roman zu schreiben, endgültig abschminken konnte, mochte durchaus zutreffen. Das hätte mich nicht allzu sehr verwundert. Es war aber noch zu früh, um es mit Bestimmtheit zu sagen.

Es gibt nichts Schwierigeres, als einen Roman zu schreiben. Keine menschliche Beschäftigung erfordert so viel Anstrengung, so viel Selbstverleugnung, so viel Widerstandskraft. Kein Maler, kein Musiker kann einem Romanschriftsteller das Wasser reichen. Das ist fast jedem klar.

Ich biss manchmal mitten in einem Satz so fest die Zähne zusammen, dass der ganze Raum zu pfeifen begann. Das war auch Hemingways Erfahrung. Das Gras wurde nicht von selbst grün. Die Landschaft glitt nicht wie durch ein Wunder an der Scheibe vorbei.

Es wäre mir lieber gewesen, mit meiner Tochter wieder eine normale Beziehung zu haben oder meine Eheprobleme mit Judith zu lösen, aber einen Roman zu schreiben war im Moment das Einzige, was mir realisierbar schien. Mit jedem Tag war ich mehr davon überzeugt. Nichts anderes kam für mich in Frage. Ich sah keinen anderen Ausweg. Selbst wenn ich mich nach allen Seiten umschaute, sah ich keine andere Möglichkeit. Ich hatte noch nie ein Buch in einer solchen Verfassung geschrieben.

Etwa sechs Monate nach dem Unfall, beim ersten Schnee, am frühen Morgen des Neujahrstags, hatte ich beschlossen, mich wieder an die Arbeit zu machen.

Wir waren umgezogen, und ich hatte aus meinem Arbeitszimmer jetzt Blick auf den See – für einen Romanschriftsteller etwas äußerst Seltsames und Beunruhigendes.

Als es Abend wurde, hatte ich noch keine Zeile geschrieben. Alice hatte ein großes Zimmer am anderen Ende der Wohnung, und sie machte ziemlich viel Lärm, aber sie war nicht schuld an dem totalen Mangel an Konzentration, unter dem ich in den letzten zwölf Stunden gelitten hatte. Am folgenden Tag lief es genau gleich. Währenddessen ließ sich Alice ein paar Meter von meinem Arbeitszimmer entfernt quer aufs Bett fallen oder rollte über den Teppichboden, ohne dass ich irgendetwas davon bemerkte.

Auch mir fiel es sehr schwer, den Verlust von Johanna und Olga zu überwinden. Ich wusste nicht, was ich ihr sagen sollte, wenn ich feststellte, dass sie betrunken oder zugedröhnt war. Oft brachen wir beide in Tränen aus – was nicht das beste Heilmittel gegen unser Leid war.

Hinzu kam nun noch diese furchtbare Unfähigkeit, mich mehr als eine Minute auf meine Arbeit zu konzentrieren und mehr als jene wenigen Zeilen zu schreiben, die regelmäßig nach Einbruch der Nacht im Papierkorb landeten – und morgens wachte ich wie gerädert auf, so erschöpft, als hätte ich am Vortag zehntausend Wörter ohne Unterbrechung geschrieben.

Nicht mehr schreiben zu können versetzte mich in Panik. Jeden Tag blieb ich starr zwischen zwei Türen stehen, spürte einen Stich in der Brust, oder ich konnte mich nicht mehr von meinem Sitz erheben und hatte das Gefühl zu ertrinken.

Wenn Alice und ich zufällig gemeinsam etwas aßen, erzählte ich ihr von den Schwierigkeiten, mit denen ich mich herumschlug, während sie über ihrer Schale Müsli mit roten Beeren halb einschlief. Sie war taub und ich völlig blind.

Es passierte manchmal, dass ich sie anblickte und nicht erkannte. Als ich sie an einem Februarmorgen in der Küche beobachtete, bemerkte ich, dass sie eine Gänsehaut hatte – obwohl sie mehrere Pullover übereinander trug – und ihr Atem sich in weißen Dampf verwandelte. Stutzig geworden streckte ich die Hand nach den Heizkörpern aus, großen Heizkörpern aus Gusseisen – sie waren eiskalt.

Das Thermometer zeigte minus zwei Grad in der Wohnung an. Ich konnte es kaum glauben. Minus zwei Grad. Die gleiche Temperatur wie draußen. Sie sagte nichts. Sie fror sich zu Tode.

Der Anblick war erschreckend. Ich drehte mich zum Spülbecken um. Es gab kein warmes Wasser. Plötzlich fiel mir wieder das Gewitter ein, das vor drei Tagen niedergegangen war – ich hatte vor dem offenen Fenster gestanden und gehofft, ein Blitz würde mich streifen und zu neuem Leben erwecken. Ich wandte den Blick von ihr ab und stand auf.

Die Sicherungen der Heizung waren durchgebrannt. Was bedeutete, dass Alice sich schon seit mehreren Tagen mit kaltem Wasser wusch – falls sie sich überhaupt wusch. Ich war zutiefst entsetzt. Ein Zombie. Meine Tochter war zu einem Zombie geworden.

Ich fuhr sofort in die Stadt, um Sicherungen zu kaufen. Aß sie wenigstens etwas? Schlief sie ab und zu? Ich zog es vor, nicht darüber nachzudenken. Ich hätte, um jedes Risiko zu vermeiden, sie keine Sekunde lang aus den Augen lassen dürfen, aber das war unmöglich. Ich hatte Johanna verloren, und nun kam das: Ich war unfähig, mich wieder an die Arbeit zu machen, unfähig zu schreiben, als fehlten mir der Arm, der die Feder hielt, und die Beine, um das Rennen fortzusetzen. Mir wurde klar, wie schlecht ich meine Vaterrolle spielte, wie wenig ich Alice beschützte – klapperte sie nicht in diesem Augenblick in einer zum Kühlraum verkommenen Wohnung mit den Zähnen, noch dazu derart zugedröhnt, dass sie sich kaum auf den Beinen halten konnte?

Als ich zurückkam, wechselte ich schnell die Sicherungen aus und stellte die Heizung wieder an. Der Brenner begann zu fauchen. Ich ging zu ihrem Zimmer und klopfte an die Tür. Nichts. Keine Reaktion. Das Licht, das vom Himmel fiel, war vibrierend weiß und die Wohnung hell, aber Alices Zimmer war finster wie eine Höhle. Ich hatte nur selten Gelegenheit, es zu betreten, hatte aber hin und wieder einen Blick hineingeworfen, wenn ich auf der Suche nach Inspiration oder weiß Gott was auf und ab gegangen war – und war daher nicht überrascht, dass ich zunächst nichts sah, als ich die Tür öffnete, denn es war darin zu dunkel.

Die Fensterläden waren geschlossen. Die Wände waren geschwärzt von aus Zeitschriften ausgeschnittenen Fotos von Schauspielern, Musikern, Künstlern und so fort. Die Decke ebenfalls.

»Wo ist der Lichtschalter?«, fragte ich.

»Was ist los?«, rief eine Stimme hinten aus dem Zimmer. »Was willst du?«

»Ich möchte sehen, wie es dir geht«, sagte ich. »Zeig dich mal. Ich muss dir was erzählen. Ist dir nichts aufgefallen?«

Ihr Freund Roger lag auf dem Sofa und knurrte. Ehrlich gesagt hatte ich den Jungen noch nie in normalem Zustand gesehen. Und nur selten auf den Beinen. Ich wusste von ihm nur, dass er Banker war – und dass er mit Alice nicht brutal umging. Aber es gelang mir nicht, ein paar Worte mit ihm zu wechseln. Wenn wir uns begegneten, verlangsamten wir beide den Schritt und begannen eine Art regloses Ballett, aber ohne wirklich stehenzubleiben.

»Ist alles in Ordnung mit ihm?«, fragte ich und ging auf das Bett zu, in dem sich meine Tochter unter einem Haufen Decken zusammengekuschelt hatte – ich hatte den Eindruck, als habe Roger gerade gestöhnt.

Sie zog eine Grimasse und sagte: »Wie machst du das bloß?«

»Wie ich was mache, Alice?«

»Du hast nur ein Hemd an. Bei dieser Kälte. Was soll das?«

»Hör zu, das ist unwichtig. Vergiss es. Ich bin nicht hergekommen, um mich über meine Kleidung zu unterhalten, sondern über etwas viel Ernsteres. Kann ich mich setzen?«

Sie richtete sich sichtlich verstimmt im Bett auf. Ich setzte mich – auch wenn sie mich nicht dazu aufgefordert hatte – auf den Rand ihres Betts. Sie schlotterte.

»Ich kann nicht mehr«, erklärte ich. »Verdammte Scheiße, Alice. Ich kann nicht mehr schreiben. Frag mich nicht, warum, ich hab keine Ahnung. Ich habe einen Monat gebraucht, um drei Seiten zu schreiben, kannst du dir das vorstellen? Es ist zum Heulen.«

»Was erzählst du da?«

»Jetzt sag mir nicht, das sei wie mit dem Radfahren, Alice. Erspar mir diesen Unsinn. Ich bin total down, weißt du.«

Sie seufzte.

»Was?«, sagte ich. »Das ist doch, als wäre ich tot, oder? Ist das nicht so, als wäre ich tot?«

Sie streckte zitternd die Hand nach ihrem Nachttisch aus, um sich eine Zigarette zu nehmen. Sie schlotterte nicht nur, sondern ihr lief auch die Nase.

Ich holte Jérémie ab, damit er sich einen Hund aussuchte. Der Gedanke hatte sich mir aufgedrängt, als mir klargeworden war, dass ich wegen meiner Arbeit an meinem neuen Roman weniger Zeit für ihn hatte. Er sagte kein Wort und blickte starr geradeaus. Die Straße war von Kiefern gesäumt. Er hatte sich angeschnallt und rieb andauernd die Hände aneinander. »Nun sei doch nicht so nervös«, sagte ich ihm.

Der Hundezwinger befand sich etwa zwanzig Kilometer landeinwärts in den Wäldern, und je näher wir kamen, desto kleiner machte sich Jérémie auf seinem Sitz, wie ein ängstlicher Greis. Ich beobachtete ihn aus den Augenwinkeln, während wir auf die Pyrenäen zufuhren, und es kam mir vor, als führe ich ihn zu seinem ersten Rendezvous.

In dieser Hinsicht wusste ich übrigens nicht viel über ihn. Über seine Beziehung zu Frauen. Ich wusste nicht, was in den sechs Jahren hinter Gittern geschehen war. Und wollte es auch nicht wissen. Ich hatte dieses Thema nie angeschnitten. A. M. hatte mir erzählt, dass es vor der Sache mit der Tankstelle ein Mädchen gegeben habe, aber diese Spur führte nicht sehr weit. Sie hatte nicht sagen können, ob die beiden miteinander geschlafen hatten, ob sie ineinander verliebt waren oder was auch immer, denn sobald sie eine etwas neugierige Frage stellte, ging er in die Luft. Schrie sie an. Für ihn war sie an allem Übel dieser Welt schuld und in erster Linie am Tod seines Vaters – den sie ausgerechnet auch noch für die schönen Augen einer Frau verlassen hatte, wie er ihr ins Gesicht brüllte.

Ich hoffte, dass die Sache mit dem Hund eine gute Idee war. Ich würde mehr Zeit an meinem Schreibtisch verbringen und sah schon, wie Jérémie unter meinen Fenstern herumschlich, wenn ich nichts unternahm, und meinen Namen rief, um um Einlass zu bitten – die Startphase des Romans war der schwierigste und gefährlichste Moment des Unternehmens, sie erforderte die ganze Aufmerksamkeit und Energie dessen, der im Cockpit saß.

Ein Sack mit fünfundzwanzig Kilo Trockenfutter auf Fleischbasis thronte auf der Rückbank. Meine Beteiligung an dieser Geschichte. Mein Geschenk. Erstklassiges Hundefutter. »Ich rate dir zu einem Boxer«, erklärte ich, während wir durch einen leuchtend grünen Eichenwald fuhren. »Wenn du einen Boxer siehst, nimm ihn. Nimm ihn, das sage ich dir. Boxer sind ideal. Klug, stark, gehorsam, treu, anhänglich usw. Vor allem die Weibchen. Da solltest du nicht zögern. Die enttäuschen dich nicht.«

Ich hatte angerufen, und sie hatten zwei Hündinnen für uns zurückbehalten, eine von knapp drei Monaten, die sie aus Basse-Navarre hatten kommen lassen.

»Hast du etwas gegen Boxer?«, fragte ich, um das Gespräch nicht einschlafen zu lassen. »Kennst du die wenigstens? Da bist du sofort begeistert, das garantier ich dir. Noch dazu, wo es sich um eine Kurzhaarrasse handelt. Ich brauch dir wohl nicht die Liste mit den Vorteilen von kurzhaarigen Haustieren aufzuzählen. Die kennst du genauso gut wie ich. Auf jeden Fall, vergiss diesmal nicht, ihm einen Namen zu geben.«

Ein paar Minuten später tauchte das offene Hoftor des Hundezwingers vor uns auf. Ich stellte den Wagen auf dem Parkplatz ab und forderte Jérémie auf auszusteigen, denn den Hund musste er schon selbst aussuchen.

Der Leiter war ein freundlicher Mann, der uns sofort in sein Büro führte. Draußen wurde die Luft von lautem Gebell und finsterem Geheul zerrissen. Er bat mich, ein ziemlich ramponiertes Exemplar eines meiner Romane zu signieren. Das komme davon, dass er ihn zahlreiche Male gelesen habe, erklärte er – woraufhin ich ihm die Eselsohren und den arg mitgenommenen Umschlag des Buches nicht mehr übelnahm. Als ich ihm erzählte, dass ich an einem neuen Roman arbeitete, lief er puterrot an und fing an zu stottern. Hoffentlich hatte ich noch ein paar Leser wie ihn auf der Welt.

»Ich habe vor ein paar Tagen abends Ihre Tochter gesehen«, erklärte er, während Jérémie mit zusammengekniffenen Augen die Käfige musterte. »In einer Fernsehsendung. Sie dreht einen Film mit William Hurt, stimmt's?«

»Ich habe keine Ahnung«, erwiderte ich und erstarrte dabei unmerklich. »Ich bin nicht auf dem Laufenden.«

»Sie hat von Ihnen gesprochen. Wie sehr sie Sie und Ihre Arbeit bewundert.«

»So etwas hört man als Vater immer gern«, sagte ich und blickte in eine andere Richtung.

Jérémie war weiter hinten stehengeblieben. Er hockte sich nieder und starrte in einen Käfig. Ich hatte wieder einmal Mühe, mir vorzustellen, dass dieser Junge eine Tankstelle überfallen hatte – und noch dazu für den Tod des Kassierers verantwortlich war ...

Zwar hatte er mir eines Abends alle Einzelheiten erzählt – die langen Stunden, die er mit dem Mann in einer Blutlache hinter dem Ladentisch verbracht hatte, ehe er sich schließlich ergab, um nicht von wutentbrannten Polizisten erschossen zu werden, ein Schicksal, dem er nur knapp entgangen war –, doch ich konnte es kaum glauben. Seine aktive Teilnahme an diesen Ereignissen war zwar erwiesen, doch ich blieb skeptisch.

Wie sollte man sich nur diesen Jungen mit einem Gewehr in der Hand vorstellen?

»Sie behauptet, dass Sie ihr das Kochen beigebracht haben.«

»Das stimmt nicht. Ich habe ihr überhaupt nichts bei-gebracht.«

Eines Morgens leerte ich meinen Briefkasten und warf all die Ansichtskarten in einen Müllwagen, der gerade vorbei-kam.

Als Judith zwei Tage nach ihrer Rückkehr aus Paris erfuhr, dass ich keinen Blick auf die Postkarten geworfen hatte, die mir meine Tochter geschrieben hatte, wollte sie es nicht glauben. Sie fasse es nicht, sagte sie. Wie könne ich nur so hart, so verblendet sein!

»Ich kenne jemanden, der härter ist als ich. Viel härter. Glaub mir das. Hör zu, Judith. Herrgott noch mal! Du musst dich doch nicht grundsätzlich immer gegen mich stellen. Das sollte nicht unbedingt zum Reflex werden, weißt du.«

Ich sah sie erst am Abend wieder. Sie kam in mein Ar-beitszimmer und stellte sich vor mich hin, während ich mich bemühte, ein paar Zeilen zu schreiben, und es allmäh-lich dunkel wurde.

»Ich bin nicht *grundsätzlich* gegen dich, tut mir leid. Aber ich kann dir nicht recht geben, wenn ich der Ansicht bin, dass du dich irrst, ich hoffe, das verstehst du.«

Ich blickte zu ihr auf.

»Um mir zu sagen, dass ich mich irre, müsstest du schon die Lage überblicken«, erklärte ich. »Aber das ist leider nicht der Fall. Du redest, ohne den Hintergrund zu ken-nen.«

Ich hatte einen Teil des Nachmittags mit schwierigen Sätzen verbracht. Kein Mensch auf der Welt hatte Alice so nahegestanden wie ich, und nichts konnte mich mehr ärgern als jemand, der seine Nase in die Beziehung steckte, die meine Tochter und mich verband – schließlich hatten wir schon unser ganzes Leben gemeinsam verbracht, und das gewährte uns doch wohl den entscheidenden Vorsprung.

»Ich habe nicht die Absicht, darüber zu diskutieren«, erklärte ich. »Wenn sie dich schickt, vergeudest du deine Zeit. Versteh bitte, dass es sich nicht um Halsstarrigkeit meinerseits handelt und es auch nicht eine Frage der Selbstachtung ist. Ich würde gern glauben, dass sich alles wiedergutmachen lässt, aber jetzt mal im Ernst: Wie könnte ich noch etwas mit einer Tochter zu tun haben, die ihren Vater ihrer Karriere als Schauspielerin geopfert hat? Weißt du, wenn ich das so sage, hätte ich fast Lust, laut loszulachen, so weh tut das. Aber für mich ist die Sache vorbei. Die Beziehung ist futsch. Wie kommt sie bloß darauf, dass es anders sein könnte?«

Judith setzte sich auf das Hemingway-Sofa, mir gegenüber. Der letzte Schimmer des Tageslichts fiel in den Raum.

Sie beugte sich zu mir vor und sagte: »Francis, ihr zu verzeihen würde dir eine gewisse Größe verleihen.«

»Komm mir nicht damit. Komm mir bloß nicht damit. Größe ist mir völlig egal. Ich habe keine Lust auf diese Art von Größe. Sie hat mich auf kleiner Flamme dahinsiechen lassen, hat mich monatelang gefoltert, wobei sie *genau* wusste, was ich durchmachte. Nicht das geringste Mitleid. Dieses krankhafte Bedürfnis nach Publicity. Dieses Bedürfnis, um jeden Preis Erfolg zu haben. Um *jeden Preis*. Scheiße!«

Sie seufzte. »Aber wer ist schuld daran, dass sie so geworden sind? Von wem haben sie diese Härte?«

»Da hast du völlig recht. Aber nicht alle Väter sind so behandelt worden, wie man mich behandelt hat. Nicht alle Väter dieses Landes sind so gefoltert worden, wie mir scheint. Ich meine, geviertelt, zerstückelt.«

Wir gingen nach unten, um zu essen. Bevor ich mein Arbeitszimmer verließ, wandte ich mich um und warf noch einen letzten Blick in den Raum, in dem ich den ganzen Tag damit verbracht hatte, mit Worten zu kämpfen, und mir schien, als könnte ich noch die elektrische Spannung spüren, die darin schwebte, und das kaum vernehmbare Knistern in der Luft hören. Ich schloss leise die Tür.

Unser letzter Sexualverkehr lag mehrere Monate zurück. Wie viel Zeit genau wollte ich gar nicht wissen – es war schon so deprimierend genug.

An diesem Abend kam es jedoch wieder einmal dazu, aber es war seltsam. Absolut nicht unangenehm, aber ungewöhnlich und seltsam, was meinen Eindruck verstärkte, dass sie sich anderen Männern hingab. Ich wusste nicht, woran das im Einzelnen lag, aber ich witterte überall Spuren. Und als die Sache zu Ende war und ich mich in aller Ruhe neben ihr ins Bett sinken lassen wollte, bat sie mich, in mein Schlafzimmer zurückzugehen.

Eine Woche lang versuchte ich Jérémie zu überreden, außerhalb seiner Arbeitszeit die Beschattung wiederaufzunehmen und mir über Judiths Tun und Lassen Bericht zu erstatten. Zum Glück gab es in diesen Zeiten des geringen

Wirtschaftswachstums im Westen nur wenige, die nicht an einem zusätzlichen Einkommen interessiert waren.

Seit er den Rasen des Golfplatzes mähte, roch er ständig nach geschnittenem Gras – und nach Dieselöl. Ich hatte den Eindruck, dass er sich nicht mehr ganz so oft auf Raufereien einließ und nicht mehr ganz so angespannt war. Es war noch zu früh, um den Sieg zu verkünden, aber ein Hoffnungsschimmer schien aufzuflackern – A. M. erklärte trotz ihres furchtbaren Gesundheitszustands, sie könne endlich wieder atmen.

Er widmete ihr nicht mehr Zeit als früher, schonte sie nicht und zeigte sich auch nicht sonderlich aufmerksam, aber er kam ihr nicht mehr so angespannt, nicht mehr so verschlossen vor, denn er wurde völlig in Anspruch genommen von seiner jungen Boxerhündin – deren bloße Existenz ihn völlig zu überwältigen schien. A. M. beobachtete ihn, wie sie mir sagte, von dem Sessel aus, an den sie die Krankheit fesselte, und stellte dieselben Veränderungen an ihrem Sohn fest, die auch ich bemerkt hatte.

»Ich hoffe, er lässt Sie arbeiten«, hatte sie mir gesagt.

»Da können Sie beruhigt sein. Ich weiß mich zu schützen. Wir sollten versuchen, nicht wie die Wilden zu leben.«

Ein ganzes Leben war vergangen, seit ich anscheinend mit diesem Mädchen geschlafen hatte, aus dem inzwischen die Frau geworden war, die ich jetzt in einem Krankenhauszimmer vorfand, halb tot, mit einem Bein in der Vorhölle. Schlagartig wurde mir klar, dass das Leben nur eine halbe Sekunde dauerte.

»Ich freue mich, dass Sie wieder einen Roman schreiben«, sagte sie mir. »Etwas Besseres können Sie gar nicht tun.«

Ich nahm ihre beiden Reisetaschen und ging auf den Ausgang zu, während sie noch ein paar Papiere am Empfangsschalter unterschrieb. Jérémie hatte gekniffen. Kaum sah ich sie über den Parkplatz in meine Richtung gehen, kamen mir Zweifel an der Wirksamkeit der Behandlung, die man ihr verordnet hatte. Als sie sich neben mich setzte, um die Heimfahrt anzutreten, dachte ich: ein Schatten.

Die Ärzte waren der Ansicht, dass es zu spät war, um irgendetwas zu unternehmen, und dass sie zu Hause besser aufgehoben sei.

Jérémie war bei mir vorbeigekommen und hatte mich um diesen Gefallen gebeten, weil er wegen eines Tierarzttermins angeblich keine Zeit hatte.

Ich brachte sie also in ihr Haus zurück. Jérémie war nicht gerade ein Putzteufel und hatte es fertiggebracht, innerhalb weniger Wochen ein wildes Durcheinander in dem Haus zu schaffen. Am schlimmsten sah die Küche aus. A. M. klammerte sich wankend an die Kante des Spülbeckens, um sich nichts von dem Anblick entgehen zu lassen.

Ich seufzte stumm und zog ihr einen Stuhl an den Tisch – der mit Besteck, Tellern, leeren Bierdosen und verdorbenen, vertrockneten und verschrumpelten Essensresten überhäuft war. Über all dem hing ein ziemlich unangenehmer Geruch, die Töpfe und Pfannen waren nicht gespült, der Kachelboden war klebrig und mit Kartons, Tetrapacks usw. übersät.

Ich wollte anfangen, ein wenig aufzuräumen, aber sie gebot mir mit einer jähen Handbeweung Einhalt. »Ich bitte Sie«, hauchte sie und ließ die Hand erhoben.

In ihrem Zustand und angesichts des Umfangs der Aufgabe würde sie wohl nicht vor Einbruch der Dunkelheit fertig sein, sagte ich mir. Vorausgesetzt, sie nahm ein Stärkungsmittel.

Noch mehr als der Krebs nagte ein Schuldgefühl an ihr, und das letzte Auflodern – als Jérémie sich die Pulsadern aufgeschnitten hatte – hatte sie buchstäblich zugrunde gerichtet, gelähmt, am Boden zerstört. So dass sie nicht mehr imstande war, ihm irgendwelchen Widerstand entgegenzusetzen und ihm ihren Willen aufzuzwingen – falls sie es überhaupt jemals gewesen sein sollte. Bald würde sie sowieso sterben.

Anfang Juni wog sie nur noch achtzig Pfund. »Deine Mutter wiegt nur noch achtzig Pfund«, erklärte ich ihrem Sohn.

Trotz allem setzte sie ihre Nachforschungen fort. Sie hoffte, genügend Geld zusammenzutragen, um die Kosten für die Beerdigung zu decken und die Summe zu erhöhen, die Jérémie nach ihrem Tod zukommen würde.

Ich fragte mich, was er damit machen würde. Ich persönlich war der Ansicht, dass diesem Geld ein besonderer Wert zukam und man es nicht für einen beliebigen Zweck verwenden dürfe, dass es, wenn schon keinen sentimentalen, so doch einen fast geheiligten Wert besitze, aber ich hatte damit nur ein kurzes Achselzucken bei ihm hervorgerufen. »Auf jeden Fall solltest du es keiner Bank anvertrauen. Du siehst ja, was geschieht. All diese Leute, deren Ersparnisse die Banken verschlungen haben. Menschen, die ein Leben voller Entbehrungen und Anstrengungen geführt haben. Das brauche ich dir nicht lange zu erklären.

Siehst du all diese Häuser, die zu verkaufen sind? Ich sehe sie. Das sollte dich zur Vorsicht mahnen. Das sollte dich nachdenklich machen. Nimm einen Typen wie Roger zum Beispiel, wie kann man so einem Mann nur das geringste Vertrauen entgegenbringen? Wer würde daran denken, ihm seine Ersparnisse anzuvertrauen? Deine Mutter gibt sich viel Mühe, mein Lieber. Was immer du auch denkst. Und das tut sie für dich. Nicht für die Leute von der Bank. Verstehst du, was ich meine?«

Es sah nicht so aus. Ein Teil seiner Aufmerksamkeit war nach innen gerichtet, während sich der andere von morgens bis abends auf seine Hündin konzentrierte, so dass er allem anderen kaum noch Beachtung schenkte, als existierte nichts anderes außer diesen beiden Polen.

»Das macht nichts. Zerbrechen Sie sich nicht den Kopf«, sagte sie mir. »Lassen Sie ihn mit diesem Geld machen, was er will. Das ist mir völlig egal.«

Ihre Gesichtsfarbe war gelblich grau. Jemanden auch nur kurzfristig zu beschatten erschöpfte sie. Sie tupfte ihre feuchte Stirn ab. Judith, die ihr lange mit Zurückhaltung und Verlegenheit begegnet war, hatte schließlich Mitleid mit ihr bekommen und lud sie gelegentlich zu uns zum Essen ein.

Judith nahm Jérémie eines Morgens beiseite – am Abend zuvor war seine Mutter in unserer Küche zusammengeklappt, und wir hatten festgestellt, wie entsetzlich schwach sie war, nachdem wir uns über sie gebeugt und ihrem raschen Atem gelauscht hatten. Sie hatte zu ihm gesagt, sie sei froh, dass sie keine Kinder habe, wenn sie sehe, mit welchem Undank usw. A. M. dafür belohnt werde.

Jérémie erstarrte. Er senkte den Blick. Aus irgendeinem Grund war er in Judiths Gegenwart immer sehr kleinlaut. Sie schüchterte ihn ein. Als ich eines Tages meine Verwunderung darüber ausgedrückt hatte, war er knallrot geworden und hatte zu stottern begonnen. Gewiss, Judith besaß eine ausgeprägte Persönlichkeit. Das konnte ich bezeugen. Bei der geringsten ihrer Bemerkungen wurde er verlegen wie ein Kind – was mich in meiner Meinung bestätigte.

Ich wusste, dass sein geringes Interesse, sie zu beschatten, das ich im Verlauf der vergangenen Monate bemerkt hatte, etwas mit der Macht zu tun hatte, die sie auf ihn ausübte. Das wusste ich genau. Im Grunde war er noch ein Heranwachsender. Die meisten Jungen in seinem Alter waren noch traurige Grünschnäbel, fade und wehrlos, unfähig, einer Frau länger als zwei oder drei Sekunden in die Augen zu blicken, und ich sah, wie er bei dem Vorwurf der Gleichgültigkeit, den sie ihm machte, buchstäblich zusammenschrumpfte, den Kopf einzog und sich krümmte.

Als wir ein paar Tage später vom Abendessen bei Freunden zurückkamen, fanden wir eine Schachtel vor der Haustür. Ein Kuchen. Wie auf der beiliegenden Karte vermerkt war, von Jérémie und seiner Mutter, die bei dieser Gelegenheit ihre Kräfte vereint hatten, mit viel Sorgfalt gebacken. Ich schlug vor, ihn zu probieren. In dieser hellen, lauen, windstillen Nacht ohne eine Mücke, ohne ein Insekt, ohne einen Nachtfalter – ihr plötzliches Verschwinden war eines der Themen des Abends gewesen, ebenso wie der vorprogrammierte Untergang der westlichen Welt und die Erfindung des Wassermotors.

Eine Woche nach der Beerdigung von Johanna und Olga hatte ich unsere Wohnung verkauft und unsere Sachen in einem Möbelspeicher untergestellt, um mehrere Monate auf Reisen zu gehen.

Am Abend vor unserer Abfahrt kam Alice in mein Schlafzimmer, in dem ich seit Einbruch der Dunkelheit auf dem Bett saß – um diese Tageszeit war ich immer besonders niedergeschlagen, fühlte ich mich besonders leer und traurig.

Ich wusste, dass Johanna Tagebuch geführt hatte. Ich wusste auch, wo sie es aufbewahrte. Aber gut zwei Wochen waren vergangen, ohne dass ich es aufgeschlagen hatte. Es erforderte einen gewissen Mut, die Hand in eine Schublade ihrer Kommode zu stecken und sie in ihre Sachen inmitten ihrer Unterwäsche gleiten zu lassen, und diesen Mut, diese Kraft brachte ich noch nicht auf.

Alice warf mir das Tagebuch ihrer Mutter an den Kopf. Ich begriff sofort, worum es ging. Der Einbanddeckel ließ meine Lippen leicht aufplatzen, ehe das Buch seinen Flug durch das Zimmer fortsetzte.

»Du kotzt mich an«, sagte sie zu mir.

»Na gut«, erwiderte ich.

Dieser Ausflug nach Graubünden kam mich wirklich teuer zu stehen. Ich zog mich ins Badezimmer zurück und schloss mich ein, um in Ruhe das Blut, das mir übers Kinn gelaufen war, abwischen zu können. Alice klopfte sofort an die Tür und forderte mich auf, sie zu öffnen. Ich drehte den Hahn mit kaltem Wasser auf und betupfte meine Lippe, während Alice jetzt mit den Füßen gegen die Tür trat und schrie. »Du Schweiiinn!! …«, rief sie und hämmerte brutal gegen die arme Tür, während mein Blut ins Waschbecken tropfte. »Mach auf, du altes Schweiinn!! ...«

Als wir am nächsten Tag die Reise nach Sydney antraten, trug sie eine große Sonnenbrille und sprach kein Wort. Der Psychiater hatte uns geraten, gemeinsam zu verreisen, uns ein paar Monate zu gönnen, um auf andere Gedanken zu kommen, und all das begann verdammt schlecht. Ich war – was sie mir zwar nicht gesagt, mich aber deutlich hatte spüren lassen – der Letzte, mit dem sie Lust hatte, zusammen zu sein.

Ich konnte mir gut vorstellen, was sie über mich hatte lesen können, denn ich wusste, wie ihre Mutter es aufgenommen hatte. Sehr schlecht. Sehr sehr schlecht. Und Johanna war nicht jemand, der ein Blatt vor den Mund nahm.

Es gab keine Möglichkeit mehr zu erfahren, wie Olga mein Verhalten aufgenommen hätte, aber ich bezweifelte sehr, dass sie sich auf meine Seite geschlagen hätte. Die drei Frauen waren gegen mich. Die drei verurteilten mich. Und die Einzige, die noch am Leben war, redete nicht mal mehr mit mir.

Kurz vor der Zwischenlandung in Singapur – ich freute mich schon, bald eine oder zwei Zigaretten rauchen zu können – durchquerten wir eine Zone mit starken Turbulenzen. Die Maschine begann inmitten schwarzer Wolken heftig zu rütteln. Die Tabletts mit dem Essen flogen durch die Luft, da die Stewardessen sie noch nicht eingesammelt hatten. Die Leute schrien. Die Sauerstoffmasken fielen aus der Deckenverkleidung. Normalerweise hätte ich gezittert und nach einer raschen Bekreuzigung mit vor Entsetzen verzerrtem Gesicht die für den Crash empfohlene Stellung

eingenommen, aber diesmal, nein, diesmal blieb ich unge-
rührt, es war mir egal, ob ich sterben würde oder nicht,
scheißegal ... und stattdessen hielt ich ihr entschlossen den
Arm über den Gang hin – sie hatte darum gebeten, nicht
direkt neben mir zu sitzen, und diese dumme Kuh am Air-
France-Schalter, eine aufreizende Blondine, hatte mich ein
paar Sekunden angestarrt, ehe sie ihrem Wunsch nachgab.

Der Mann, der vor mir saß, während die Maschine mehrere tausend Meter hinabtrudelte, brüllte, wir würden alle
hopsgehen, aber ich hielt die Hand nach Alice ausgestreckt,
fest ausgestreckt, mit einladend nach oben gewandter
Handfläche, ohne mit der Wimper zu zucken. Der Airbus
fauchte und pfiff in seinem Sturz wie ein Heizkessel, und
meine Tochter saß angespannt da und fragte sich noch, ob
sie die Armlehnen loslassen und mir endlich ihre verflixte
Hand reichen solle, jetzt, da uns in wenigen Minuten der
Tod ereilen würde. Ich wusste nicht, ob sie begriffen hatte,
dass das Los dieser Maschine in ihren Händen lag. Dass sie
nur eine Geste zu machen brauchte, damit dieser Alptraum
aufhörte.

Es hörte sich an, als befänden wir uns in einem verrückt
gewordenen Hühnerstall. Was für ein schrilles Geschrei.
Was für ein Gebrüll. Alles flog durcheinander, wirbelte
durch die Luft. Die Stewardessen saßen auf ihren Plätzen
und bissen die Zähne zusammen.

Ja, ich hatte mit Marlène Antenaga, meiner Verlegerin,
geschlafen. Ja, das hatte ich getan. Aber das war weit von
zu Hause entfernt gewesen, in Graubünden. Ich war an jenem Abend ziemlich betrunken, und diese Frau leitete einen der angesehensten Verlage der Welt – es gibt Autoren,

die vor nichts zurückschrecken würden, um in ihrem Katalog geführt zu werden. Diese Frau, Marlène Antenaga, brauchte bloß mit den Fingern zu schnalzen, und schon war die Karriere eines Schriftstellers beendet. Hätte ich also Selbstmord begehen sollen? Hätte ich auf die ganzseitigen Anzeigen und die langen Interviews verzichten sollen, die sie beim Erscheinen jedes meiner Romane für mich herausschlug? Wir hatten derart gelacht, als wir zu dem Chalet hinaufgingen – ich hatte eine Flasche Gin mit Martin Suter und Robert McLiam Wilson geleert. Und mir tat das Handgelenk vom Signieren weh. Was für ein wundervoller Abend. Der Geruch der Nacht im Engadin. In der eiskalten Luft der zarte Geruch von Scheunen in der Ferne. Die schmale Treppe, die zu unseren Dachzimmern führte. Die herrlichen Federbetten aus reinen Daunen. Der Nebel, der das ganze Tal erfüllte. Die Glocken am Hals der Kühe. Die Neutralität. Der Stein, auf den Nietzsche sich gesetzt hatte, um zu meditieren.

Ich war seit etwas über einem Jahr Witwer, als ich auf der Suche nach einem Haus eine Makleragentur im Stadtzentrum betrat, denn ich hatte eingesehen, dass Alice und ich nicht länger in derselben Wohnung wohnen konnten – zumindest wenn ich wollte, dass sie am Leben blieb.

Ich hob den Blick und hatte den Eindruck, als sähe ich zum ersten Mal seit einer Ewigkeit eine Frau.

In den darauffolgenden Tagen vereinbarte sie mehrere Termine für mich und nahm mich in ihrem Auto mit, während sich Alice weiterhin systematisch mit allem möglichen Zeug zudröhnte, und zwar gemeinsam mit jenem Sprössling aus einer Bankerfamilie, mit dem sie jetzt seit Monaten herumlungerte – dieser Typ hatte sich im Badezimmer übergeben, Löcher in Teppiche gebrannt, Geschirr kaputtgemacht, die Nachbarn erschreckt und war ganze Nächte in der Wohnung auf und ab gegangen, dieser Typ war ein echtes Ekel. Ich hasste ihn, aber ich wollte nicht, dass sich Alice davonmachte, was sie mir eines Morgens angedroht hatte, als ich gerade beim Frühstück war und diesen Blödmann, der sich kaum auf den Beinen halten konnte, als habe er noch die Nadel im Arm stecken, auf dem Flur näher kommen sah, und plötzlich bricht er über dem Tisch zusammen, schleudert meine Kaffeetasse, meinen Frischkäse und meine Rice Krispies durch die Luft, und was mir nicht ins Gesicht fliegt, landet auf den Fliesen und breitet sich vor meinen Füßen aus, und da gerate ich in Wut, springe auf, werfe dabei meinen Stuhl um, wische mir mit einer raschen Bewegung das Gesicht ab, werfe die Serviette weg, und dann schnappe ich mir den Verrückten am Kragen, schleife ihn hinter mir her bis auf den Treppenabsatz und will ihn gerade die Stufen hinabwerfen, als sie weiß wie ein Gespenst auftaucht, weiß wie ein Gespenst, und mich ermuntert: »Nur zu«, sagt sie. »Nun mal los, tu das, dann siehst du mich nie wieder, du alter Arsch.«

Das Schimpfwort war an mir hängengeblieben, trotz der gemeinsam verbrachten Monate hier und dort – und weil ich mich nicht dagegen gewehrt hatte, damit sich unsere Beziehung nicht noch weiter verschlechterte. Alice benutzte es nicht mehr jede Minute – wie sie es bei unserem Aufenthalt in Sydney getan hatte, so dass ich langsam glaubte, *alter Arsch* sei mein Name –, aber sie verwendete es noch bei gewissen Gelegenheiten. Ich blickte sie an, dann ließ ich den Gegenstand ihrer Fürsorge fallen, der nichts mitbekommen hatte und in ein dumpfes Koma gefallen zu sein schien. Wenn man nur noch eine Tochter hat und sie nicht verlieren will, ist der Ausgang jeder Schlacht von vornherein bekannt.

Jene Woche, in der ich in Begleitung dieser Frau Häuser besichtigte, holte mich mit einem Ruck wieder ins Leben zurück. Ich wachte nach einer Trauerzeit von fünfhundert Tagen, noch ganz schwach, wieder auf und blinzelte mit den Augen. Sie fuhr einen Lexus – den sie gebraucht gekauft hatte, wie sie mir am Morgen des dritten Tages gestanden hatte, als wir uns schon beim Vornamen nannten, Judith, Francis usw. »Die Geschäfte gingen nicht so gut, als ich noch meinen Honda Civic fuhr«, hatte sie lachend hinzugefügt.

Ich war verdutzt. Ich begriff nicht sofort, wie mir geschah. Ich freute mich, wieder im Baskenland zu sein. Die Sonnenstrahlen im Regen funkeln zu sehen, die Meeresluft einzuatmen, durch Wälder zu fahren, den Geschmack von Pfefferschoten und Schafskäse wiederzufinden. Aber nicht nur das.

Ich stellte hohe Ansprüche, was die Wahl des Hauses anging, behauptete, ich müsse sehr viele besichtigen, ehe ich mich entscheiden könne. Ich machte es mir in ihrem Lexus bequem und ließ mich herumfahren, vom Landesinnern bis an die Küste. Der bevorstehende Frühling kündigte sich mit einem weiten, hellen Himmel an. Die verrücktesten Ideen kamen mir in den Sinn.

Sie hatte meine Bücher gelesen. Alle meine Bücher. Es

kam mir vor, als lebte ich in einem Traum. »Ich bewundere vor allem Ihren Stil«, hatte sie hinzugefügt.

Was für ein Glücksfall, hatte ich gedacht, denn diese Judith war eine sehr hübsche Frau, gut zehn Jahre jünger als ich und finanziell unabhängig.

»Sie lassen mich erröten«, hatte ich erwidert.

Am nächsten Tag schlug sie mir vor, ein Haus direkt am Meer zu besichtigen. Dann besann sie sich anders. Das Haus war perfekt, aber der Preis war höher als das Budget, das ich ihr vorgegeben hatte. »Eine Villa im andalusischen Stil«, seufzte sie. »Ich finde sie ganz toll. Frank Sinatra hat nach den äußerst anstrengenden Dreharbeiten für *Der Mann mit dem goldenen Arm* eine Weile dort gewohnt.«

»Verglichen mit Hemingway ist Nelson Algren der letzte Schrott, wie ich finde«, erklärte ich. »Aber wir können es uns ja trotzdem ansehen. Wer weiß?«

»Nein, auf keinen Fall, Francis. Ich möchte Ihnen nichts aufdrängen. Lassen Sie's bleiben ...«

Sobald sie vor dem betreffenden Haus anhielt, wusste ich, dass es das richtige war.

Hätte ich auch nur den geringsten Zweifel gehabt, so wäre der sofort weggeblasen gewesen beim Anblick des großen Raums unter dem Dach. Ich wusste schon, wohin ich meinen Arbeitstisch, den Kaffeeautomaten und das Sofa stellen würde. Ich sah schon, wie ich vor meinem Bildschirm saß und mich in den Kampf um die verschiedenen Literaturpreise stürzte – Marlène Antenaga war so anständig gewesen und hatte mich noch am Tag der Beerdigung wieder in ihr Verlagshaus aufgenommen, nachdem sie mich umarmt und mir einen Kuss auf beide Wangen gedrückt hatte, und zwar vor der versammelten Presse, die ein paar Tage zuvor meinen Verlagswechsel ausposaunt hatte.

Vom Fenster aus sah man den Atlantik. »Es ist zwar nicht das Haus von Edmond Rostand«, sagte ich, »aber es ist nicht schlecht. Wirklich nicht schlecht. Der Eigentümer ist natürlich verrückt. So viel bekommt er nie dafür. Aber das Haus ist wirklich nicht schlecht.«

Wir blickten uns an.

»Heiraten Sie mich«, sagte ich zu ihr. »Sie sind meine einzige Hoffnung.«

Ich taumelte bei dem Gedanken, die Frau, die ich brauchte, in dem Haus, das ich brauchte, vor mir zu haben. Bei dem Gedanken an meine unverhoffte Genesung. Bald hatte ich einen völlig trockenen Mund.

Am Tag, an dem Roger die Finger seiner Tochter zerquetscht hatte, indem er sich in einem robusten Schaukelstuhl hin- und hergewiegt hatte, schwor er, nie wieder irgendwelche Drogen zu nehmen. Der Unfall geschah, als er völlig zugedröhnt war und eigentlich die Zwillinge hüten sollte. Er verzichtete darauf, sich die Hand abzuhacken, wie er ursprünglich vorgehabt hatte, aber er nutzte meine Anwesenheit in der Hauptstadt, um unverzüglich seinen gesamten Vorrat vor meinen Augen in die Kloschüssel hinunterzuspülen. Zu meiner Verblüffung schien er Wort zu halten, und Alice tat es ihm gleich.

Anne-Lucie war ein knappes Jahr alt, als sie sich auf allen vieren dem gefährlichen Dummkopf näherte, den sie zum Vater hatte und der sich, fest an die Armlehnen geklammert, in einer wilden Schaukelbewegung nach vorn schwang und dabei ihre Finger zu Brei zerquetschte – dass sie nur zwei Fingerglieder dabei verlor, war geradezu ein Wunder. Und was die Mutter der Zwillinge anging, die das Wochenende bei dem Produzenten einer schwerverdaulichen Komödie verbrachte, die sie gerade fürs Fernsehen drehte, so traf auch sie ein Großteil der Verantwortung in dieser grässlichen Geschichte.

Aber wie auch immer, sie hatten reagiert und es schließlich geschafft, eine relativ normale Familie zu werden – was mich dazu gebracht hatte, meine Kritik zu mäßigen und mich mit meinen sarkastischen Bemerkungen zurückzuhalten.

Sie waren gerade noch einmal davongekommen. Im Unterschied zu Judith, die nicht das Glück gehabt hatte, in jenen Tagen mit ihnen zusammenzuwohnen, als Dealer und Notarztwagen sich vor meiner Haustür ablösten, blieb ich auf der Hut. Was, wie gesagt, nicht heißen soll, dass ich mich geweigert hätte, die Fortschritte anzuerkennen, die sie gemacht hatten – vor allem, da Judith und ich nach dreijähriger Ehe nicht gerade ein total nachahmenswertes Beispiel abgaben.

Hier endeten meine Gedanken, und ich träumte ein wenig vor mich hin, während Judith ein paar Reiseprospekte am Air-France-Schalter durchblätterte. Draußen fegte der Wind über die Biskaya, als die Maschine unter einer schweren Wolkenbank hinunterging und landete.

An jenem Morgen war etwa ein halbes Dutzend Fotografen auf dem Biarritzer Flughafen. Der Himmel war weiß, und es war stürmisch. Den neuesten Nachrichten zufolge munkelte man, Alice habe ein Verhältnis mit einem der miesen Schauspieler dieser Fernsehserie, und deshalb scharten sich alle gleich um sie. Nussgroße Schneeflocken tanzten über der Landebahn. Gerade eben verheiratet – die Zwillinge waren damals erst zwei Jahre alt – und kaum von ihren schlechten Gewohnheiten geheilt – sie schluckte nur noch ab und zu ein paar Schlaftabletten, wenn der Druck zu groß wurde –, erprobte sie nun etwas anderes, erkundete neue Bereiche – ich war manchmal sehr froh, nur ihr Vater zu sein.

Also, wie auch immer, wir sahen, wie sie an jenem Morgen strahlend im Schneegestöber auftauchte – Weihnachten näherte sich mit großen Schritten. Knisternde Blitze flammten sofort auf. Sie stellte sich in Pose. Anschließend kam sie auf uns zu.

»Ihr seht beide wirklich super aus«, befand sie mit heiserer Stimme, während Roger und die Zwillinge – die einen Moment verschwunden waren, um ihr Gepäck zu holen – uns kräftig zuwinkten.

»Hat Roger eine Haartransplantation vornehmen lassen?«, fragte ich und blickte augenzwinkernd zu meinem Schwiegersohn hinüber, der gerade drei riesige Koffer und ein paar Taschen auf einen Kofferkuli gestapelt hatte.

»Aber nein. Nie im Leben«, erwiderte sie in gereiztem Ton.

»Ach so. Dann irre ich mich wohl. Dabei hätte ich es schwören können.«

Sie trug selbst mehrere Einkaufstaschen von Luxusboutiquen – Parfümerie, Delikatessenladen, Konditorei –, die ich ihr abzunehmen vorschlug, damit sie Judith umarmen konnte, ohne alles zu zerquetschen.

Eine junge Frau mit großem Busen und kleiner Brille hielt ihr das Mikrofon eines lokalen Radiosenders unter die Nase und reduzierte damit merklich die Gefühlsausbrüche meiner Tochter.

Alice betrachtete sie eine Sekunde. »Danke. Aber ich möchte keinerlei Kommentar abgeben. Ich sage nichts. Das müssen Sie verstehen. Brad ist ohne Zweifel der netteste Mann, den ich kenne, das betone ich noch einmal, aber ein Verhältnis mit seinem Filmpartner einzugehen ist das *beste* Mittel, um eine *schlechte* schauspielerische Leistung zu erbringen. Es freut mich, dass wir gemeinsam so erfolgreich waren. Aber die schmutzige Wäsche überlassen wir lieber den bösen Zungen, den Moralaposteln, den Neidern, den Skandalblättern usw., okay? Mein Mann ist hier. Meine Kinder sind hier. Meine Eltern sind hier. Ganz ehrlich. Sieht es so aus, als wäre ich mit meinem Liebhaber auf und davon? Seien wir doch mal ernst. Sie werden sehen, dass man mir bald ein Verhältnis mit Jack Nicholson unterstellt. Wie alt ist der jetzt? Achtzig? Herrgott! Wissen Sie, ich möchte nur eines sagen: Angelina ist meine Freundin. Ich weiß, dass das für manche Leute nichts zu besagen hat. Für mich aber schon. Doch das kann wohl nicht jeder verstehen.«

Ich sah sie an. Sie war nicht mehr ganz so dünn, sah glänzend aus, strahlte Gesundheit, Energie und Schönheit aus. Sie war, wie mir ohne den geringsten Zweifel klarwurde, als ich sie an jenem Morgen so anschaute – während Windböen langgezogene Wirbel aus welkem Laub und bläulich schimmerndem Schnee hinter der Fensterwand herfegten, durch die man bei schönem Wetter die Pyrenäen sah – zu einer jener selbstbewussten, arroganten jungen Schauspielerinnen geworden, abstoßend und völlig unerträglich.

Aber ich glaube, das war mir immer noch lieber, als sie als Junkie oder Unfallverletzte vor mir zu haben, ich war schließlich ihr Vater und hatte kaum eine andere Wahl, und daher suchte ich keinen Streit mit ihr und hoffte nur, dass die Zeit und etwas Selbstkritik ihre Seele retten mochten.

Im Moment wurde sie von einem lodernden Feuer verzehrt, das war klar. Durch ihre Adern rann Gift. Häufig kann man mit Schauspielerinnen erst wieder verkehren, wenn sie über fünfzig sind und die Masken allmählich fallen.

Kaum angekommen, schloss sie sich in meinem Arbeitszimmer ein und verbrachte über eine Stunde am Telefon.

»Ich hoffe, sie beteiligt sich an meiner Telefonrechnung«, sagte ich, während ich mit dem Schürhaken ein funkensprühendes großes Buchenscheit ins Feuer schob. »Und ich hoffe, dass mein Verlag nicht gerade versucht, mich zu erreichen. Sie haben meine Durchwahl. Sie wissen, dass sie mich jederzeit anrufen können, Tag und Nacht.«

Roger reagierte mit einem Seufzer auf meine Worte. Ich hob den Kopf. Wir waren allein, Judith brachte die Kinder ins Bett.

»Stimmt etwas nicht?«, fragte ich und bemerkte erst jetzt, wie fahl er war und was für eine kümmerliche Figur er abgab. Ich hielt ihm ein Glas hin.

»Die Sache ist wahr«, sagte er mit einem bitteren Lachen. »Die Sache ist wahr von A bis Z, Francis. Sie haben eine Woche gemeinsam in einem Luxushotel in Saint-Raphaël verbracht. Scheiße! Sie lügt wie gedruckt!«

Ich nickte stumm. Dann blickte ich zu ihm auf. »Sie log schon, als sie noch klein war. Das ist furchtbar.«

Man hat schon immer einen gewissen Preis dafür zahlen müssen, mit einer hübschen jungen Frau am Arm herumzuspazieren. Und wenn diese junge Frau aus irgendeinem Grund ein bisschen bekannt war – als Schauspielerin, Erbin, Sängerin, Model, Fernsehmoderatorin, Schriftstellerin –, nahm man die Sache besser mit Gleichmut hin und riss sich das Herz aus dem Leib, ehe man das Haus verließ.

Zwei Tage später warfen sich mehrere an Arthritis leidende alte Schwimmer nach altem Brauch mutig in den eiskalten Atlantik und kamen lächelnd wieder aus dem Wasser – obwohl sie dem Tod etwas näher gekommen waren –, während Alice und ich in dem stillen Haus unser Frühstück einnahmen. Sie sah leicht belustigt zu, wie ich meine Scheiben Toastbrot sorgfältig mit Butter bestrich. Das Kinn auf die Handflächen gestützt. Träge. Alice hatte die Augen geöffnet, aber ihr Gesicht war noch verschlafen.

Ich hatte an dem Tag neue Hoffnung geschöpft, als ich ihr wieder am frühen Morgen in der Küche begegnet war. Da begriff ich, dass wir außer Gefahr waren – zumindest streckenweise.

Auf das Morgengrauen mit seiner Blässe folgte nun ein kupferfarbenes Licht, in dem funkelnde, mikroskopisch kleine Partikel tanzten. Der Wind hatte sich gelegt. Eine dünne Eisschicht glänzte auf der Oberfläche der Schneedecke, die den Garten überzog und in der salzigen Luft zu schmelzen begann.

»Als Erstes muss ich dir sagen, dass du ziemlich schlechte Karten hast, um mir Vorhaltungen zu machen.«

»Ich berichte dir nur, was er mir gesagt hat, ich gebe kein Urteil über dein Verhalten ab.«

Wir tauschten ein Lächeln aus.

»Ich weiß nicht, was er hat«, erklärte sie. »Früher war er anders.«

»Früher hättest du sechs Monate in Begleitung von wem auch immer wegfahren können, ohne dass er etwas gemerkt hätte.«

Ich presste ein paar Apfelsinen aus und schlug mehrere Eier in die Pfanne, während sie sich reckte. So gefiel sie mir viel besser, wenn sie nicht geschminkt war und nur irgendein T-Shirt – ABUSE OF POWER COMES AS NO SURPRISE – und eine schwarzblaue chinesische Schlafanzughose trug, zerzaustes Haar hatte und sich bewegte, redete, atmete und dachte wie ein normaler Mensch.

»Ich sollte es eigentlich nicht sagen, aber ich habe eine wunderbare Woche mit ihm verbracht. Er sieht toll aus, nicht? Wir haben uns keine Minute getrennt. Uns richtige Ferien gegönnt. Außer dir wusste niemand, wo ich war. Ich habe schon seit Ewigkeiten nicht mehr so ein Gefühl von Ruhe und Freiheit empfunden.«

»Ich weiß genau, was du meinst, das kannst du dir ja denken. Manchmal hat man Lust, sich im Wald zu verirren. Keiner Regel mehr zu gehorchen, nicht mehr erreichbar zu sein … Aber davon mal abgesehen hab ich den Eindruck, dass Roger es nicht mehr so gut aufnimmt wie früher … Eine Woche ist ziemlich lang … Falls Judith eine ganze Woche am Arm irgendeines Typen verschwinden würde, selbst wenn unsere Beziehung heute ziemlich erschlafft ist, würde ich das nur sehr ungern sehen.«

Ich servierte die Eier und setzte mich ihr gegenüber. Sollte man den Himmel verfluchen für das, was er uns genommen hatte, oder ihm für das danken, was er uns gelassen hatte?

»Lass uns die Eier essen, ehe sie kalt werden«, sagte ich.

»Ist mit Judith alles in Ordnung?«

Ich zuckte leicht die Achseln. Johannas Tod lag inzwischen gut fünf Jahre zurück, und ich war noch immer nicht wirklich darüber hinweg. Ich hatte geglaubt, durch die Heirat mit Judith wären meine Qualen beendet, aber diese Illusion hatte nicht lange gedauert, und wir hatten unseren dritten Hochzeitstag in einem zum Hotel umgebauten alten normannischen Schloss gefeiert, wo ich obendrein noch in Tränen ausgebrochen war.

»Wir schlafen im Dunkeln miteinander«, sagte ich und stocherte mit der Messerspitze im Eigelb. »Die Sache hat positive und negative Seiten. Aber als ich neulich Blumen auf das Grab deiner Mutter und deiner Schwester stellen wollte, hat sie erklärt, sie würde mich von nun an nicht mehr zum Friedhof begleiten. Und sie brauche mir nicht zu erklären, warum. Das hat sie zu mir gesagt: ›*Ich brauche dir nicht zu erklären, warum.*‹«

Meine Tochter ergriff für eine Weile meine Hand – ich hatte nie etwas dagegen, mir im richtigen Moment das Herz erwärmen zu lassen. Ich wusste nicht, wie wir es geschafft hatten, die Abgründe zu überwinden, die Wirbelstürme zu durchqueren, durch lodernde Flammen zu rennen oder manchmal nur einen kleinen Bissen herunterzuschlucken, aber eines war sicher: Sie hätte es nicht ohne meine Hilfe geschafft und ich nicht ohne die ihre.

Ich konnte nicht mit Bestimmtheit sagen, wann sie begonnen hatte, sich selbst ernst zu nehmen. Was da genau ins Rutschen gekommen war. Was ich für witzig gehalten hatte, war es also gar nicht? Waren es keine hintersinnigen Scherze?

Die Schauspielerei ist der schlimmste Beruf, den eine Frau wählen kann. Für sie wie auch für jene, die ihr nahestehen. Und Alice war Kopf voran in die Falle gerannt.

Als sie meine Hand losließ, zuckte ich zusammen.

»Ich warte noch immer auf das Theaterstück, das du mir versprochen hast«, sagte sie mir.

»Ein Theaterstück? Soll das ein Scherz sein? Wie hätte ich dir so was versprechen können? Ich schaffe es nicht mal, mehr als zehn Seiten zu schreiben.«

»Das hast du mir versprochen.«

»Tja, dann muss ich wohl verrückt gewesen sein. Wenn ich dir jemals so etwas versprochen hab, Alice, glaub mir, dann war ich verrückt. Und unglaublich eingebildet, denn heute besitze ich gerade noch das Talent, etwas abzulehnen, wenn es nichts für mich ist. Das ist zwar gut, geht aber nicht sehr weit. Das eröffnet mir keine großen Perspektiven.«

»Wenn du wirklich an meine Karriere dächtest, würdest du ein Stück für mich schreiben.«

»Sag das nicht. Natürlich denke ich an deine Karriere. Seit dem Tag, da du auf die Welt gekommen bist, denke ich an deine Karriere. Also sag mir bitte nicht, ich würde nicht an deine Karriere denken. So ein Unsinn. Sobald ich wieder auf dem Damm bin, schreib ich dir ein Dutzend Stücke.

Und noch mehr. Was gäbe ich nicht dafür! Ich bin bereit, jede Religion anzunehmen, um wieder in den Genuss dieser Gnade zu kommen, ich bin bereit, jeden Gott anzubeten, wenn mir dann wieder das Talent gewährt wird, fünfhunderttausend Zeichen aneinanderzureihen, mit einem Anfang und einem Ende.«

Sie schüttelte den Kopf, blickte nach draußen und fragte mich dann, ob ich etwas hätte, um die Einfahrt freizuschaufeln, denn sie habe Lust dazu.

Ich fand nichts Besseres als eine Schaufel und einen Gartenbesen. Hier in dieser Gegend sagte man gern, die Chancen, den Unterrock der Kaiserin Eugénie zu erblicken, seien weitaus größer, als Schnee fallen zu sehen.

Alice zog einen Anorak an und machte sich an die Arbeit. Es war eine ausgezeichnete Initiative, die sie da ergriffen hatte, wenn man bedachte, wie leicht ich mir alle marktüblichen Formen von Ischias, Hexenschuss, Lendenschmerz usw. zuzog. Meine ersten Rückenschmerzen hatte ich ein paar Tage nach dem Unfall gehabt, und seither hatte ich oft darunter gelitten – keine Massage konnte sie jetzt mehr lindern. Wenn ich nicht auch noch als Schriftsteller am Ende wäre, dachte ich mit einem Anflug von Bitterkeit, wäre die Sache nur halb so schlimm …

Wie auch immer, zuzusehen, wie sie an meiner Stelle den schweren Schnee zur Seite schaufelte, entzückte mich – ausnahmsweise verpasste ich mal die Gelegenheit, mir das Kreuz zu verrenken, und das kam nicht so oft vor.

Der Übergang von der Heranwachsenden zur Frau war mir entgangen. Und ich hatte die allergrößte Mühe, mir vorzustellen, dass dieses Wesen, dem ich bei der Arbeit in meinem Garten zusah – bei der sie tatkräftig und beherzt mit hochrotem Gesicht makellose Dampfwolken in die kalte Luft blies –, also dass dieses Wesen einst ein kleiner Funke in meinem Inneren gewesen war, noch bevor ihre Mutter sich einschaltete.

Roger holte mich aus meinen Träumereien. »In diese Frau verliebt zu sein ist ein Fluch«, sagte er zähneknirschend hinter mir. »Sie macht mich verrückt.«

»Roger? Hallo. Gut geschlafen?«

Er zog eine Grimasse.

Es war sieben Uhr morgens. Ich musste Jérémie von der Polizeiwache abholen. Ich gähnte, war noch nicht richtig wach, rieb mir die Augen – ich hatte bis spät in der Nacht an einem widerspenstigen Absatz gearbeitet, dann war ich todmüde ins Bett gefallen, und als das Telefon klingelte, war ich mit einem Satz hochgefahren. Der Morgenhimmel war noch fahl und mattweiß, aber vom Meer wehte schon eine laue Brise. Wenn man in meinem Beruf angesichts eines Abschnitts kapitulierte und das Problem nicht vor dem Zubettgehen regelte, kam man auf keinen grünen Zweig und war dazu verdammt, ein zweitrangiger Schriftsteller zu bleiben.

Er befand sich in einer Zelle. Schon wieder hinter Gittern. Der Kommissar beruhigte mich und erklärte, ich könne Jérémie mitnehmen, aber ich müsse den Jungen warnen, dass man hier auf dieser Wache nichts mehr von ihm hören wolle.

»Bringen Sie ihn zur Vernunft, Francis. Ich wünsche Ihnen gutes Gelingen. Ich persönlich glaube nicht daran. Was im Kopf eines achtzehnjährigen Jungen vorgeht, der imstande ist, eine Tankstelle zu überfallen, das muss schon ziemlich heftig sein, das kann ich Ihnen sagen ... Das ist was anderes, als einem Blinden zu helfen, die Straße zu überqueren ...«

Ich nickte.

»Hängen Sie sich da nicht zu sehr hinein«, riet er mir.

»Die Gefahr besteht nicht. Ich bin dabei, einen Roman zu schreiben. Ich habe keine freie Minute mehr.«

»Das ist faszinierend. Einen Roman zu schreiben muss faszinierend sein. Das fasziniert mich.«

Ich nickte.

Ich ging mit Jérémie hinaus. Gegenüber war eine Cafeteria. Ich brauchte einen Kaffee, um richtig wach zu werden. Musste in frisch gebackenen Teig beißen, zur Belohnung dafür, dass ich so früh aufgestanden war. Ich gab Jérémie mit einer Handbewegung zu verstehen, dass er bestellen könne, was er wolle. Sein rechtes Auge glich einer Backpflaume, seine Nase einer Ochsenherztomate. Seine rechte Hand war mit einem Tuch oder was weiß ich verbunden. Und selbst der aufgehenden Sonne, die ihn mit goldenen Strahlen überflutete, gelang es nicht, ihn in ein vorteilhaftes Licht zu setzen.

Anschließend begleitete ich ihn ins Tierheim, wo wir seine Hündin abholten, die wie wild an uns hochsprang und rundherum Geiferfetzen schleuderte. Auf dem Rückweg fuhren wir an der Küste entlang. Am Strand vor dem Spielkasino standen die ersten Surfer kerzengerade neben ihren Brettern und musterten, die Augen mit der Hand beschattend, unentschlossen den unbewegten Horizont. Der

Himmel verfärbte sich tiefblau. Jérémies Hündin lag mit heraushängender Zunge auf der Rückbank und verhielt sich jetzt ruhig.

»Ich habe beschlossen, ihr keinen Namen zu geben«, murmelte er. »Letztlich find ich das blöd, Tieren einen Namen zu geben.«

Ich erwiderte nichts. Ich hielt vor seinem Haus und stieg aus, ohne auf ihn zu warten.

Ich entdeckte A. M. im halbdunklen Wohnzimmer. »Er ist noch einmal mit einem blauen Auge davongekommen. Machen Sie sich keine Sorgen mehr. Kopf hoch, es ist vorbei.«

»Ein Glück, dass Sie da sind, Francis. Ich kann nicht mal mehr Auto fahren, wissen Sie. Ich habe solche Angst, dass mir beim Fahren etwas zustoßen könnte. Da kann ich es gleich bleibenlassen. Und bald kann ich vermutlich auch nicht mehr laufen. Dann wird's erst richtig lustig.«

Nachdem sie einen Vorhang zur Seite geschoben hatte, blieben wir wortlos stehen und beobachteten Jérémie, der vor dem Haus mit seiner Hündin spielte. Ich warf einen verstohlenen Blick auf das Foto seines verstorbenen Vaters in Radrennfahrerkluft und rätselhafter Miene, das auf dem Kaminsims stand – ich hatte keine Lust, ihm zuzuzwinkern.

Der Nachbar ließ seine Hecken schneiden. Es war unerträglich. Selbst bei geschlossenen Fenstern. Wegen des unregelmäßigen Geknatters wie von einem anfahrenden Moped war es unmöglich, sich an den Lärm der Heckensäge zu gewöhnen. Ich hoffte, jemand würde diesen furchtbaren

Gärtner erschießen oder ihm seine grässliche Maschine ein für alle Mal in die Kehle rammen – ich war bereit, jemanden dafür zu bezahlen –, aber es tat sich nichts.

Es wurde wieder still. Doch in dem Augenblick, als ich schon dem Himmel dafür danken wollte, dass er dieser Tortur ein Ende bereitet hatte, drückte der Mann plötzlich wieder auf die Tube. Ich hätte viel dafür bezahlt, damit er aufhörte.

Ich fragte mich, ob Hemingway nach draußen gegangen wäre, um ihm die Fresse zu polieren. Ich dachte an ihn, weil ich am Abend zuvor wieder einmal *Schnee auf dem Kilimandscharo* gelesen und mir gesagt hatte, das ist wirklich einer der besten Schriftsteller, die ich kenne. Das dachte ich unweigerlich jedes Mal, wenn ich diese Geschichte las. Ein wunderbarer Schriftsteller. Stark. Mit sparsamen Mitteln. Gerissen. Schade, dass er nicht meine Tante geheiratet hatte, wie er ihr versprochen hatte – aber er war damals vor allem in Brett verliebt.

Es gibt ein inzwischen berühmtes Foto, auf dem er einen dicken weißen Pullover mit weitem Ausschnitt und Zopfmuster trägt, der sich perfekt für den Wintersport eignet, und diesen Pullover hatte meine Tante für ihn gestrickt. Das habe ich nicht erfunden. Sie strickte mir genau den gleichen und schenkte ihn mir, ehe sie starb, ich habe ihn jedoch nie zu tragen gewagt – aber von da an habe ich geschrieben und mich bemüht, mich dessen würdig zu erweisen.

Ich ging in den Garten, hielt mir die Ohren zu und lief direkt auf den Störenfried mit seiner lärmenden, stinkenden Maschine mit langem Stiel und scharfen Sägeblättern zu.

Der Mann trug einen Gehörschutz. Ich tippte ihm auf die Schulter. Ein Augenschirm aus Plastik schützte sein Gesicht. Er stellte den Motor ab. Als ich sah, dass es sich um Jérémie handelte, machte ich kehrt, aber er rief mir nach: »Sind Sie mir böse?«

»Böse? Warum sollte ich dir böse sein?«

»Sie haben seit drei Tagen nicht mehr mit mir geredet.«

»Das heißt doch nicht, dass ich dir böse bin. Ich bin dir absolut nicht böse. Ich habe dir nur nichts zu sagen. Das ist nicht das Gleiche. Ich habe mich gefragt, warum wir weiterhin unsere Zeit vergeuden sollten, du und ich. Warum sollten wir unsern Speichel verschwenden? Weil du nicht auf mich hörst. Deine Mutter siecht vor deinen Augen allmählich dahin, und du interessierst dich nur dafür, mit deiner Hündin spazieren zu gehen oder mitten in der Nacht mit blutigem Gesicht nach Hause zu kommen oder gar nicht nach Hause zu kommen und die Nacht in Begleitung von Verrückten und Säufern deinesgleichen auf der Polizeiwache zu beenden. Was soll ich da noch sagen? Hm? Wenn es so weit mit dir gekommen ist. Hör zu, ich frage mich manchmal, ob du deine Medikamente nimmst. Ich frage mich, ob du uns verarschen willst, Jérémie.«

Er schwor, dass er sie nehme. Ich konnte das nicht überprüfen. Ich zuckte die Achseln und ging wieder ins Haus. Schloss die Fenster. Er blickte in meine Richtung, ohne mit der Wimper zu zucken. Ich ging ein paar Schritte zurück zu einem Stuhl und setzte mich, ohne ihn aus den Augen zu lassen.

Wenn man nur das Ergebnis in Betracht zog, nur den Nutzen des Manövers sehen wollte, das meine Tochter und mich entzweit hatte, musste ich zugeben, dass sie ihr Ziel erreicht hatte: Beruflich schien es ihr glänzend zu gehen.

Wenn ich den Fernseher anstellte oder eine Zeitschrift aufschlug, blickte sie mir entgegen, wenn ich im Stau saß und das Radio anmachte, hörte ich ihre Stimme – und das war jedes Mal ein harter Schlag. Sie war überall zu sehen. Sie spielte die Hauptrolle in einem Film, der im letzten Sommer von einem Typen gedreht worden war, der nach der Ausbildung in der Pariser Filmakademie *Femis* eine Weile als Redakteur bei den *Cahiers du Cinéma* gearbeitet hatte, und seit ihrer Rückkehr aus Australien wurde sie buchstäblich mit Lob überschüttet. Sie konnte sich vor Angeboten kaum noch retten. Von sich reden zu machen, egal auf welche Weise, schien die richtige Methode zu sein.

Manchmal, wenn Roger ins Bild kam, konnte man nicht umhin, seine zufriedene, unbekümmerte Miene zu bemerken – und erst recht seinen genüsslichen Ausdruck, wenn er in aller Ruhe klarstellte, dass die Gerüchte über ihre Trennung völlig aus der Luft gegriffen seien.

Vermutlich stimmte das. Sie waren ein erstaunliches Paar. Letztlich schweißten die Seitensprünge, die Alice ungestraft unternahm, sie nur noch mehr zusammen. Genau wie die Zeit, in der sie Mühe hatten, aus dem Bett zu kriechen, oder sich zu schwach fühlten, um auf einen Schemel zu klettern und eine Glühbirne auszuwechseln – oder einfach die Waschmaschinentür zu schließen –, und sieh einer an, wie siegreich, freundlich und ungezwungen sie heute das ernteten, was sie gesät hatten – wobei sie mich fast umgebracht hatten, aber diese Generation hasste uns, damit mussten wir uns abfinden.

Roger war manchmal unnachgiebig und Alice von eiserner Entschlossenheit. »Ich habe diesem Typen das Leben gerettet«, erklärte ich Judith und zeigte mit der Messerspitze auf Roger. »Zweimal. Nicht einmal, sondern zweimal. An einem Abend habe ich ihn daran gehindert, seine Zunge zu verschlucken. An einem anderen Abend bin ich mit Vollgas durch die Stadt gerast, um ihn zur Notaufnahme zu bringen. Dieser Scheißkerl. Keinerlei Mitleid. Er hat keinerlei Mitleid. Sie haben bei mir gegessen und gewohnt. Aber für sie war ich nur ein Typ, bei dem man essen und wohnen konnte.«

Ich schob meinen Teller zurück, der Appetit war mir vergangen. »Wenn du nichts dagegen hast, werde ich ein bisschen zappen«, sagte ich und stand auf, um die Fernbedienung zu holen.

»Dann ist ja jetzt alles klar«, sagte sie hinter mir. »Du wirst also auf deinem Standpunkt beharren. Ich war mir dessen nicht hundertprozentig sicher. Aber jetzt weiß ich es.«

»Hast du etwa geglaubt, ich hätte das im Scherz gesagt?«

»Ich habe geglaubt, du würdest dich besänftigen lassen. Manche durchaus ehrenwerte Menschen lassen sich schließlich besänftigen.«

»Das freut mich für sie. Ich hoffe, das bekommt ihnen gut. Sehr schön. Ich bewundere sie sehr.« Ich kam zurück und setzte mich wieder ihr gegenüber. »Ich bitte dich. Dagegen lässt sich nichts tun. Mach mir die Sache nicht noch schwerer. Hab ein wenig Verständnis. Ich bin das Opfer in dieser Geschichte. Vergiss das nicht. Mach uns das Leben nicht noch schwerer, als es sowieso schon ist. Ich kann nichts dagegen tun, hörst du. Irgendetwas in mir *weigert sich.*«

Sie zündete sich eine Zigarette an. Ich wechselte das Thema. »Hast du von diesem Haus für fünfhundert Millionen Euro gehört, das sich ein Russe an der Côte d'Azur gekauft hat? Ist das nicht leicht übertrieben?«

Sie stand auf und räumte das Geschirr ab. Ich senkte den Kopf. Anstatt Öl ins Getriebe zu gießen, streute ich Sand hinein.

Ich ging hinter ihr her in die Küche und entschuldigte mich. Dann stieg ich mit steifen Schritten die Treppe hinauf, um weiterzuarbeiten.

In der Nacht kam Wind auf. Ein paar tiefhängende, am Horizont sich düster auftürmende Wolken sowie das Fallen des Barometers hätten uns eigentlich warnen müssen, aber weder sie noch ich hatten darauf geachtet. Ich schreckte plötzlich aus meinen Träumereien hoch, als hinter mir ein Fensterladen heftig zuschlug. Ich war mitten in einem Satz. Trotzdem stand ich auf und packte ihn, um ihn festzuhaken. Schon heulte der Wind. Dass das Wetter in dieser Region blitzartig umschlagen konnte, war hinreichend bekannt. Meine Standuhr zeigte ein Uhr morgens an.

Ich ging nach unten. Im Wohnzimmer zog es zwischen dem Kamin und einer nicht richtig geschlossenen Terrassentür. Draußen drohte der Sonnenschirm davonzufliegen. Ich ging hinaus und wäre fast mit ihm weggeflogen. Ich musste mich auf ihn werfen und ihn schnell zubinden, während heftige Windböen pfeifend über mich hinwegwehten und mir das Haar zerzausten. Die Stühle waren in den Hortensien gelandet, der Tisch bebte auf seinen Beinen, meine Irispflanzen lagen am Boden, und ich sah Blitze in der Ferne über den Bergen, die kurz erhellt wurden. Es war aber kein Donner zu hören, und es regnete nicht. Die Tropfen kamen vom Meer, herübergewehte Gischt.

Ich stand auf, um die Stühle zu holen. Judith kam mir zu Hilfe. Ich gab ihr durch ein Zeichen zu verstehen, sie solle sich um den Tisch kümmern, während der Wind immer stärker wurde. Aufrecht stehen zu bleiben war schon eine Leistung.

In zehn Jahren hatte der Wind einen Tisch und drei Sonnenschirme fortgeweht. Und mehrere Dutzend Stühle.

Nachdem wir die Gartenmöbel verstaut hatten, ließ der Wind nach. Es hatte eine Zeit gegeben, da hatte uns eine solche Situation zum Lachen gebracht, aber jetzt senkten wir den Blick und seufzten stumm. Dann gingen wir ins Haus zurück.

»Du arbeitest in der letzten Zeit bis spät in die Nacht«, sagte sie zu mir.

Ich war noch wie benommen, wie berauscht, und sagte: »Ja? Findest du?«

»Aber weißt du, das ist kein Vorwurf. Das ist ein Zeichen dafür, dass alles in Ordnung ist, oder?«

»Das kann man nicht sagen. Das kann man *nie* sagen. Das weißt du doch. Aber gut, von mir aus. Ich kann dir nur eins sagen: Ich komme voran. Seite für Seite, mit Mühe und Not. Ich komme voran. Tag für Tag. Was kann man schon Besseres erhoffen? Ist das nicht an sich schon ein Wunder?«

Sie war ganz zerzaust. Ich bewunderte, mit welcher Gleichgültigkeit sie mich betrog, das unerschütterliche Gesicht, das sie bei jedem meiner Versuche aufsetzte, mir Klarheit darüber zu verschaffen.

»Das freut mich für dich. Das ist doch eine gute Nachricht.«

Ich stimmte ihr vage zu. Dann regnete es fünf Minuten lang sehr stark.

»Ist in deiner Religion Vergebung möglich?«, fragte sie und blickte dabei in den Vorhang aus Regenfäden, die im Garten tanzten und gegen die Terrassentüren schlugen.

»Das hängt davon ab, wofür. Das Zusammenleben setzt voraus, dass man gewisse Werte teilt. Dass man sich auf gewisse Grenzen einigt, die man nicht überschreiten darf. In diesem Rahmen ist Vergebung möglich.«

Bei diesen Worten ging ich nach draußen, denn das Gewitter hatte sich gelegt. Ein lauer Wind erhob sich mit der Stärke eines elektrischen Föhns.

»Du bist oft schon aus dem Haus, wenn ich morgens aufstehe«, sagte ich.

»Aber ich gehe auch vor dir ins Bett.«

»Das stimmt. Aber ich kann morgens nicht arbeiten, das weißt du. Der Morgen ist etwas für junge Familienväter.«

Jetzt schien der Mond, und der Himmel funkelte, als sei nichts geschehen.

»Ich verstehe, dass es Leute gibt, die allergisch auf dieses Klima reagieren«, sagte ich und musterte meine im Schlamm steckenden Mokassins. Die Luft erfüllte sich wieder mit dem Geruch der Tamarisken und dem Duft von Geißblatt.

»Wie kommt es, dass du dich wieder für mich interessierst?«, fragte sie im Halbdunkel.

»Wie bitte?«, erwiderte ich mit einem höhnischen Lachen.

»Ich dachte, wir wüssten beide, was wir von diesem Thema halten. Ich dachte, wir hätten das Problem seit langem benannt.«

Ich räusperte mich. Ich hatte mich dieser Frau gegenüber so dumm verhalten, dass ich nicht immer die richtigen Worte fand, um dem Gespräch eine andere Wendung zu geben. »Das Schreiben flößt mir Angst ein«, vertraute ich ihr schließlich an. »Ich hatte vergessen, wie das ist. Weißt du, es gibt zwei Möglichkeiten: Entweder ich werde mit diesem Buch fertig, oder es macht mich fertig. Dass du mich etwas seltsam findest, wundert mich nicht. Weißt du, dass ich manchmal zwei Tetrazepam nehmen muss, um nachts ein Auge zuzutun, derart angespannt bin ich. Aber das ist noch gar nichts. Ich weiß, dass manche vom Schreiben Migräne oder Ekzeme bekommen.«

»Francis, mir ist es bitter ernst.«

»Herrgott noch mal…«, seufzte ich mit zusammengebissenen Zähnen, gesenkter Stirn, geballten Fäusten und zerrissener Seele.

Als ich beschlossen hatte, Alice und Roger Judith vorzustellen, hatte ich ein Essen anberaumt, und wie es meine Spezialität ist, ging dabei alles schief.

Wir lebten noch inmitten der Umzugskartons. Sie hatte mir dieses Haus verkauft, wir hatten sechs- oder siebenmal miteinander geschlafen, und ich war ihr Lieblingsschriftsteller, was sie zu einer relativ aussichtsreichen Nachfolgekandidatin für Johanna machte – ehe ich ganz verrückt wurde –, aber das setzte voraus, dass meine Tochter und ihr bekloppter Typ sie nicht gleich in die Flucht schlugen.

Ich hatte beschlossen, ein Lammragout mit frischem Gemüse zu kochen, aber ich fand den Schmortopf nicht. Ich bat um Unterstützung, um in dem Berg von Kartons das Gesuchte zu finden – Johannas und Olgas Sachen waren auch dabei und hatten dem Durcheinander noch einen gewissen Schmerz hinzugefügt, denn die Packer hatten alles durcheinander gebracht, und daher kamen die Dinge brutal an die Oberfläche –, aber ich erhielt keine Antwort.

Das war an sich nichts Besonderes, denn die beiden waren so oft zugedröhnt, dass sie die meiste Zeit schliefen, aber ohne diesen Schmortopf konnte ich nichts Anspruchsvolles kochen, dabei hatte ich vor, mich selbst zu übertreffen.

Als es Abend wurde, war ich mit den Nerven fertig.

Ich hatte eine halbe Flasche Weißwein getrunken und spielte mit dem Gedanken, mir noch mal nachzuschenken, denn je dunkler der Himmel wurde, desto deutlicher trat mir vor Augen, wie gewagt und ungeheuerlich mein Vorhaben war. Der Horizont schillerte leicht über dem inzwischen finsteren Meer. Es schlug acht. Ich fragte mich nicht nur, wie ich dieses Treffen hatte planen können, so ein aussichtsloses Unterfangen, sondern war noch dazu verblüfft darüber, dass ich offenbar unserer Beziehung damit einen offiziellen Charakter verleihen wollte – was mir seltsamerweise bis dahin völlig entgangen war und was ich jetzt noch als einen zusätzlichen Verrat Johanna gegenüber empfand. Mir stiegen die Tränen in die Augen.

Ich hoffte, dass alles über mir zusammenstürzen und mich unter sich begraben würde. Fast zwei Jahre waren inzwischen vergangen, aber ich konnte einfach nicht beiseiteschieben, dass das Bild, das sie von mir mit ins Grab genommen hatte und auf das ich keinen Einfluss mehr nehmen konnte, das eines Mannes war, der sie betrogen hatte. Und nun setzte ich eine andere Frau an ihre Stelle.

Mit etwas Glück würde Roger mitten beim Essen eine Spritze hervorholen oder vor Judiths entsetzten Augen eine ganze Schachtel Medikamente schlucken. Ich war auch nicht völlig zufrieden mit meinem Lammragout – ich hatte zwar schließlich den kostbaren Topf aus emailliertem Gusseisen gefunden, aber aus irgendeinem obskuren Grund waren weder die weißen Rüben noch die Möhren wunschgemäß karamellisiert.

Ich hatte dieses Haus gekauft, das ich nicht kannte, und fragte mich, ob es uns zusagen würde. Ich hatte keinen blassen Schimmer. Ich hatte den Tisch gedeckt und ein paar Kerzen angezündet. Die Atmosphäre war ausgesprochen düster.

Als es an der Tür klingelte, hätte ich mir gewünscht, mir eine Kugel in den Kopf schießen zu können oder für immer zu verschwinden. Ehe ich öffnete, warf ich einen letzten Blick in den Spiegel im Eingangsflur. Ich jagte mir selbst einen Schrecken ein.

»Hallo«, sagte ich. Sie reagierte darauf mit einer temperamentvollen Umarmung, die mich völlig überraschte, mitten in der Garderobe. Ich hätte damit rechnen sollen. Würde mich Alice so erwischen, im Clinch mit einer anderen Frau als Johanna ... es war nicht auszudenken. Entsetzt stolperte ich und führte sie durch das Labyrinth von schmalen Canyons zwischen den Kartons hindurch, die die Möbelpacker zu wackligen Türmen und schiefen Kerzen aufgestapelt hatten.

Ich bat sie, sich aufs Sofa zu setzen, das ich von meiner Tante geerbt hatte, einer echten Baskin, die sich sehr für Kunst und Literatur interessiert hatte – das Sofa, das ich möglichst bald in mein Arbeitszimmer hinaufbringen lassen wollte –, dann füllte ich rasch unsere Gläser. Ich lächelte, aber innerlich machte ich eine verbitterte Fratze, denn ich wusste, dass wir geradewegs auf ein totales Fiasko zusteuerten.

Ich fand sie an jenem Abend unglaublich verführerisch. Dabei stellte ich mir nur allzu deutlich vor, wie bekümmert, enttäuscht und verblüfft sie am Ende dieses Familienessens sein würde, das ich mit so viel Geschick für sie organisiert hatte – ein misslungenes Gericht und eine hassenswerte Gesellschaft.

»Versteht ihr euch gut, dieses Haus und du?«

»Ausgezeichnet«, erwiderte ich.

»Das freut mich, Francis.«

»Mich auch, Judith.«

»Wo sind sie? Ich kann es kaum erwarten.«

Ich zwinkerte ihr zu, um sie zu beruhigen, und war schon leicht betrunken – es war wohl besser, nicht ganz nüchtern zu sein, wenn man seinem eigenen Zusammenbruch zusehen musste. Ich bedeutete ihr mit einer Handbewegung, auf mich zu warten, ging auf die Treppe zu und erklomm die Stufen, allerdings nicht ohne mich am Geländer festzuhalten.

Schliefen sie? Würden sie behaupten, die Verabredung vergessen zu haben, oder würden sie sich einfach weigern runterzukommen, unter dem Vorwand, dass sie nicht verpflichtet seien, *die Tussi von der Agentur* kennenzulernen, wie sie sie unweigerlich taufen würden.

Ich klopfte ohne die geringste Hoffnung, ja mit einer fast selbstzerstörerischen Freude an ihre Zimmertür, aber die beiden kamen praktisch sofort heraus und gingen vor mir die Treppe hinab – ich war nicht imstande, hinter ihnen herzurennen. Aufgrund der Anziehung, die ich für diese Frau empfand, hatte ich dieses Treffen vorgeschlagen, und jetzt würde ich den Preis für meinen Fehler zahlen müssen. Unverschämtheit hatte einen Preis. Arroganz hatte einen Preis. Naivität hatte einen Preis. Ich verfehlte aus Versehen die letzte Stufe und wäre fast der Länge nach auf den Boden gestürzt.

Ich traf sie in der Küche an, nachdem ich ein großes Glas Wein getrunken hatte, denn vermutlich würde sich alles in der Küche abspielen, die endgültige Begegnung, die unangenehmen Dinge, die scharfen Bemerkungen, die verletzenden Worte usw.

Sie waren alle drei über mein Lammragout gebeugt, als handele es sich um eine Wiege – mal davon abgesehen, dass es dampfte. Der Anblick kam mir seltsam vor. Alice hatte noch den Holzlöffel in der Hand. Roger hielt den Deckel. Judith wandte sich zu mir um – ich glaubte eine Sekunde, sie wolle mir Beifall spenden. »Wow!«, sagte sie.

Da bemerkte ich, dass Roger ein sauberes Hemd trug und wie ein anderer Mensch wirkte. Dass Alice ihr Haar auf elegante Weise hochgesteckt hatte. Ich strich mir übers

Kinn und trat einen Schritt zurück. »Papa, du hast dich selbst übertroffen«, sagte Alice zu mir. Roger stimmte zu und hob anerkennend den Daumen.

Abgesehen von mir waren alle hungrig.

Ich lachte während der Mahlzeit ab und zu laut auf, aber es gelang mir nicht, die Stimmung zu verderben.

»Ich denke, wir werden bald heiraten«, hörte ich beim Nachtisch. Ich sah zu Alice auf. »Höre ich recht?«, murmelte ich mit Mühe. »Das wusste ich gar nicht. Was wollt ihr? ... Heiraten? ...«

Ohne die Antwort abzuwarten, stand ich vom Tisch auf, nahm mein Glas und setzte mich etwas abseits hin. Ich sann nach.

»Nun, vielleicht seid ihr nicht die Einzigen«, sagte ich. »Sehr gut. Vielleicht seid ihr nicht die Einzigen, nun wartet mal. Vielleicht ist das besser so.«

Judith lachte laut auf. Sie behauptete, ich sei sehr witzig. Ihr zufolge war ich übrigens einer der witzigsten Schriftsteller der Welt.

Am nächsten Tag stattete sie mir einen Besuch ab, ich bat sie, Platz zu nehmen, dann erklärte sie mir, sie habe einen sehr schönen Abend verbracht.

Ich litt seit dem Aufwachen unter einer starken Migräne, aber ich nahm diese Worte mit dem Anflug eines Lächelns hin. Dann kam der Moment, da sie widerstrebend die Anspielung thematisierte, die ich am Abend zuvor in Bezug auf unsere Zukunft gemacht hatte, und fragte, was an der Sache ernst gemeint sei. Und ob das gegebenenfalls nicht ein Problem für Alice darstelle.

Inzwischen bekam A. M. regelmäßig Morphium und verließ kaum noch das Haus.

Wenn Jérémie nicht arbeitete, blieb er die meiste Zeit mit seiner Hündin und seinem MP3-Player draußen auf dem Treppenabsatz und kam erst bei Dunkelheit wieder ins Haus. Ich wusste, dass er so gut wie nie mit seiner Mutter sprach, sondern sich nur vergewisserte, dass es ihr an nichts fehlte, er brachte ihr ein Glas Wasser, löschte das Licht und ging dann, gefolgt von seiner Hündin, direkt in sein Schlafzimmer hinauf, ohne je den Kopfhörer von den Ohren genommen zu haben.

Wenn ich ihn beobachtete, sah ich noch so viel Wut im Inneren dieses Jungen kochen, dass ich mich jedes Mal fragte, ob die Behandlung, die man ihm verschrieben hatte, etwas nütze. »Absolut nicht«, bestätigte mir A. M. »Zum Glück hat er die Hündin. Ein Glück, dass er diese Hündin hat, aber wirklich.«

Inzwischen blieb sie den ganzen Tag in Hausschuhen im Erdgeschoss, umsorgt von Krankenschwestern und Mitarbeiterinnen eines Pflegedienstes, die sich im Verlauf des Tages abwechselten und sie zwangen, ein paar Schritte zu gehen – leider gäbe es keinen Ort mehr, wohin sie gehen könne, behauptete sie jedoch, worauf man sie freundlich zurechtwies für ihre pessimistische Sicht.

»Er zieht sich Handschuhe an, wissen Sie.«

»Handschuhe?«

»Ehe er mich anfasst. Er zieht sich Handschuhe an, ehe er mich anfasst.«

Sie sagte diese furchtbaren Dinge in gleichmütigem Ton und blickte dabei ins Leere. Wenn Jérémie da war, setzte sie sich in eine dunkle Ecke neben dem Fenster, beobachtete ihn verstohlen und fragte sich mit erstaunlich sanfter Stimme nach dem Grund für den totalen Undank dieses Sohnes, den sie auf die Welt gebracht hatte und der sich Handschuhe anzog, ehe er sie anfasste.

Es war schon seit einer ganzen Weile Frühling, und der florierende spanische Immobilienmarkt nahm Judith derart in Anspruch, dass ich immer öfter die Nachricht von ihr erhielt, ein wichtiges Geschäft halte sie auf der anderen Seite der Pyrenäen zurück. Es begann warm zu werden, so dass ich sie nur in leichter Kleidung reisen sah, und wenn sie morgens abfuhr, war ich nicht sicher, ob ich sie abends wiedersehen würde, sie winkte mir aus dem Auto zu, und ich hob die Hand, ehe ich mich wieder meinem Roman zuwandte.

Wie viele Schriftsteller hatten sich wieder ihrem Roman zugewandt, anstatt ihrer Frau nachzufahren? Die besten, ohne jeden Zweifel. Die ganz hellsichtigen. Die großen Meister.

»Ich geb dir das Doppelte. Verdammt noch mal, lass mich nicht im Stich, hörst du! Jérémie. Jérémie, sieh mich an. Nur ein paar Stunden am Tag. Von mir aus in deinen freien Minuten, aber ich muss es wissen, verstehst du. Die Ungewissheit macht mich fertig. Das kann so nicht weitergehen. Es wird bald Sommer. Ich werde noch verrückt, verstehst du. Ich bin dabei, einen Roman zu schreiben. Ich kann mich nicht ständig unterbrechen, um über meine persönlichen Probleme nachzudenken. Diesmal steht mein Ruf auf dem Spiel. Es geht ums Ganze. Wenn es übrigens nicht klappt, gebe ich's auf. Dann schreibe ich keine Zeile mehr. Garantiert. Aufwand und Ertrag stehen in keinem Verhältnis. Eins ist auf jeden Fall klar, ich kann mir nicht leisten, mein Comeback in den Sand zu setzen, Jérémie. Ich muss einen klaren Kopf behalten. Ja, ich weiß, was du denkst. Dass ich nicht so aussehe, als würde ich einen allzu schweren Beruf ausüben. Da bist du nicht der Einzige, das kannst du mir glauben. Aber ich beklag mich nicht. Hast du mich jemals klagen gehört? Ich weiß, dass viele Menschen schon im Morgengrauen aufstehen müssen, ich weiß, dass viele Menschen von ihrem Chef ausgebeutet werden, das weiß ich alles. Das ist mir durchaus bewusst. Ich weiß, dass manche Menschen zusehen müssen, wie ihre Felder verwüstet werden, ihre Häuser in Flammen aufgehen oder ihre Schulen einstürzen, während ich anscheinend dasitze und den Himmel betrachte wie ein Depp. Ha! Ha! Ich wünschte mir, dass Schreiben so einfach wäre wie Nähen, ich wünschte mir, dass Schreiben so einfach wäre, wie es aussieht. Aber so ist es nun mal nicht. Ganz ehrlich. Das fällt nicht vom Himmel. Ich muss meine ganze Aufmerksamkeit darauf verwenden. Ich muss mich extrem konzentrieren. Ich kann es nicht zulassen, dass mich eine quälende Frage verfolgt. Wie das unerträgliche Kreisen einer Biene um ein Blumenbeet. Das kann ich nicht, Jérémie. Das halte ich nicht aus. Ich muss der Sache auf den Grund gehen. Ich muss mich davon befreien, muss diese furchtbare Ungewissheit loswerden, die mich ständig verfolgt, hörst du, selbst wenn es sehr unangenehm ist, selbst wenn es mir nicht guttun sollte, hörst du, Jérémie?«

Ich hatte die Tage gezählt, doch jetzt zählte ich nichts mehr. Der Tag, an dem Alice aufgehört hatte, für mich zu existieren, schien jetzt so weit weg, in solcher Ferne zu liegen, so tief in den Falten meines Gedächtnisses vergraben zu sein, dass ich etwas, das auf der anderen Seite des weiten, schwarzen Meeres Wurzeln gefasst hätte, deutlicher gesehen hätte. »Ich weiß, dass ich dir das eigentlich nicht sagen dürfte, aber für mich ist es so, als seiest du tot. Tut mir leid.«

Ich legte auf. Leicht aus der Fassung gebracht. Sie hatte schon lange nicht mehr versucht, mit mir zu reden – seit dem Tag, an dem sie genug davon hatte, dass ich, ohne ein Wort zu sagen, auflegte, obwohl sie mich immer nur darum bat, etwas zu sagen, ganz egal, was, aber für mein Gefühl war das eben noch zu viel.

Verärgert und verwirrt beschloss ich, einen Spaziergang am Strand zu machen. Ich wusste nicht, was sie wollte, denn ich hatte sie nicht zu Wort kommen lassen, aber da ich absolut nicht mit ihrem Anruf gerechnet hatte, hatte mein alter, unfehlbarer Reflex nicht funktioniert. Ich hatte mit ihr gesprochen. Vermutlich in ziemlich barschem Ton, aber dennoch hatte ich ein paar Worte mit ihr gewechselt, und nun hätte ich am liebsten den Mund an einem Taschentuch abgewischt – ich war weiß Gott noch derart verärgert, dass mir nur solch plumpe Bilder in den Sinn kamen, aber Alice rief eben primitive, brutale Reaktionen bei mir hervor.

Ich wanderte bis Hendaye. Dort nahm ich den Zug, um nach Hause zurückzufahren. Meine Schuhe waren voller Sand und meine Hose nass bis zu den Knien, aber ich wusste nicht genau, wie es dazu gekommen war. Auf jeden Fall schien es mir, als hätte ich an nichts gedacht. Ich fuhr mir mit der Zunge über meine salzigen Lippen. In dem Wagen roch es noch stark nach kaltem Rauch aus der Zeit, als das Rauchen noch erlaubt war.

Alice wollte mir mitteilen, dass sie schwanger war. Das erfuhr ich am nächsten Tag aus Judiths Mund, die mich anblickte, als sei ich ein Ungeheuer – Judith, die noch immer nicht verstehen wollte, weshalb ich mich so benahm.

»Ist es ein Junge oder ein Mädchen?«, fragte ich gähnend.

Sie warf mir einen eisigen, durchdringenden Blick zu. Ich wusste, ich hatte den nicht wiedergutzumachenden Fehler begangen, kein Kind von ihr zu wollen. Das hatte sie mir nie verziehen. Und daher waren wir heute an diesem Punkt angelangt, und es vergingen nie mehr als ein oder zwei Tage, ohne dass wir diese Art von stummer Auseinandersetzung hatten. Ich konnte in jedem Blick, den sie mir zuwarf, die Leere erkennen, die das fehlende Kind in ihr hinterlassen hatte. Mein Bedauern, oder besser gesagt, mein Nicht-Bedauern nützte leider nichts.

»Für mich ändert das nichts. Ob sie schwanger ist oder nicht, ändert für mich absolut nichts.«

Ich nervte Judith inzwischen leichter als früher. Ich hätte gern gewusst, wie es dazu gekommen war, dass ich in ihren Augen vom genialen Schriftsteller zu einem professionellen Egozentriker geworden war.

Ich sah sie achtundvierzig Stunden lang nicht wieder. An zwei aufeinanderfolgenden Morgen ging ich direkt nach dem Aufwachen ans Fenster, um zu überprüfen, ob sie heimgekehrt war und ihr Auto hinter meinem parkte – was nicht der Fall war, dann stierte ich in den geradezu regungslosen, fast schwebenden Regen, der für diese Region charakteristisch ist, und erblickte dahinter, unter dem niedrigen, wie erstarrten Himmel, die dunklen Berge. Ihre Silhouette zeichnete sich zwischen den verblassenden Nebelbänken ab, die über der Provinz Labourd schwebten – unter anderen Umständen hätte ich vor Freude geseufzt, aber die Tatsache, dass sie vor zwei Tagen wütend abgehauen war, verstimmte mich.

Sie betrat den Garten, als die Sonne sich wieder zeigte – die während ihrer Abwesenheit nicht geschienen hatte, was mir leicht absurd vorkam. »Sag nichts!«, befahl sie sofort und legte mir die Hand auf den Mund. »Sag einfach nichts!«

Ich zwinkerte mit den Augen. »Nicht mal *guten Tag*?«, fragte ich.

Vermutlich handelte es sich hier nur um eine Mini-Trennung, um eine schwach gewürzte Vorspeise verglichen mit der endgültigen Trennung von Tisch und Bett, aber dieser kleine Vorgeschmack hatte bei mir einen unangenehmen Eindruck hinterlassen.

Die schwierige Beziehung zu meiner Tochter zwang mich zu größerer Vorsicht mit meiner Frau, wenn ich nicht in die absolute Leere fallen wollte. Das war mir klar. Und was Alice anging, gab es offensichtlich etwas Neues, was Judith mir sofort erzählte.

»Sie würde gern eine Weile bei uns verbringen. Sie hat vor, das Kind in Bayonne zur Welt zu bringen.«

Ich gab ihr durch ein Zeichen zu verstehen, dass ich nichts dagegen hätte. Sie öffnete den Mund, aber ich legte ihr meinen Zeigefinger auf die Lippen. »Sag nichts«, erklärte ich. »Ich bitte dich. Sag nichts.«

Ich überließ es ihr, Alice mitzuteilen, dass ich mit ihrem Kommen einverstanden sei – ich drang sogar darauf, dass sie kam –, und meine versöhnliche, entgegenkommende Haltung brachte in den folgenden Tagen für mich eine gewisse Verbesserung der ehelichen Beziehung mit sich.

»Soll ich Ihre Frau auch dann überwachen, wenn sie mit Ihnen zu Abend isst?«, fragte Jérémie mit einem frechen Grinsen.

Dass sie fünf oder sechs Mal nacheinander mit mir zu Abend aß, war tatsächlich kaum zu glauben. Sie musste wohl große Lust haben, von Menschen – schwangeren Frauen, Kindern usw. – und einer gewissen Hektik umgeben zu sein, um mir so viel Aufmerksamkeit zu schenken.

Ein Mann konnte durchaus seine beiden Frauen und seine beiden Töchter verlieren. Das stand für mich außer Zweifel, ich wollte nicht einmal darüber sprechen. Ich war der Ansicht, dass eine Granate genau an derselben Stelle niedergehen konnte wie eine andere zuvor, auch wenn die Wahrscheinlichkeit gleich null war.

Ein paar Tage vor ihrem Tod veränderte sich A. M.s Blick. Das wurde mir mit einem Schlag klar. Ich wollte schon aufstehen, um es Jérémie mitzuteilen, doch dann besann ich mich anders.

Für mich war es fast wie der Verlust einer Freundin. Vermutlich hatten wir uns viel zu spät und unter unangenehmen Bedingungen wiedergesehen, aber all die gemeinsam verbrachten Monate, die Probleme, mit denen wir uns auseinandergesetzt hatten, die nach und nach enthüllten Narben, die schnell im Stehen eingenommenen Mahlzeiten, die freundschaftlichen Besuche, die erwiesenen Gefälligkeiten, die Beziehung, die wir früher möglicherweise einmal gehabt hatten usw., all das und noch mehr war nicht geringzuschätzen. Ich hatte letztlich ganz vergessen, dass sie zu dem Zeitpunkt, als ich sie aufgesucht hatte, um sie mit den Nachforschungen über Alices Verschwinden zu beauftragen, mit einer Frau liiert war. Jedes Leben glich einem grauenhaften Hindernislauf, einem verrückten Rennen.

Ich war von ihrem Sterben zutiefst gerührt und ergriffen. Ich hatte Jérémie geraten, sich ein paar Tage freizunehmen – wofür ich mich gern bei seinem Chef einsetzen wollte, falls es ein Problem geben sollte –, aber er hielt das für überflüssig und begnügte sich damit, abends, während ich peinlich gerührt dabeisaß und verblüfft zuschaute, mit seinen grässlichen Silikonhandschuhen das Allernötigste zu erledigen.

»Das Morphium hilft mir sehr«, erklärte sie mehrfach, und ich wusste nicht, ob sie von ihren Schmerzen oder dem Leid sprach, das ihr der Sohn zufügte.

Es begann allmählich heiß zu werden, als sie beschloss, nicht mehr aufzustehen. Ich fuhr sofort zu Castorama, um ihr einen Ventilator zu kaufen, ehe das Kaufhaus geplündert wurde. Am letzten Tag war sie kaum noch bei Bewusstsein, aber als ich am Tag zuvor den Apparat zum ersten Mal einschaltete, stieß sie einen langen Seufzer aus.

Am letzten Tag stellte ich ihn schnell ab, denn sie rollte sich zusammen und beklagte sich plötzlich darüber, dass ihr kalt sei. Sie sah aus, als wäre sie geschrumpft, als wäre die Haut auf ihrem Gesicht nur noch die durchsichtige Hülle einer verpuppten griesgrämigen Raupe, als wären ihre Augen schwarz geworden und ihr Blick fliehend.

Als ich den Kopf hob, sah ich, dass Jérémie auf der Türschwelle stand und die Szene beobachtete. Aus der Ferne.

Ich gab ihm ein Zeichen, näher zu treten, versuchte ihm verständlich zu machen, dass er nicht länger warten dürfe, wenn er den letzten Atemzug seiner Mutter miterleben wollte. Aber er begegnete nur kurz meinem Blick, dann machte er sich fluchtartig davon.

Verblüfft sprang ich auf, warf dabei laut meinen Stuhl um, durchquerte mit wenigen Schritten das Wohnzimmer und den Eingangsflur, aber der Kerl war schon außer Reichweite, er rannte mit seiner Hündin zwischen Kiefern über die Heide. Ich ging wieder hinein und setzte mich. »Ich bin da«, sagte ich und streichelte ihr die Schulter, aber sie war tot.

Ich kehrte nach draußen zurück, ins gleißende Licht des Nachmittags. Ich schloss das Mückengitter hinter mir.

Auf dem Friedhof hörte ich die ersten Grillen des Sommers, während der Pfarrer einer Passage aus dem Evangelium ein paar Worte hinzufügte. Es war heiß. Ich hatte mich um alles gekümmert. Die amtlichen Urkunden. Das Beerdigungsinstitut. Die Kirche. Ich hatte die Arbeit an meinem Roman zwei ganze Tage lang unterbrechen müssen – was in den Augen eines Laien wenig erscheinen mag, doch jeder, der meinen Beruf ausübt, wird verstehen, was ich meine. All das hatte mich halb umgebracht. All das hatte mich zwangsläufig an düstere Stunden zurückdenken lassen. Die Tatsache, dass ich mich von A bis Z um diese Beerdingung kümmern musste.

Jérémie war wie vom Erdboden verschluckt. Ich hatte selbst den Sarg aussuchen müssen, die Kleider in ihrem Schrank, die Blumen, den Grabstein usw., weil ihr Sohn sich aus dem Staub gemacht hatte. Unglaublich.

Ich konnte mir so viel Gleichgültigkeit gar nicht vorstellen. Ich sagte mir, wenn er Alice geheiratet hätte, hätten sie ein prachtvolles Paar abgegeben. Hätte mein Leben in Alices Händen schwerer gewogen? Ganz bestimmt nicht. Kein Gramm mehr.

Das Foto war kurz nach '68 aufgenommen worden. Ich hatte langes Haar und trug Hosen mit weitem Schlag. Ich fand es in einer Schublade ihrer Kommode – als ich ihr letztes Mieder und etwas Schmuck aussuchte, die sie ins Jenseits begleiten würden. Ich wusste nichts von dieser längst verblichenen Aufnahme. Einen Augenblick fragte ich mich, wie es möglich war, dass sie ein Foto von mir besaß.

Ich blickte mich alle paar Sekunden verstohlen um. Der Sarg wurde hinabgelassen. Ich begann zu verzweifeln. Ich trat vor, um eine Handvoll Erde ins Grab zu werfen, dann wich ich zurück. Da stand er, im Schatten einer Eibe.

Ich machte mich klein und schlich weg, um ihn mir von hinten zu schnappen. Schnitt ihm den Weg ab. Ich hob den Arm und schlug ihn mit der flachen Hand. Ich ließ einen Hagel kräftiger Schläge auf ihn niedergehen, auf den Kopf, auf die Arme, auf den Rücken, Schläge, gegen die er sich kaum schützte und von denen ihn manche ins Wanken brachten – wie jener, der sein Ohr traf und der ihn auf dieser Seite für eine ganze Weile taub werden ließ. Ohne etwas zu ihm zu sagen. Ohne den leisesten Kommentar. Ohne Unterlass. Ich schlug auf ihn ein wie ein Räderwerk.

Schließlich überwältigte man mich und drückte mich auf den Boden – sie waren gut trainiert in dieser Region. Ich sah den blauen Himmel, harmlose, ferne Haufenwolken, die ans Firmament geheftet zu sein schienen, und dann Judiths Gesicht, das sich zu mir herabbeugte. Sie streichelte mir die Wange und bot mir ihre Flasche Évian an.

Diese ganze Geschichte – diese unwahrscheinliche, tragische Verknüpfung von Tatsachen, wie sie blutrünstiger kaum sein konnten – kam ein Jahr später wieder aufs Tapet, und zwar im Verlauf eines Essens bei Freunden, von denen einer zu wissen glaubte, dass Jérémie wieder in der Stadt sei.

War das möglich? Hoffte er, wieder mit meiner Frau anzubändeln? Würde er sich erneut vor ihren Augen eine Kugel in den Leib jagen, wenn er nicht bekam, was er wollte? Ich stellte fest, dass alle Augen auf mich gerichtet waren.

»Weiß Judith davon?«, fragte ich.

Anscheinend nicht. Derselbe Typ war Judith am Tag zuvor begegnet, als sie aus ihrem Haus kam – wir wohnten nicht mehr unter demselben Dach und sprachen kaum noch miteinander –, und er hatte an ihrem Verhalten nichts Verdächtiges bemerkt. »Sie wird es auf die eine oder andere Weise sowieso erfahren«, erklärte er. »Ich glaube, er hat beschlossen, sein Haus zu verkaufen.« Die Neuigkeiten sprachen sich in dieser Stadt so schnell herum, dass die Luft ständig leicht vibrierte.

Als ich wieder zu Hause war, blieb ich eine Weile im Dunkeln auf dem Bett sitzen. Dann begann das Baby zu weinen, und ich streckte mich aus.

Als ich am nächsten Morgen aufwachte, weinte es immer noch – ich hoffte, dass es in der Zwischenzeit geschlafen hatte. Ich ging im gleißenden Junilicht nach draußen, um mir eine Zeitung zu kaufen.

»Jérémie ist wieder da«, verkündigte ich, als ich die Küche betrat.

Alice saß mit ihrem Sohn im Arm da, und es schien nicht alles nach Wunsch zu laufen – der Streit mit der Babysitterin, die zu Beginn des Wochenendes wütend das Haus verlassen hatte, hatte die Beziehung zwischen Mutter und Kind plötzlich in eine Dunkelzone katapultiert.

Sie blickte zu mir auf. Ich wusste nicht, ob ich Lust hatte, Eier zu essen. Nicht einmal, ob ich hungrig war.

»Möchtest du Rührei?«, fragte ich sie.

»Ich habe selten jemanden kennengelernt, der so hartnäckig sein Ziel verfolgt«, sagte sie grinsend.

Ich nickte und schlug ein paar Eier in die Pfanne. »Denk mal an Judith. Ich finde, sie hat all das nicht verdient.«

»Ein bisschen schon, ein bisschen schon.«

»Dieser Junge ist halb verrückt, das hätte sie doch merken müssen, oder? Das sieht doch jeder. Glaubst du vielleicht, ich hätte mich gewundert? Glaubst du, ich hätte mich gewundert über das, was er getan hat? Glaubst du, dass ein Typ, der eine Tankstelle mit einem geladenen Jagdgewehr überfällt, noch alle Tassen im Schrank hat?«

»Hör zu. Er hat sie nicht bedroht.«

»Richtig. Er hat sie zu nichts gezwungen. Da hast du recht. Dennoch ist er halb verrückt. Hast du gesehen, was er getan hat? Schade, dass der Schuss danebengegangen ist.«

Ich lief in mein Arbeitszimmer hinauf und schloss mich ein. Ich blieb vor dem Telefon sitzen – ein altes Schnurtelefon aus Bakelit, das ich benutzte, um keinen Hirntumor zu bekommen, denn davor hatte ich eine Heidenangst.

Schließlich wählte ich Judiths Nummer. Während es am anderen Ende der Leitung klingelte, hielt ich den Atem an und wandte den Blick zum Fenster, hinter dem der Himmel den Ozean überlagerte und dieser die Dünen, auf denen lange, sich im Wind auf und ab bewegende Gräser in Form von Staubwedeln wuchsen.

Ich rechnete damit, dass es ihr die Sprache verschlagen würde, und so kam es auch, als ich ihr den Grund meines Anrufs mitteilte.

»Bist du noch da?«

»Das ist nett von dir, mich zu warnen, Francis.«

»Wenn ich etwas für dich tun kann, dann sag es mir.«

»Es wird schon gehen. Mach dir keine Sorgen um mich.«

»Und die Geschäfte? Wie laufen sie?«

»So mittelprächtig. Herzlichen Glückwunsch zu deinem Buch.«

»Ja, du kannst dir nicht denken, wie gut mir das getan hat. Das kam genau richtig, wie du dir sicher vorstellen kannst.«

»Ich weiß, Francis. Das habe ich mir gedacht. Entschuldige bitte. Es tut mir sehr leid.«

»Lass den Unsinn. Hör zu. Pass auf dich auf, sei so gut. Wenn irgendwas nicht in Ordnung ist, ruf mich an, ja?«

Meine Hand war feucht, und mir brannte das Ohr, als ich auflegte – mit gemischten Gefühlen starrte ich auf den Hörer.

Als ich am Abend heimkam, nach einem Arbeitstag, der besonders unangenehm gewesen war, weil mich gewisse Dinge bekümmerten, traf ich Alice wieder, die zwar ihr Baby inzwischen ins Bett gebracht hatte, aber ziemlich mitgenommen aussah und offensichtlich gedankenverloren und besorgt war – aber vielleicht übte sie auch nur gerade eine schmerzensreiche Rolle ein.

Ich warf einen Blick in den Kühlschrank und schlug vor, ein Omelett zu braten. Die Sonne ging unter und verwandelte den Horizont in ein funkelndes Flammenmeer. Ich persönlich hatte das grüne Leuchten schon mehrmals gesehen – und zum letzten Mal in der Minute, als ich den Schlusspunkt unter meinen Roman gesetzt hatte, was ich als gutes Zeichen ansah.

»Oder lass uns eine Pizza bestellen«, sagte ich, »das ist noch einfacher.«

Dann setzte ich mich mit der Literaturbeilage in einen Sessel und begann bald innerlich zu kochen und dann innerlich zu fluchen – jede Woche erging es mir so, denn jede Seite rief Wut, Ungläubigkeit, Niedergeschlagenheit oder Widerwillen hervor, jede Seite hätte es hundertmal verdient gehabt, im Papierkorb zu landen, wenn man nicht hier und dort, wie durch ein Wunder, auf ein paar wirklich interessante, zähe, starke Autoren gestoßen wäre, die auf Neuerung bedacht waren und die allein eine Reise wert waren.

Als es dunkler wurde, knipste ich ein paar Lampen an. Alice betrat den Raum, nachdem sie endlose Telefongespräche geführt hatte. Einen Augenblick erstarrte sie leicht erschrocken und spitzte das Ohr, doch das Baby weinte nicht – der Schrei eines Falken oder eines Nachtvogels in der Ferne war vermutlich der Auslöser für ihre Besorgnis gewesen.

»Hör zu. Ich habe ein Problem mit den Babysittern«, sagte sie und machte ein mürrisches Gesicht.

»Ja, ich weiß, ich bin auf dem Laufenden«, sagte ich und überflog die Bestsellerliste.

»Ich muss für eine Stunde weg. Kann ich eine Stunde weggehen?«

Ich warf ihr einen Blick zu und runzelte die Stirn.

»Das ist nicht Teil unserer Absprache.«

»Ich habe dich noch nie um etwas gebeten, seit ich hier bin.«

»Das hatten wir so abgemacht. Das ist eine der Regeln, auf die wir uns geeinigt hatten.«

Sie zündete sich nervös eine Zigarette an. Ich musterte das Foto unter der Schlagzeile der Zeitung, auf dem eine lange Panzerkolonne in einer Staubwolke zu sehen war. »Céline hat sich geirrt«, erklärte ich. »Es sind nicht die Chinesen, von denen uns Gefahr droht.«

Jérémies Haus war erst seit einem Jahr geschlossen, aber es wirkte irgendwie heruntergekommen. Der Eindruck wurde vor allem durch den Garten hervorgerufen, der mit abgestorbenem Holz, Trümmern und Ästen übersät war, abgerissen von den heftigen Stürmen, die in den vergangenen Monaten über die Küste gefegt waren, vom Hagel, von Gewittern, vom Blitzschlag oder vom Frost, der meine Bougainvillea hatte erfrieren lassen, die ich kurz vor unserem Einzug gepflanzt hatte.

Die Hortensien vor dem Eingang hatten sich stark vermehrt, waren aber verblichen. Von den Fensterläden war die Farbe inzwischen völlig abgeblättert – so dass das aschfarbene Holz zu sehen war.

Auf dem Schild, das angab, das Haus sei zu verkaufen, standen der Name und die Telefonnummer von Judiths Agentur.

Ich ließ den Motor wieder an und fuhr los.

Der Verzicht auf Rogers und Judiths Hilfe in diesen schwierigen Zeiten – ganz zu schweigen von den deprimierenden, chaotischen Kräften, die den trunkenen Lauf der Welt bestimmten – verwandelte die Tage, an denen wir die Zwillinge hüten mussten, fast in einen Alptraum. Ich hatte begonnen, ein neues Buch zu schreiben, was strenge Disziplin, lange Arbeitszeiten in völliger Stille, Ruhe, Konzentration, Einsamkeit usw. von mir verlangte, also genau das Gegenteil von dem, was mir die Mädchen vorbehielten.

Das Problem ging zum großen Teil auf die Babysitterinnen zurück, die uns ohne Vorwarnung verließen, um ihrem Geliebten zu folgen, oder die was weiß ich welchen Fehler begingen, der ihnen die sofortige Entlassung einbrachte – wie etwa die Letzte, die das Baby um ein Haar in einen Krebs verwandelt hätte.

Auf einmal musste ich Einkäufe machen, sie zum Discounter mitnehmen, sie für irgendwelche Dinge interessieren, ihnen Bücher vorlesen im Stil vom *Tagebuch der Bridget Jones* – »Warum sollte ich mir den Kopf zerbrechen?«, fragte ich mich –, nach Bayonne fahren, um ihnen DVDs und T-Shirts der Marke Petit Bateau zu besorgen.

Meine Tage wurden jedenfalls ständig durcheinandergebracht. Das entsprach nicht der Abmachung, die ich mit Alice getroffen hatte. Sie durfte bei mir zu Hause wohnen. Basta. Mehr nicht. Bei mir wohnen, basta. Unter der Bedingung, dass sie mich in Ruhe ließ. Mehr nicht.

»Ja, ja, ich weiß. Aber was soll ich tun? Es sind schließlich deine Enkelkinder. Dann hättest du mir nicht zwei, sondern vier Arme geben müssen.«

Das Baby zappelte auf ihrem Schoß, gleich würde es wieder in Geschrei ausbrechen. Seine beiden Schwestern warteten hinter mir, um mich zu den Läden im Stadtzentrum mitzuschleppen, wo sie einen Badeanzug zu finden hofften.

Ich beugte mich vor und flüsterte ihr ins Ohr: »Ruf Roger an. Erklär ihm die Situation. Bitte ihn herzukommen und sie ausnahmsweise für eine Weile bei sich unterzubringen.«

»Hör zu. Misch dich da nicht ein. Lass Judith selbst sehen, wie sie zurechtkommt. Mach dich nicht lächerlich.«

»Mir steht im Moment nicht der Sinn danach, einen Kindergarten aufzumachen. Sieht man mir das nicht an?«

Gegen Ende des Tages fuhren wir zu den Nouvelles Galeries – die Mädchen hatten ihr Shampoo vergessen und wollten sich eine Sonnencreme kaufen.

Es wurde allmählich dunkel. Judith war dabei, die Agentur zu schließen – sie war in die Hocke gegangen, hielt mit einer Hand den Türgriff fest und verriegelte mit der anderen ein Schloss in Bodenhöhe.

Die Mädchen fielen ihr um den Hals. Ich nutzte den Moment, um sie aufmerksam zu mustern. Sie machte einen besorgten Eindruck.

»Das hättest du nicht tun sollen«, sagte ich.

»Häuser zu verkaufen ist mein Beruf. Damit verdiene ich meinen Lebensunterhalt.«

Wir gingen zum Spielkasino hinab, um den Strand entlangzulaufen, begegneten dabei ein paar Surfern, die wohl zu den ganz Fanatischen gehörten und für die Nacht zu ihrem winzigen Kleinbus zurückkehrten, der mit einem Bett, einem Gaskocher und einem Dachträger für Surfbretter ausgerüstet war.

Judith ging mit gesenktem Kopf und automatischen Bewegungen neben mir her. Ich hätte ihr gern gesagt, wie wütend mich ihre Entscheidung machte. Es gebe doch wirklich keinen Grund für sie, Jérémie wiederzusehen oder mit ihm zu reden, nach der zirkusreifen Nummer mit den blutiggespritzten Wänden, die er ihr vorgeführt hatte.

Sie zögerte. Sie hatten nur am Telefon miteinander gesprochen.

»Du überlegst es dir? Hab ich das richtig verstanden? Du willst es dir wirklich noch mal überlegen? Hör zu, ich sag es dir klipp und klar. Wenn du ihn wiedersiehst, übernehme ich keine Verantwortung für das, was geschieht. Wenn du ihn wiedersiehst, wirst du es bereuen. Und sag mir dann nicht, ich hätte dich nicht gewarnt.«

Wir blieben vor der Eisbude stehen. Ich bedauerte, dass ich nicht mehr mit ihr zusammenlebte. Wenn ich darüber nachdachte, sagte ich mir, dass sie mir genau das angetan hatte, was ich Johanna angetan hatte, und dass es daher in gewisser Weise der gerechte Ausgleich war, so dass wir quitt waren, aber das traf nicht zu. Die beiden Dinge waren nicht vergleichbar. Ich hätte nicht erklären können, warum, aber die beiden Dinge waren nicht vergleichbar.

Ich wandte den Blick der Avenue de l'Impératrice zu. »Ich würde gern wissen, warum die Kuppel der Saint-Alexandre-Nevsky-Kirche nicht mehr blau, sondern grau ist«, sagte ich, um das Thema zu wechseln. »Beschwert sich denn niemand?«

Knapp vierzehn Tage später war das Haus zwar nicht verkauft, aber sie schlief wieder mit Jérémie. Das war das Letzte, was ich erwartet hätte.

Zwei oder drei Stimmen hatten mir vorgeworfen, ich hätte die Voraussetzung für ihre Begegnung geschaffen, weil ich Jérémie bezahlt hatte, um sie zu beschatten. Ja natürlich. Klar doch.

Alice als Erste. Mein Haus in Beschlag zu nehmen genügte ihr nicht. Ihr eigenes Scheitern genügte ihr nicht. Ich drohte ihr den Schädel einzuschlagen, wenn sie noch mal den Mund aufmachte. Oder sie gar vor die Tür zu setzen. Aber sie musste mir einfach ihre Meinung dazu sagen, wie ich die Beziehung zu meiner Frau gestaltete, mir vorwerfen, wie ungeschickt ich mich ihr gegenüber verhalten habe und wie erbärmlich es sei, mich in eine Geschichte einzumischen, die mich nichts mehr anging.

Sie vergaß, dass ihre eigene Ehe ebenfalls in die Brüche gegangen war und ihre Abenteuer nicht den erhofften Reiz gehabt hatten – wie etwa die angebliche Idylle mit diesem oder jenem Doppelgänger von Shia LaBœuf, von der die Zeitungen berichtet hatten –, sie vergaß, dass sie sich ein bisschen verloren vorkam, unfähig, einen Säugling zu beruhigen, der in Tränen ausbrach, sobald sie ihn in die Arme nahm, sie vergaß, dass sie hier in meinem Haus war, unter meinem Dach, was geradezu ein Wunder war, wenn man bedachte, wie sie mich behandelt hatte.

»Glaub bloß nicht, dass ich unfähig bin, dich vor die Tür zu setzen. Das würde mir nichts ausmachen.«

»Das glaube ich gern. Mama hatte recht. Mama hatte recht, wenn sie sagte, das es immer eisiger würde, je tiefer man in dich dringt.«

Ich packte sie am Handgelenk. »Was erzählst du da? Ich habe mich ausgezeichnet mit ihr verstanden. Erzähl nicht solchen Unsinn. Erfinde nicht so absurde Dinge. Überschreite nicht die rote Linie, Alice.«

Ich ließ sie los – stieß ihren Arm mit einer schroffen Geste zurück.

»Glaubst du etwa, wir hätten nicht über dich gesprochen?«, erwiderte sie. Ich setzte einen Fuß vor die Tür.

»Glaubst du, wir hätten Angst vor dir gehabt, nur weil du Schriftsteller bist? Glaubst du, das hätte uns beeindruckt?« Ich entfernte mich. »Glaubst du, wir hätten nicht gewusst, wer du bist?«

Sie fügte noch etwas hinzu, aber ich war schon zu weit weg.

Wieder einmal ging ich bis nach Hendaye. Das Wetter war schön und die Strände noch menschenleer. Ich aß in Hondarribia zu Abend und betrank mich mit Freunden, die ich dort getroffen hatte. Die Frau eines dieser Freunde ließ einen Großteil des Abends die Hand auf meinem Schenkel liegen. Ihr Mann wollte wissen, wovon mein nächstes Buch handle. Und sie sagte immer wieder: »Ach, lass doch Francis damit in Ruhe. Siehst du nicht, dass du ihn damit nervst? Ach, lass doch Francis mit deinen Fragen in Ruhe. Siehst du nicht, dass er darauf nicht antworten will? Ach, lass doch …«, usw.

Lucie-Anne und Anne-Lucie hatten den Lippenstift ihrer Mutter benutzt. Ich blickte vom Bildschirm auf, als ich Alices Geschrei hörte. »Die Arme ist mit den Nerven fertig«, sagte ich mir, setzte mich wieder hin und bemühte mich, einen besonderen Rhythmus für diesen Satz zu finden, der seit gut zwanzig Minuten den ganzen Roman blockierte – wenn mir nichts einfiel, hatte ich die Angewohnheit, die Stoppuhr meines Handys einzuschalten, um mich noch mehr unter Druck zu setzen.

Aber sie schrie so laut, dass ich unmöglich etwas finden konnte.

Sich am Schminkkasten zu vergreifen war allerdings das schwerste Vergehen, das man in ihrer kleinen Republik begehen konnte, und die beiden Mädchen waren hinreichend davor gewarnt worden, seit sie das Licht der Welt erblickt hatten. Als ich hinzukam, wollte Alice gerade wissen, was sie sich erlaubten, und das Schweigen der Zwillinge, die mit gesenktem Blick und eingezogenem Kopf stumm erstarrt waren, ließ ihre Mutter noch lauter schreien.

Ich blieb einen Augenblick stehen, um mir das Schauspiel anzusehen, aber ein solches Geschrei schlug mich genauso sicher in die Flucht wie der Anblick gewisser Autoren – ich möchte hier noch einmal darauf hinweisen, wie sehr das Aussehen eines Schriftstellers seinem Stil ähnelt, wie offenkundig das ist.

Wie hatte ich nur so verrückt sein können, ihr meine Tür zu öffnen, sagte ich mir, während im ersten Stock inzwischen Glas zersplitterte. So etwas geschah eben, wenn man seit sechs Monaten keine Rolle mehr in einem Film bekam.

Ich bereitete mir eine Schale Quark mit 0 % Fett für meinen Nachmittagsimbiss vor. Wenn das so weiterging, würde sie bald heiser werden und die Mädchen ein durchlöchertes Trommelfell haben.

Ich wusste nicht, ob ich, wenn das so weiterging, noch lange Geduld aufbringen würde – Alice hatte bei mir nicht gerade einen Stein im Brett und genoss auch nicht meine volle Sympathie. Ich hatte für den Bruchteil einer Sekunde Mitleid mit ihr gehabt, und sie hatte die erste Maschine genommen, noch ehe ich ihr alle Einzelheiten meiner strengen Bedingungen aufgezählt hatte. Und die Lage wurde nicht etwa besser, sie wurde schlimmer. Bald kam es im ersten Stock zu einer regelrechten Nervenkrise. Wenn man eine Familie gründete, war das oft, wenn nicht gar in den meisten Fällen, mit Geschrei, Blut und Tränen verbunden, das wusste ich, aber sollte ich sie deswegen bedauern? Sollte ich Mitleid mit ihrem harten Schicksal zeigen?

Ich toastete mir ein paar Scheiben Brot, die ich mit Himbeermarmelade bestrich. Ich wollte gerade hineinbeißen, als mein Blick auf die Zwillinge fiel, die zögernd, in gebeugter Haltung, Hand in Hand auf dieses von so herrlichem Rubinrot überzogene Teil in meinen Fingern starrten.

Ich hielt ihnen den Teller hin, damit sie sich bedienen konnten, falls sie diese Himbeersache mochten. Ich legte die Scheibe, die ich mir zugedacht hatte, auf den Teller zurück, damit die beiden nicht meine Hand verschlangen.

Ich riet ihnen, sich bis zum Abend ruhig zu verhalten und sich eine ernsthafte Beschäftigung zu suchen, sie könnten sich zum Beispiel *Vom Winde verweht* ansehen oder mit *Vernunft und Gefühl* beginnen – wozu ich persönlich ihnen sehr raten könne –, was es mir erlauben würde, noch ein wenig zu arbeiten, und anschließend würde ich kommen, um zu sehen, ob sie noch etwas brauchten, zum Beispiel etwas zu essen, falls ihre Mutter vergessen sollte, dass sie zwei Mädchen zu ernähren hatte, sie könnten sich auf mich verlassen, ich würde sie nicht im Stich lassen. *South Park*? Natürlich könnten sie sich *South Park* ansehen – ich wusste nicht einmal, wovon sie sprachen.

Als ich an ihrem Zimmer vorbeikam, hörte ich Alice leise schluchzen. Früher hätte ich an ihre Tür geklopft und sie gefragt, ob alles in Ordnung sei.

Sie fand, dass mein Verhalten ihr gegenüber eines Vaters unwürdig sei. Sie sagte, dass sie in den fast sechs Monaten, die sie bei mir wohne, gesehen habe, wie hartherzig und tief im Innern gleichgültig ich sei. »Noch schlimmer, als ich befürchtet hatte«, erklärte sie mir.

Wenn sie glaubte, das sei Absicht, dann irrte sie sich.

»Wenn du es mir heimzahlen willst, weißt du …«

»Ich will es dir nicht heimzahlen, Alice. Ich kann nichts dafür. Anfangs wollte ich das vielleicht ein bisschen, aber dann nicht mehr. Ich habe leider meine Gefühle für dich nicht wiederbeleben können, dabei hätte ich es gern anders gehabt, weißt du.«

»Ich will dir was sagen. Ich kenne niemanden, der einen solchen Groll gegen seine eigene Tochter hegt. Absolut niemanden.«

Ich stand auf. Ich war äußerst beunruhigt darüber, dass Judith wieder mit Jérémie schlief – der erst seit kurzem wieder genesen war und nun meinen Informanten zufolge langes Haar trug. Die Geschichte rief schon spöttisches Gerede hervor.

Eines Abends gab ich einer Frau Geld und nahm sie mit nach Hause. Ich dachte, sie wäre eine Prostituierte, aber auf dem Heimweg begriff ich – trotz der Langsamkeit, mit der mein Gehirn unter Alkoholeinfluss funktionierte –, dass sie auf der Hauptpost arbeitete.

Ich führte sie, so gut ich konnte, zu meinem Arbeitszimmer, durchquerte das dunkle, stille Haus mit einem Finger auf den Lippen und den Arm um ihren Hals gelegt.

Ich musste unbedingt mal ausspannen. Wenn Alice nicht gerade damit beschäftigt war, meine Fehler und Unzulänglichkeiten aufzuzählen, führte sie Telefongespräche, die sie noch stärker deprimierten, wegen dieses Berufs, in dem es ständig auf und ab ging wie auf einer Achterbahn. Sie drohte, die Künstleragentur zu wechseln, zum Theater zurückzukehren, der Firma, die ihr die Babysitter vermittelte, einen Prozess zu machen, ich hörte, wie sie auf und ab tigerte, die Türen der Schränke laut zuschlug, und manchmal sogar, wie sie schnaubte oder mit dem Fuß auf den Boden stampfte.

Sie vergiftete buchstäblich die Atmosphäre. Ich hatte mich nicht darum gerissen, das Leben einer dieser jungen Frauen, die in allen Medien zu sehen waren, aus nächster Nähe mitzuerleben. Ich hatte nichts dergleichen je gewollt. Selbst wenn ich bei dem Gedanken, allein zu leben, kurz in Panik geraten war oder einer reflexartigen väterlichen Schwäche nachgegeben haben mochte. Ich hatte nichts dergleichen je gewollt. Wirklich nicht.

Sie hatte mich mitten am Nachmittag mit dem Hinweis unterbrochen, es sei kein Milchpulver für ihren Säugling mehr da. Weshalb dieser im gleichen Moment einen Tobsuchtsanfall bekam.

»Du siehst aus wie jemand, der einen harten Tag hinter sich hat«, hatte mir diese Frau erklärt und sich zu mir an die Bar gesetzt. Ich hatte ihr ein paar Gläser spendiert, und als mein Kopf auf die Theke sank, hatte sie mir den Nacken gestreichelt.

Ich knipste das Licht nicht an, denn äußerst angenehmer heller Mondschein, aschfarben und pulvrig, erfüllte den Raum, meinen Zufluchtsort bei Schmerz und Sorgen.

Ich knöpfte meine Hose auf und zog sie mit größter Mühe aus – naiv davon überzeugt, dass dieser harte Tag nun vorbei war, dass alle Plagen irgendwann ein Ende hatten usw.

»Ich spare auf eine Vespa«, vertraute sie mir an, während sie ihre Sachen gefaltet auf einen Stuhl legte.

Alice schlug so heftig die Tür hinter sich zu, dass eine Postkarte, die ich hatte einrahmen lassen – Hemingway, der sich für die Anchovis bedankte –, von der Wand fiel und das

Glas auf dem Parkett in tausend Stücke zersplitterte, während das Knallen der Tür in meinem Kopf so laut widerhallte, dass ich einen Moment mit geschlossenen Augen, die Unterhose auf Kniehöhe, die Hände auf den breiten Hüften der Postbeamtin ruhend, wie vom Blitz getroffen erstarrte.

Ich zog mich aus meiner Partnerin zurück, die einen Augenblick völlig verblüfft war, aber was mich anging, war die Sache gegessen, mein Glied erschlaffte fast augenblicklich.

Die Frau von der Post zog lässig ihren Slip wieder hoch. Sie hatte recht schöne Beine und eine milchige Haut, einen leicht gewölbten Bauch, aber es war zu spät, ich hatte vor allem Lust, ein Glas zu trinken, um wieder einen klaren Gedanken fassen zu können.

Ich nahm Alices Schwur, künftig kein Wort mehr mit mir zu reden, gelassen auf.

Ich wusste, dass ich nicht daran sterben würde.

Hatte ich nicht schon einen Fuß im Jenseits? Das fragte ich mich, seit Judith und ich uns getrennt hatten – und Alices extrem schlechte Laune, die mir an sich unwichtig war, vergrößerte noch meinen Kummer. Von den vier Frauen, die meinem Dasein einen Sinn gegeben hatten, waren zwei tot, eine hatte mich verlassen, und die letzte weigerte sich, mit mir zu reden.

Ich dankte dem Himmel, dass er mir die Literatur gegeben hatte. Ich dankte der Literatur, dass sie mir Arbeit gegeben, für den Unterhalt meiner Familie gesorgt hatte, mich das Prickeln des Erfolgs hatte kennenlernen lassen, mich gestraft und mich gestärkt hatte, und ich dankte ihr heute für die Hand, die sie mir noch immer reichte, aber würde das in Zukunft genügen? Würde die Literatur, was mich anging, noch lange diese Rolle spielen? Nun, da ich allein war, nun, da sich der Staub wieder legte?

Ich verließ im Übrigen kaum noch das Haus. Ich hatte schnell genug gehabt von den Abenden, bei denen eine mitfühlende Seele die extra für mich eingeladene Single-Frau mit tiefem Dekolleté mir gegenübersetzte, die leicht errötete und entweder stumm dasaß oder völlig hysterisch war und die, wie man annahm, geradezu für mich geschaffen war. Ich hatte die Nase voll von den mitfühlenden Blicken, den ohnmächtigen Umarmungen, den konsterniert lächelnden Gesichtern und den endlosen Diskussionen über die Gründe, die Judith in die Arme eines sechsundzwanzigjährigen, völlig unvorhersehbaren Kerls getrieben hatten, ich hatte genug Ermunterung, tröstende Worte und Einladungen erhalten, ohne Umstände vorbeizukommen, Tag und Nacht, wenn ich mich nicht wohl fühle oder mich schwarzen Gedanken hingebe. Gab es denn keine Möglichkeit, ihnen zu sagen, wie unerträglich diese fürsorgliche Haltung für mich war, wie sehr sie mich verletzte?

Es war nicht verwunderlich, dass ich mich heute nicht besser fühlte. Zu dem – äußerst frustrierenden, äußerst unangenehmen – gestrigen Fiasko kam nun noch hinzu, dass Alice das Gesicht verzog, weil sie angeblich glaubte, ich hätte mir eine tropische Krankheit – wenn nicht gar eine Geschlechtskrankheit – zugezogen, und daher ging sie mir zum großen Erstaunen der Zwillinge aus dem Weg.

»Man *klopft an*«, sagte ich nach zwei Tagen des Schweigens. »Man klopft an und wartet, bis man die Erlaubnis erhält einzutreten. Zumindest, wenn man ein Minimum an guten Manieren besitzt. Oder? So benimmt sich ein wohlerzogener Mensch. Ist das zu viel erwartet? Habe ich nicht das Recht auf eine *Privatsphäre* unter diesem Dach? Ich bin hier zu Hause, wie mir scheint. Hör zu. Ich will dir eins sagen. Ich habe keine Lust, Leute zu beherbergen, die unentwegt eingeschnappt sind. Das ist doch verständlich, findest du nicht?«

Erst schien sie einfach nur total verblüfft. Dann jedoch überkam sie die Wut, und sie packte ihre Töchter an der Hand und rannte mit ihnen in den ersten Stock.

Ich wartete ein paar Minuten und blätterte in einer Literaturzeitschrift – meine Bemerkung über die erstaunliche Ähnlichkeit zwischen dem Aussehen eines Schriftstellers und seiner Schreibe (für beide wurden genau die gleichen Adjektive verwandt) ließ sich jeden Tag beweisen (»Zeigen Sie mir das Porträt eines Schriftstellers, und ich sage Ihnen, wie er schreibt«). Da ich nichts mehr von den Mädchen hörte, kein Laut an mein Ohr drang, ging ich schließlich nach oben, um nachzusehen.

»Packt ihr eure Siebensachen?«, fragte ich.

Tatsächlich war ein halbes Dutzend Koffer aufgeklappt, und auch die Fenster, Schranktüren und die verschiedenen ihnen zur Verfügung stehenden Schubladen – die ich schon einmal geleert und die sie erneut gefüllt hatte – standen offen: Es herrschte ein wildes Durcheinander.

Die Zwillinge saßen auf dem Bett, sagten keinen Ton und warfen mir einen betrübten Blick zu, während ihre Mutter mir ostentativ den Rücken zuwandte und ihre Sachen faltete, ohne den Mund aufzutun.

Ich entdeckte jedoch eine gewisse Verwirrung in ihren Bewegungen. Überall lagen Kleidungsstücke herum, es sah aus, als habe ein Taifun gewütet.

»Es tut mir leid, dass ich ein Sexualleben habe«, sagte ich.

Sie hielt mit einem Schlag inne, ohne sich umzuwenden. Dann machte sie sich langsam wieder an die Arbeit.

Ich bemerkte, dass mich die Zwillinge anstarrten.

»Denk doch mal ein bisschen nach«, sagte ich ihr.

Ich sah zu, wie sie mir plötzlich um den Hals fiel. Stumm an meiner Schulter weinte. Ich glaubte, es würde nie enden – das allmählich verblassende Tageslicht verstärkte noch diesen Eindruck. »Ich bitte dich um Verzeihung«, stöhnte sie, »oh, entschuldige, Papa, oh, ich bitte dich um Verzeihung.« So etwas wie eine ununterbrochene Litanei, die wie aus einem Traum zu kommen schien.

Ich tätschelte ihr den Rücken. Legte ihr eine Hand auf den Kopf. Ich wartete, bis sie fertig war, und ließ mich von der Brise in den Vorhängen ablenken, die ich über ihrer Schulter beobachtete und die wie ein verspieltes, unsichtbares junges Tier wirkte.

An einem grauen, stürmischen Vormittag stand ich in der Küche, hörte Radio und toastete ein paar Scheiben Brot, während der Kaffee durch den Filter rann und Nachrichten aus aller Welt verkündet wurden, als ich plötzlich den Blick hob und Jérémie entdeckte.

Er stand auf der anderen Straßenseite, am Rand der Dünen. Als ich sah, wie sehr er in einem Jahr gealtert, zusammengeschrumpft und grau geworden war, haute es mich um, wie man so schön sagt.

Dann wich ich vom Fenster zurück. Ich wusste, dass er lange zwischen Leben und Tod geschwebt hatte, dass die Kugel sein Herz nur um ein paar Millimeter verfehlt hatte, ich war selbstverständlich auf dem Laufenden – wer war das nicht? –, aber ich hatte nicht damit gerechnet, einen Geist auftauchen zu sehen, ein richtiges Gespenst. Was für ein Schock. Bestimmt suchte er jetzt nicht mehr überall Streit – es sei denn, er nahm es mit sehr schmächtigen, sehr schwachen Gegnern auf.

Als ich mich von der Überraschung erholt hatte, beugte ich mich wieder vor, um zu sehen, ob er noch da war. Ob der Wind ihn nicht für eine Vogelscheuche gehalten und fortgeweht hatte.

Es war für mich nicht leicht, auf jenen zuzugehen, der mir meine Frau weggenommen hatte – auch wenn es nur der Preis für meine eigene Nachlässigkeit gewesen sein sollte –, aber er blieb mitten im Wind stehen, mit den Händen in den Taschen, eingezogenem Kopf und gesenktem Blick, und ich wusste, dass er nicht den ersten Schritt tun würde.

Ich öffnete die Tür. Warf einen Blick ringsumher. Gab ihm ein Zeichen. Während ich ihn auf mich zukommen sah, spürte ich, wie all mein Zorn, all mein Groll wie durch ein Wunder ohne die geringste Erklärung verflog, und ich sagte mir, auch wenn der Vergleich vielleicht etwas hinkt, dass eine Frau beim Fruchtwasserabgang das Gleiche spüren müsse, was ich in diesem Augenblick empfand.

Wir blieben einen Moment in der Zugluft auf der Türschwelle Auge in Auge stehen.

»Ich wollte Ihnen sagen, dass ich da bin«, erklärte er schließlich.

Ich ließ einen Moment verstreichen. »Ich bin auf dem Laufenden. Wir leben hier in einer Kleinstadt.«

Er nickte. Wirkte erschöpft.

»Alice wohnt zur Zeit bei mir«, sagte ich. »Mit den Mädchen.«

»Ach so.«

»Es ist besser, wenn du nicht hereinkommst.«

»Ich wollte Ihnen sagen ...«

»Herrgott.«

»Hören Sie ...«

Hinter ihm zogen lange graue Wolken von Osten nach Westen über den Himmel, am spanischen Festland entlang, wie seltsame, düstere Truppentransporter, und trotzdem war die Sicht so klar, dass man die Küste bis zum Cabo Machichaco erkennen konnte.

»Nein, hör du mir zu.«

»Ich wollte das nicht.«

»Aber sicher.«

»Nein, das schwöre ich Ihnen.«

»Herrgott.«

»Nie im Leben.«

»Aber sicher.«

Ein paar Möwen, die über der Straße gegen den Wind flogen, machten schreiend eine Reihe von Loopings.

»Herrgott.«

»Sie waren ...«

»Herrgott noch mal.«

»Ihnen verdanke ich es, dass ...«

»Sei still.«

»... verflucht bin.«

»Hör auf damit.«

Ich hörte, wie die Zwillinge die Treppe herunterkamen. Wir wechselten einen letzten Blick, dann bat ich ihn zu gehen. Er senkte wieder den Kopf, so dass ihm das Haar vor die Augen fiel. Plötzlich versuchte er meine Hand zu ergreifen, aber ich zog sie rechtzeitig zurück. Ich wartete, bis er zurück auf der Straße war, ehe ich den Türgriff losließ und mich wieder meinen Angelegenheiten zuwandte.

»Wer war da?«

»Jérémie.«

»*Wer?*«

»Jérémie.«

»Das ist doch wohl ein Scherz. Ich hoffe, das ist ein Scherz. Jérémie? Was wollte der denn?«

»Tja, stell dir mal vor, das hat er mir nicht gesagt. Das war wirklich komisch. Auf jeden Fall scheint er noch nicht wieder richtig auf dem Damm zu sein.«

»Das ist kein Wunder.«

Ich konnte nicht viel für ihn tun. Ich hoffte, dass seine Mutter, falls sie mich von ihrer Matratze aus weißen Wolken sehen sollte, mir das nicht allzu übel nahm. Das wünschte ich mir. Aber die Situation war ziemlich wirr, seit ihr Sohn der Liebhaber meiner Frau war. Auch meine Gefühle waren ziemlich wirr.

Sobald ich die Arbeit an meinem neuen Roman unterbrach – dem ich natürlich den Großteil meiner Kraft widmete –, überkamen mich unangenehme Gefühle, sie überwältigten mich regelrecht, und ich konnte mich ihnen nur mit Mühe entziehen. Und da ich die jüngste Entwicklung der Beziehung zwischen Alice und Roger nicht verfolgt hatte – ich wusste nicht, wie es um sie bestellt war –, entdeckte ich ein paar Tage später überrascht, wie er plötzlich mit etwas mürrischer Miene direkt vom Flughafen herkam, weil die beiden offensichtlich beschlossen hatten, eine Aussprache zu haben.

Als ich Alice fragte, worum es ging, erwiderte sie: »Misch dich bitte nicht ein. Und sei nicht unfreundlich zu ihm. Er hat nur meine Anweisungen befolgt.«

»Deine Anweisungen?«

»Ja, meine Anweisungen. Tut mir leid.«

»Entschuldige«, sagte ich, »aber er hat nicht nur deine Anweisungen befolgt. Er hat mir Tag für Tag dieses Theater vorgespielt und mir stets fest in die Augen geblickt, dabei wusste er genau, dass ich halbtot vor Angst war, er hat gehört, wie ich stöhnte, und mich in dem Glauben gelassen, ich hätte dich für immer verloren. Deine Anweisungen? Von mir aus kann er in der Hölle braten.«

Sie seufzte kurz auf. »Sag mal, was muss man eigentlich tun, damit du uns diese Geschichte nicht mehr ständig unter die Nase reibst?«

Ich zuckte die Achseln und ließ die Schultern eine Weile in hochgezogener Stellung, um ihr zu bedeuten, dass ich keine Ahnung hatte und folglich völlig ratlos sei, worauf sie kehrtmachte und ging.

Ich war der Ansicht, dass man stets eine falsche Vorstellung von den Mitmenschen hatte. Dafür brauchte man keine große Leuchte zu sein. Wie sollte dann auch das Zusammenleben funktionieren? Und erst recht das ganzer Nationen? Das war doch heller Wahnsinn, wenn die Basis, auf der sie gründeten, Unwissenheit und Irrtum waren?

»Kannst du dich vergewissern, dass er keine Waffe hat? Judith? Glaubst du, das könntest du tun? Oder glaubst du immer noch, dass so etwas nur anderen passiert? Mensch, mach endlich mal die Augen auf! Nur einen Moment, um zu überprüfen, ob er nicht noch immer eine Waffe bei sich hat.«

Während ich auf der Armlehne des berühmten Sofas in meinem Arbeitszimmer saß, durchs Fenster schaute und Judith am Telefon diese Ratschläge erteilte – obwohl ich mich fragte, ob sie noch imstande war, vernünftig zu handeln –, beobachtete ich gleichzeitig Alice und Roger, die unten im Garten damit beschäftigt waren, die Regeln für ihr Zusammenleben neu zu definieren.

Alice hatte eine wichtige Rolle in einer französischen Fernsehserie bekommen, weshalb sie nun dringend eine Abmachung mit Roger treffen musste, wenn sie ihre Karriere fortsetzen und nicht ihre Zeit damit verbringen wollte, ihre Kinder aufzuziehen. Ich hörte nicht, was sie sagten, aber Roger fuchtelte mit den Armen.

»Warum habe ich euch nicht davon abgehalten, Jérémie und dich?«, fragte ich seufzend. »Warum bin ich nicht handgreiflich geworden? Ich hätte mich nicht zurückziehen sollen, das war nicht in deinem Interesse. Ich hätte einfach nicht auf dich hören sollen. Ich hätte dich im Keller einschließen und mir die Ohren zuhalten müssen.«

Dann bot sich mir folgender Anblick: Anne-Lucie saß auf Alices Schoß und Lucie-Anne auf Rogers Schoß. Der Himmel war blau und voller Kondensstreifen.

»Ich kenne ihn besser als du. Das weißt du genau. Ich habe zahllose Tage mit ihm verbracht. Nun mal langsam. Ich habe ihn bei seiner Entlassung aus dem Gefängnis abgeholt. Warum zwingst du mich, dir das noch mal zu erzählen? Ich bitte dich nicht, lange Reden zu halten, ich bitte dich nur, dich zu vergewissern, dass er keine Waffe hat. Tu, was ich sage. Auch wenn du mit ihm schläfst, darfst du nicht vergessen, wozu er fähig ist. Wie oft muss ich dir das noch sagen?«

Jetzt war es umgekehrt: Anne-Lucie auf Rogers Schoß und Lucie-Anne auf Alices Schoß. Der Himmel war tiefblau mit weißen Kondensstreifen.

»Ich weiß, dass das nicht nett von mir ist, das weiß ich genau. Aber ich habe heute Morgen keine Lust, nett zu sein. Ich kann dir auch nicht sagen, warum. Ob ich schreibe? Natürlich schreibe ich. Ein Glück, dass ich schreibe. Wenn du mich in diesem Augenblick hörst, wenn du mich an der Strippe hast, dann nur, weil ich schreibe. Deshalb atme ich noch. Dir habe ich das bestimmt nicht zu verdanken.«

Dieses Sofa hatte Jahrzehnte überdauert, um zu bezeugen, dass Schreiben die letzte Beschäftigung war, die einem blieb. Dass es danach nichts anderes mehr gab. Am 2. Juli jedes Jahres trank ich ein Glas auf sein Wohl.

»Beim dritten Versuch schafft er es bestimmt. Tut mir leid. Hörst du mich? Judith, ich versuche nicht, dir Angst einzujagen, aber ich kenne diesen Burschen. Herrgott noch mal, ich kenne ihn wirklich gut.«

Ich ärgerte mich mehr über ihre Dummheit als über ihre Untreue – ich hätte es auch geschätzt, wenn mein Rivale etwas älter gewesen wäre, damit die Situation nicht ganz so unangenehm, nicht ganz so obszön war, dieses elende Dreieck, das wir bildeten. Mir die Frau von einem jungen Schnösel wegnehmen zu lassen, der aussah, als sei er knapp zwanzig – ich hätte nie gedacht, dass mir so etwas passieren könnte. Ich bemerkte zwei Paparazzi mit großen Fotoapparaten in den Dünen. Roger, dieser gerissene Kerl. Er organisierte immer alles auf lange Sicht. Ganz im Gegensatz zu Judith. Die Sonne schien über dem Ozean zu knistern. Judith blieb am anderen Ende der Leitung stumm.

»Das sage ich dir als Freund«, fügte ich hinzu, ehe ich auflegte.

Alice vertrat in dieser Sache einen viel radikaleren Standpunkt als ich. Sie fand Judiths Verhalten geradezu peinlich. Ich nickte ausweichend. Ich sah zu, wie sie ihr Baby wickelte, und musste feststellen, dass wir uns innerlich weit voneinander entfernt hatten, dass ich sie verloren hatte. Es war furchtbar und zugleich verwirrend.

»Das weißt du genau. Ich schäme mich für sie. Das ist so was von lächerlich. Er könnte ihr Sohn sein. Es sieht aus, als schliefe eine Mutter mit ihrem Sohn.«

Sie war ein bisschen genervt, denn wir hatten an jenem Tag wieder mal keinen Babysitter. Roger hatte die Zwillinge an den Strand mitgenommen. Das Baby weinte – und wartete auf bessere Zeiten.

Sie warf mir einen Blick zu und sagte: »Findest du nicht? Sie wirkt doch wie eine alte Schachtel, oder?«

Die Beziehung zwischen Alice und Judith war immer relativ gut gewesen. Aber nie hervorragend. Ich hatte so manches darüber gelesen, wie Töchter darauf reagieren, wenn ihr Vater sich wieder verheiratet, und ich wusste, dass es ein heikles, brisantes Thema war, das leicht Spannungen hervorrufen konnte.

»Das Problem liegt woanders.«

»Sie hat eine Midlife-Crisis. So einfach ist das. Mach dir kein Kopfzerbrechen. Vergiss es.«

»Soll ich so tun, als ginge sie mich nichts an? Als sei sie eine Fremde?«

»Ich hab keine Ahnung. Aber ich mag es nicht, wenn man dich lächerlich macht.«

Daher sah sie es sehr ungern, dass Jérémie sich wieder in seinem Haus niederließ – und dass Judith ihn dort besuchte – keine fünf Minuten von uns entfernt. »Das ist weder für deine noch für meine Karriere gut«, erklärte sie. »Das macht keinen seriösen Eindruck, weißt du.«

Wenn ich nicht genau gewusst hätte, dass meine Tochter keinerlei Sinn für Humor besaß, hätte ich es für einen Scherz gehalten.

»Sie hat recht«, sagte Roger, ohne von seiner Zeitung aufzublicken. »Sehr schlecht für euer Image, sowohl für Ihres, Francis, als auch für das von Alice.«

Na gut. Ich beschloss, in Zukunft auf ihre Gesellschaft zu verzichten.

Als es Sommer wurde, war ich daher gern bereit, die beiden kleinen Mädchen für die Ferien aufzunehmen, aber trotz Alices diverser inständiger Bitten – in allen Tonlagen und allen Registern, von Tränen bis hin zu flehenden Worten, von Schmeicheleien bis hin zu Drohungen – weder sie noch Roger. Ich wollte sie nicht mehr bei mir sehen, weder sie noch ihn. Dieses Kapitel war abgeschlossen.

Alice fand mich unerträglich und erzählte in ihrem Bekanntenkreis, ich sei zu einem alten, jähzornigen Schriftsteller geworden, launisch, borniert, unnachgiebig und manchmal richtig gemein, imstande seiner eigenen Tochter die Tür vor der Nase zuzuwerfen und ihr den Zugang zu seinem Haus zu verwehren. Alte Schriftsteller würden häufig unerträglich, und ich sei auf dem besten Wege dahin, behauptete sie. Ich sei gerade noch imstande, mich um einen Hund zu kümmern, in einem leeren Haus wie in einem Käfig im Kreis zu laufen und Seiten vollzukritzeln. Ein altes menschenfeindliches Tier.

Na gut. Ich dankte ihr für die Werbung, die sie für mich machte, da ich von dem Prinzip ausging, schlechte Nachrichten seien besser als gar keine. Mein Agent hätte dem bestimmt nicht widersprochen.

In der darauffolgenden Stunde rief ich Judith in ihrer Agentur an und berichtete ihr von den neuen Maßnahmen, die ich gegen die beiden unerwünschten Personen ergriffen hatte. Der Himmel war klar. Ich fügte hinzu, die Zeit dränge, und wir müssten so schnell wie möglich die Einzelheiten hinsichtlich der Ankunft der Zwillinge besprechen.

Ich war stolz, dass ich hart geblieben war und nicht

angesichts meiner väterlichen Verpflichtungen nachgegeben hatte – und paradoxerweise war mir das gar nicht so schwergefallen. Nichts schien mir mehr schwerzufallen, wie ich mir sagte.

Ich bereitete alles für Judiths Ankunft vor. Lüftete zwei Tage lang ihr Zimmer, bevor sie eintraf. Stellte eine portugiesische Putzfrau ein. Ließ den thailändischen Gärtner kommen.

Ich war sehr erfreut über diesen Versuch des Zusammenlebens, den Judith und ich während der Schulferien machen würden, über diese provisorische, zeitlich begrenzte Rückkehr. Ich konnte es kaum erwarten und war gleichzeitig sehr nervös.

Ich hatte im Verlauf des vergangenen Monats zwar oft mit ihr gesprochen, sie aber nicht gesehen. Es schien ihr gutzugehen, wie sie so aus ihrem Wagen stieg und in weißem Kostüm und blauen, hochhackigen Pumps durch den Vorgarten kam. Sie hatte sich von ihrer Verletzung inzwischen völlig erholt – die Kugel hatte ihren Unterleib seitlich durchquert, aber man merkte schon fast nichts mehr davon. Ich fand sie beeindruckend, voller Widerstandskraft.

Ich trug ihre beiden Koffer – von jeweils etwa dreißig Kilo – nach oben in ihr Zimmer.

Ich hatte das Bedürfnis, ihr bei dieser Gelegenheit ein paar Worte zu sagen.

»Danke«, sagte ich.

Anne-Lucie und Lucie-Anne rannten bei ihrer Ankunft auf mich zu, denn sie hatten die Einkaufstasche von *Petit Ba-*

teau bemerkt, die ich mit verständnisvollem Lächeln im Arm hielt – bei einem Gespräch hatten sie mir kürzlich berichtet, dass sie gewissen elementaren Dingen treu blieben und eine Vorliebe für Baumwolle hätten wie ihre Großmutter.

Ich war bester Laune. Judith und ich hatten zusammen einen unspektakulären, aber herrlichen Abend verbracht – natürlich hatten wir uns beide vorgenommen, miteinander auszukommen, dennoch verstand sich das nicht von selbst, nichts konnte uns die Gewissheit geben, dass wir noch imstande waren, uns von Angesicht zu Angesicht gegenüberzusitzen, ohne dass plötzlich einer von uns aufsprang und erklärte, es sei beim besten Willen unmöglich – wie gesagt, es war ein herrlicher Abend für uns beide gewesen, dort im warmen Garten, in Gesellschaft von Glühwürmchen.

Alice trug ein Kopftuch und eine riesige Sonnenbrille – sie hatte in Cannes keinen Preis bekommen, obwohl sie für die Auszeichnung als beste weibliche Darstellerin nominiert war.

»Ich habe nicht vor, dich anzuflehen«, sagte sie zähneknirschend, nachdem sie mich zur Seite gezogen hatte. »Ich werde mich bestimmt nicht vor dir auf die Knie werfen.«

Ich lächelte ihr offenherzig zu. »Lass uns retten, was noch zu retten ist«, sagte ich. »Wir sollten dabei aber nicht zu weit gehen.«

Die Zwillinge machten mich mit kräftigem Winken darauf aufmerksam, dass ihr Gepäck auf dem Laufband in Sicht war.

Alice schaute zu Boden und versank ein paar lange Sekunden in eisiges Schweigen. »Warum ausgerechnet sie?«, brachte sie schließlich mit verzerrter Stimme hervor.

Ich wartete, dass sie den Kopf hob und mir in die Augen blickte, aber sie rührte sich nicht. »Dafür gibt es Dutzende von Gründen, Alice«, erwiderte ich.

Judith und ich hatten zwar nicht die Absicht, erneut zusammenzuleben, da uns beiden klar war, dass man die Zeit nicht zurückdrehen und seine Fehler nicht wiedergutmachen kann. Das hinderte uns aber nicht daran, dass wir uns ab und zu gegenseitig einen Gefallen taten, je länger die ganze Geschichte zurücklag. Es geht nichts über ein Leben in gutem Einvernehmen. Es geht nichts über ein Ende, das ein wenig Hoffnung weckt. Es geht nichts über ein Ende, das das andere Ufer des Romans in unverdient sanftes Licht taucht.

Dabei wäre dieser schöne Sommer, diese Beruhigung, an die ich nicht mehr glaubte, dieses friedliche Einvernehmen, um ein Haar in ein unwirkliches, blutiges Chaos umgeschlagen.

Denn ein paar Monate zuvor, auf dem Höhepunkt einer Krise, die unter anderem durch den Druck, den Alice auf mich ausübte, noch angefacht wurde – denn auf einmal schien meine Ehre auf dem Spiel zu stehen, und anscheinend war meiner Tochter in diesen Tagen meine Ehre wichtiger als alles andere auf der Welt –, hatte ich schließlich beschlossen, das Übel an der Wurzel zu packen, und als die anbrechende Dunkelheit die Landschaft in mineralisches Licht tauchte, machte ich mich auf den Weg. Ein war-

mer Wind wehte mit dumpfem Heulen aus dem Landesinneren, und fransige Wolken zogen über das gischtsprü-
hende Meer.

Blass und mit finsterer Miene stand ich vor Jérémies
Haustür. Kiefernzapfen rollten über die Terrasse, der Wind
pfiff durch die knarrenden, knackenden Äste, der Horizont
erlosch, flackerte wie eine fahle Kerze, das Licht, das den
Eingang erhellte, fiel aus einer Lampe der Jahrhundert-
wende, die quietschend in den Windböen hin- und her-
schwang.

Gewöhnlich hatte ich A. M. in diesem Türrahmen auftauchen sehen, wenn ich sie besuchte und ihr mein Herz
ausschüttete – wobei ich gern auch ein Gläschen trank –,
aber A. M. hatte uns verlassen, und ich empfand einen
Schock, als ich Judith auf der Türschwelle sah – obwohl ich
ja wusste, dass sie jetzt hier anzutreffen war.

Ich bemerkte, dass sie ein Glas in der Hand hielt und ihre
Ohren ein wenig rot waren.

»Rote Ohren zu haben kommt mir in diesem Zusam-
menhang ganz normal vor«, sagte ich und setzte mich.
»Deine Wangen sind es übrigens auch. Ganz normal.«

Sie senkte den Blick und sagte: »Jérémie müsste bald da
sein.«

»Was? Sehr gut. Ich hab's nicht eilig.«

Sie schenkte mir ein Glas ein. Ich schlug die Beine übereinander.

Dann stellte ich die Beine wieder nebeneinander.

»Ich habe jede Menge Zeit«, sagte ich nach ein paar Minuten.

Ich beobachtete sie lange und fragte sie dann, ob sie der

Teufel reite oder ob sie verrückt geworden sei, dabei beugte ich mich zu ihr vor und bat sie, mir nachzuschenken.

»Beides, denke ich«, erwiderte sie und öffnete die zweite Flasche.

Ich hatte sie selten betrunken gesehen. Das erinnerte mich an ein paar besonders fröhliche oder besonders traurige Episoden, die wir in unserer zwölfjährigen Ehe erlebt hatten, und ich wurde einen Augenblick richtig nostalgisch.

Judith hatte Johanna nicht ersetzt und mich nicht auf ganz so brutale Weise verlassen, aber die Trennung stellte sich dennoch als ziemlich schmerzhaft heraus.

Die Zeit hatte gegen uns gearbeitet. Je mehr Johannas Bild in meiner Vorstellung verblasst war, desto stärker hatte ich sie idealisiert und ihr alle positiven Eigenschaften dieser Welt zugeschrieben. Keine Frau konnte so eine höllische Rivalin in den Schatten stellen. Ich hatte leider nichts dagegen tun können. Ich hatte zwar versucht, Vernunft anzunehmen, aber ohne Erfolg.

Ich sah mich um und fragte: »Hast du hier etwa geputzt?«

»Geputzt? Nein, natürlich nicht.«

»Ach so. Na gut.«

»O mein Gott.«

»Was ist?«

»O mein Gott.«

»Natürlich. Was dachtest du denn?«

Ich leerte mein Glas und begann im Raum auf und ab zu gehen, während sie sich auf den Teppich gleiten ließ. Ich blieb vor ihr stehen.

»Alice hatte recht. Diese Begegnung ist absurd. Versuch das bloß nicht abzustreiten. Wo bleibt er denn, hast du eine Ahnung?«

Wieder einmal wurde mein Blick von dem Foto von Jérémies Vater auf dem Kaminsims angezogen – der Mann hatte sich im Trikot vor seinem Rennrad in Pose geworfen –, und es wunderte mich nicht, dass dieser Mann mit dem fliehenden Blick und dem unbestimmten Lächeln für alle möglichen Scherereien verantwortlich war, die wir hier gehabt hatten.

»Bündnerfleisch? Natürlich mag ich das. Ich hab schließlich in der Schweiz gelebt. Aber eines möchte ich doch mal klarstellen: Ich bin nicht zum Aperitif hergekommen. Judith. Versuch nicht, mir Angst zu machen. Pass auf. Wir werden uns zum Abschied garantiert nicht die Hand geben, das kannst du vergessen.«

»Er hat den ganzen Nachmittag damit verbracht, eine Blaubeertorte für dich zu backen.«

»Das glaube ich nicht.«

»Ich bin sicher, dass er dich wirklich gern mag. Wirklich sehr gern. Du kannst im Backofen nachsehen, wenn du mir nicht glaubst.«

Ich setzte mich wieder.

»Ich sollte besser abhauen«, sagte ich nach einer Weile des Nachdenkens. Ich nickte und stand auf. Ich warf im Vorübergehen einen Blick in den Backofen: Die Torte war tatsächlich da und auch der Duft – ich sah sofort, dass er mein Rezept benutzt hatte.

Als ich draußen war, atmete ich tief.

Dann ging ich wieder ins Haus zurück.

»Du hast es nicht darauf angelegt? Du hast es nicht darauf angelegt? Was soll das heißen, Judith? *Du hast es nicht darauf angelegt?*« Sie bemühte sich, meinem Blick standzuhalten, aber dann senkte sie die Augen.

Fast eine Stunde später hielt er mit dem Wagen vor dem Haus. Judith fühlte sich viel besser, nachdem sie sich übergeben hatte – *nachher* hatte man oft ein Gefühl der Erleichterung –, und sie hatte gerade eine Flasche Contrex geleert, als wir hörten, wie er die Mülltonnen anfuhr, die an der Ecke auf dem Bürgersteig standen. Als ich die Ohren spitzte, hörte ich trotz des Windes ein paar Fetzen Musik – ich glaubte *All along the watchtower* von Jimi Hendrix wiederzuerkennen.

»Was macht er?«, fragte sie.

»Er bleibt am Steuer sitzen. Er trinkt dort ein Bier. Ich weiß nicht, ob er mich gesehen hat.«

Wir gingen nach draußen. Ich lief im hellen Mondschein durch den Vorgarten, und als ich mich zur Beifahrertür hinabbeugte, machte der Wagen einen Satz nach vorn und blieb ein paar Meter weiter stehen. Ich zog es vor, darüber zu lachen, und richtete mich wieder auf. »Sehr witzig!«, sagte ich.

Sein verschwollenes Gesicht und die Bierdosen auf der Rückbank waren mir trotzdem nicht entgangen.

»Was hast du nun schon wieder angestellt?«, fragte ich seufzend und ging wieder auf den Wagen zu. »Mit wem hast du dich diesmal geschlagen, du Dummkopf?«

Das Auto fuhr wieder ruckend ein Stück nach vorn. »Hör bitte damit auf!«, rief ich. Seine Hündin machte einen Satz durchs offene hintere Fenster und sprang an mir hoch. »Wir wollten uns doch unterhalten, Jérémie«, sagte ich und legte die Hand auf den Türgriff. »Ich habe keine Zeit für solche Scher...« Er trat erneut aufs Gaspedal und riss mir dadurch fast die Hand ab.

»Okay«, sagte ich, hob die Arme und wandte mich um. »Ich gebe auf.«

Bei meinem Rückzug half ich Judith wieder auf die Beine und packte sie am Ellbogen, während Jérémie mit quietschenden Reifen wendete und uns kurz darauf einholte.

»He!«, rief er.

Ich antwortete nicht und schenkte ihm nicht die geringste Aufmerksamkeit. Ich ging auf das Haus zu und hielt Judith dabei gut fest – aus Angst, sie könnte in einem Anflug von Schwäche wieder in das Lager ihres jungen Liebhabers wechseln, aber sie leistete mir kaum Widerstand.

»He!!«, rief er erneut und bremste jäh, während wir in den Vorgarten einbogen.

Ein ohrenbetäubender Knall ließ uns erstarren. Ich wechselte einen Blick mit Judith. Ich war ehrlich gesagt weder auf sie noch auf mich böse, aber so viel Dummheit unsererseits, so viel Naivität, so viel Inkonsequenz und so viel Unvorsichtigkeit waren einfach beschämend. Jérémie hielt *eine Knarre* in den Händen. Dieser Junge, der eine Tankstelle überfallen, sich die Pulsadern aufgeschnitten und sich eine Kugel in die Brust geschossen hatte, dieser Junge, dieser Jérémie und kein anderer, hielt wieder eine Waffe in der Hand, und ich hätte wetten können, dass er ziemlich betrunken war. Ich fluchte leise vor mich hin.

Er schnellte aus dem Auto wie ein Springteufel aus seiner

Schachtel und rannte auf uns zu. Mit zerrissenem T-Shirt, arg ramponiertem Gesicht, aufgeplatztem Nasenrücken, geschwollenem blauen Auge – wie mir schien, hatte er die schlimmste Tracht Prügel bekommen, seit er sich diesem Sport widmete. Hinter ihm beleuchteten ein paar ferne Blitze die Bergspitzen von Las Peñas de Aya.

Er fiel vor Judith auf die Knie wie ein armer Sünder zu Füßen der Heiligen Mutter. Ich machte mich auf ein paar unangenehme Minuten gefasst, wenn das so weitergehen sollte – er würde noch lernen müssen, dass der Erfolg nicht garantiert war, wenn man sich einer Frau zu Füßen warf. Das war eine jener furchtbaren Lebenslügen unserer westlichen Welt.

Dann ertönte ein zweiter Schuss, und wir wurden mit Blut und anderen, dickeren Substanzen bespritzt, Judith und ich. Jérémie stürzte rückwärts zu Boden. Und dann auch Judith, die entsetzt die Augen aufriss, als sie innewurde, dass sie sich in der Schusslinie befunden hatte.

Bitte beachten Sie
auch die folgenden Seiten

Philippe Djian
im Diogenes Verlag

»Keiner macht ihm diesen Ton nach, voller Humor, Selbstironie und Kraft.« *Frédéric Beigbeder*

»Vertrauen Sie dem Handwerk von Philippe Djian – Langeweile ausgeschlossen.« *Paris Match*

Betty Blue
37,2° am Morgen. Roman. Aus dem Französischen von Michael Mosblech Auch als Diogenes Hörbuch erschienen, gelesen von Ben Becker

Erogene Zone
Roman. Deutsch von Michael Mosblech

Verraten und verkauft
Roman. Deutsch von Michael Mosblech

Rückgrat
Roman. Deutsch von Michael Mosblech

Krokodile
Sechs Geschichten. Deutsch von Michael Mosblech

Pas de deux
Roman. Deutsch von Michael Mosblech

Kriminelle
Roman. Deutsch von Ulrich Hartmann

Sirenen
Roman. Deutsch von Uli Wittmann

In der Kreide
Die Bücher meines Lebens. Über Salinger, Céline, Cendrars, Kerouac, Melville, Henry Miller, Faulkner, Hemingway, Brautigan, Carver. Deutsch von Uli Wittmann

100 zu 1
Frühe Stories. Deutsch von Michael Mosblech

Die Leichtfertigen
Roman. Deutsch von Uli Wittmann

Die Rastlosen
Roman. Deutsch von Oliver Ilan Schulz

Jason Starr
im Diogenes Verlag

Jason Starr, geboren 1968, wuchs in Brooklyn auf und
begann in seinen College-Jahren zu schreiben, zunächst Kurzgeschichten, später auch Romane und
Theaterstücke. Früher verkaufte er Parfüm, Computer und – Höhepunkt seiner Karriere – unzerreißbare
Strumpfhosen und redete sich die Seele aus dem Leib
als Telefonverkäufer. Heute ist Jason Starr selbster-
nannter Experte für American Football und Baseball,
für Pferderennen und Glücksspiel. Er lebt in New
York.

»Jason Starr ist ein phantasievoller Autor und schreibt
so rabenschwarz wie im Hollywood der vierziger
Jahre. Als ein gescheiter Krimi noch ein richtiger Le-
segenuß war.«
Martina I. Kischke / Frankfurter Rundschau

»Die unwiderstehliche Schwärze und Rasanz, in der
Jason Starr den ethischen und zwischenmenschlichen
Niedergang seiner Protagonisten schildert, sucht ihres-
gleichen.« *Stadtblatt Osnabrück*

Adam Davies
im Diogenes Verlag

Adam Davies, geboren 1971 in Louisville, Kentucky, arbeitete nach seinem Literaturstudium an der Syracuse University als Verlagsassistent in New York. Heute ist er Dozent für Englische Literatur an der University of Georgia und am Savannah College of Art & Design. Adam Davies lebt in Brooklyn, New York, und Savannah, Georgia.

»Adam Davies ist so komisch und umwerfend wie Nick Hornby, aber auch so in den Bann ziehend und traurig wie J. D. Salinger *(Der Fänger im Roggen)*. Genial.«
Badische Neueste Nachrichten

»Adam Davies kann von Tragödien so grandios erzählen, dass man ordentlich was zu lachen hat.«
Christine Westermann / WDR, *Köln*

Froschkönig
Roman. Aus dem Amerikanischen
von Hans M. Herzog

Goodbye Lemon
Roman. Deutsch von
Hans M. Herzog

Dein oder mein
Roman. Deutsch von
Hans M. Herzog

Joey Goebel
im Diogenes Verlag

Joey Goebel ist 1980 in Henderson, Kentucky, geboren, wo er auch heute lebt und Schreiben lehrt. Als Leadsänger tourte er mit seiner Punkrockband ›The Mullets‹ durch den Mittleren Westen.

»Joey Goebel rockt das gleichgeschaltete Amerika. Gegen diese Art des Erzählens wirken die zeitgenössischen Stars des amerikanischen Realismus – von Philip Roth bis Jonathan Franzen –, aber auch die erprobten Postmodernisten – von Donald Barthelme bis zu Paul Auster – arg verschmockt. Momentan wird Joey Goebel nur durch sich selbst übertroffen.«
Evelyn Finger / Die Zeit, Hamburg

»Solange sich junge Erzähler finden wie Joey Goebel, ist uns um die Zukunft nicht bange.«
Elmar Krekeler / Die Welt, Berlin

Vincent
Roman
Aus dem Amerikanischen von
Hans M. Herzog und Matthias Jendis

Freaks
Roman
Deutsch von Hans M. Herzog
Auch als Diogenes Hörbuch erschienen,
gelesen von Cosma Shiva Hagen, Jan Josef Liefers,
Charlotte Roche, Cordula Trantow
und Feridun Zaimoglu

Heartland
Roman
Deutsch von Hans M. Herzog

Ich gegen Osborne
Roman
Deutsch von Hans M. Herzog